KU-276-768

Obsada

Bestsellery DANIELLE STEEL
w Wydawnictwie AMBER

DZIECINNA GRA
JAK W BAJCE
W ŚLADY OJCA
WBREW PRZECIWNOŚCIOM

DANIELLE STEEL

Obsada

Przekład
EWA RATAJCZYK
JOANNA NAŁĘCZ

AMBER

Moim ukochanym, cudownym dzieciom:
Beatie, Trevorowi, Toddowi, Nickowi, Samancie,
Victorii, Vanessie, Maxxowi i Zarze.

Niech Wasze życie będzie pełne nowych przygód,
nowych rozdziałów, nowych początków,
a każdy rozdział niech będzie lepszy
od poprzedniego.

Wspierajcie się, pamiętajcie dobre czasy
i korzystajcie z życia!

Kocham Was całym sercem i duszą,
mama D.S.

PRZEDMOWA

Drodzy Przyjaciele,

Seriale telewizyjne dają nam dziś tyle przyjemności i mają tylu widzów – wręcz uzależnionych od nich fanów – że zaintrygował mnie pomysł, żeby o jednym napisać. W miarę jak rozwija się historia Obsady, poznajemy wszystkie ekscytujące etapy pisania i kręcenia hitowego serialu telewizyjnego i wszystkich ludzi, którzy go tworzą. W produkcję zaangażowanych jest wiele osób i niesamowici aktorzy.

Jak zawsze w książce pojawiają się również głębsze i poboczne wątki – jednym z nich jest wyzwanie, z jakim coraz częściej musi się zmierzyć wielu rodziców – puste gniazdo, gdy dzieci zdobywają wymarzoną pracę w innych miastach i wyjeżdżają daleko od domu. Będziesz się czuć bardzo samotna, gdy dzieci się wyprowadzą i nie możesz już spędzać z nimi czasu. Chciałabyś mieszkać blisko nich, ale tak nie jest, a odwiedziny są zbyt rzadkie. A dla samotnego rodzica fakt, że dzieci mieszkają daleko, to prawdziwy dramat. Dobrze im życzymy, ale potwornie za nimi tęsknimy. Zatrzymywanie ich przy sobie byłoby czymś złym, więc ich nie zatrzymujemy. Jednak jako rodzice musimy się zmierzyć z wyzwaniem, jak wypełnić czas i zadbać o to, by nasze życie było ciekawe też w miejscu, gdzie kiedyś mieszkaliśmy z dziećmi i gdzie codziennie je widywaliśmy. Dobrze to wykorzystać to wielka sztuka i prawdziwy sprawdzian.

W pewnym sensie to książka o ponownym odnalezieniu siebie, bez względu na wiek. Bohaterka jest kobietą sukcesu, piszącą dla czasopisma. Po przyjęciu, w którym bierze udział zupełnie przypadkowo, staje przed szansą napisania scenariusza do serialu telewizyjnego, co otwiera w jej życiu nowe drzwi i dostarcza niezwykłych nowych przeżyć, o jakich nigdy nie marzyła. Pustka pozostawiona przez dzieci, które wyjechały i prowadzą własne życie (w San Francisco, Dallas i Londynie, podczas gdy ona mieszka w Nowym Jorku) nie jest już tak dotkliwa, gdy zajmuje się nowym zawodowym wyzwaniem i wszystkim, co się z nim wiąże. Poznaje fascynujących ludzi, nawiązuje nowe przyjaźnie, odkrywa własny talent w nowej dziedzinie i buduje dla siebie zupełnie nowe życie.

Wielu z nas chciałoby dostać taką szansę!

Drzwi do nowego świata otwierają się i przed ludźmi w tej książce, i przed nami. Mam nadzieję, że spodoba się Wam Obsada i wszyscy jej bohaterowie. Życzę Wam wiele radości podczas jej czytania – ja pisałam ją z ogromną przyjemnością!

Uściski
Danielle

1

Przez uchylone drzwi do gabinetu Kait Whittier
docierały odgłosy przyjęcia bożonarodzeniowego.
Nie zwracała na nie uwagi – siedziała pochylona
nad komputerem i starała się dokończyć pracę. Było
piątkowe popołudnie, święta wypadały w poniedziałek, a redakcja czasopisma „Woman's Life" miała być
zamknięta aż do Nowego Roku. Kait chciała przed
wyjściem oddać swój felieton i miała jeszcze dużo
do zrobienia, zanim dwójka jej dzieci przyjedzie do
domu w niedzielę rano, żeby spędzić z nią Wigilię
i pierwszy dzień świąt.

W tej chwili całkowicie skupiała się na tym, co pisze. Tekst był do marcowego wydania, ale pora roku nie miała znaczenia. Starała się poruszać tematy
ważne dla kobiet – trudne sprawy, z jakimi zmagają
się w domu, w związkach i małżeństwach, z dziećmi, w pracy. Jej rubryka nosiła tytuł *Powiedz Kait*
i ona sama nie mogła uwierzyć, że pisze do niej już
od dziewiętnastu lat. Na niektóre listy, w szczególnie delikatnych sprawach osobistych, odpowiadała
bezpośrednio, inne, bardziej ogólne, zamieszczała
na łamach czasopisma.

Często cytowano ją jako eksperta, zapraszano
na konferencje poświęcone kwestiom kobiet i do

programów telewizyjnych największych kanałów. Skończyła licencjackie studia dziennikarskie, a potem zrobiła magisterium na uniwersytecie Columbia. Po kilku latach pisania, żeby mieć większą wiarygodność i większą wiedzę, skończyła psychologię na uniwersytecie w Nowym Jorku, i bardzo jej się to przydawało. *Powiedz Kait* pojawiała się teraz na pierwszych stronach pisma i wiele kobiet kupowało „Woman's Life" głównie ze względu na nią. Rubryka, którą z początku na kolegiach redakcyjnych nazywano „kolumną męczarni", teraz odnosiła sukcesy i traktowana była z szacunkiem i powagą, jak sama Kait. A przede wszystkim Kait kochała to, co robiła i dawało jej to satysfakcję.

W ostatnich latach prowadziła też blog, w którym publikowała fragmenty z łamów czasopisma. Miała tysiące obserwujących na Twitterze i Facebooku i nosiła się z zamiarem napisania książki z poradami, ale jeszcze się do niej nie zabrała. Wiedziała, że musi uważać i nie udzielać delikatnych porad zbyt jednoznacznie, żeby nie narazić redakcji na pozwy sądowe, a siebie samej na zarzut uprawiania terapii bez odpowiednich uprawnień. Jej odpowiedzi były inteligentne, przemyślane, mądre i pełne zdrowego rozsądku, takie, jakie miałoby się nadzieję otrzymać od mądrej, troskliwej matki, którą była w prywatnym życiu dla trojga dorosłych już dzieci. Były bardzo małe, kiedy zaczęła pisać do „Woman's Life", traktując to jak furtkę do świata magazynów dla kobiet.

Tak naprawdę chciała pracować dla „Harper's Bazaar" albo „Vogue'a" i rubrykę z poradami dla kobiet zgodziła się prowadzić czasowo, czekając, aż gdzie indziej pojawi się jakaś atrakcyjna propozycja. Okazało się, że odkryła niszę i własne siły, i zakochała się w tym, co robi. Praca była idealna, w razie potrzeby mogła wykonywać ją w domu, zjawiając się w redakcji na kolegiach redakcyjnych i po to, żeby oddać skończony artykuł. Gdy dzieci były małe, ten tryb pracy pozostawiał jej wiele swobody, mogła się nimi opiekować. Teraz była wolna i mogła spędzać w redakcji więcej czasu, ale pracowała głównie drogą mejlową. Sama zmierzyła się z problemami, o których pisały do niej czytelniczki, miała rzeszę fanek i wydawca szybko uświadomił sobie, że jest dla nich kurą znoszącą złote jajka. W „Woman's Life" mogła robić, co chce, ufali jej intuicji, która jej do tej pory nie zawiodła.

Kaitlin Whittier pochodziła z arystokratycznej nowojorskiej rodziny z tradycjami, ale się z tym nie obnosiła i nigdy tego nie wykorzystywała. Wychowała się w otoczeniu wyjątkowym, już od najmłodszych lat miała ciekawe spojrzenie na życie. Nieobce jej były problemy rodzinne czy słabości ludzkiej natury, a także rozczarowania i zagrożenia, przed jakimi nie chroni pochodzenie. W wieku pięćdziesięciu czterech lat zachowała olśniewający wygląd – rude włosy, zielone oczy, i choć ubierała się skromnie, miała własny styl. Nie bała się głośno wyrażać opinii, nawet tych niepopularnych, i była gotowa walczyć o to, w co wierzyła. Łączyła w sobie odwagę i spokój, była oddana pracy, ale i pełna poświęcenia dla dzieci, powściągliwa, lecz silna.

W ciągu dziewiętnastu lat przeżyła kilka zmian u sterów czasopisma, nigdy jednak nie angażowała się w personalne rozgrywki, skupiona na swojej rubryce, a to zyskało uznanie zarządu. Była naprawdę wyjątkowa, podobnie jak jej rubryka. Lubiły ją czytać nawet jej koleżanki, zaskoczone, z iloma problemami mogły się utożsamić. Pisała dla wszystkich. Fascynowali ją ludzie i ich relacje, mówiła o tym ze szczyptą humoru, nie obrażając czytelników.

– Jeszcze pracujesz? – Carmen Smith wsunęła głowę w drzwi. Carmen, Latynoska, urodziła się w Nowym Jorku i wcześniej przez kilkanaście lat była wziętą modelką. Była też żoną brytyjskiego fotografa, w którym zakochała się, gdy pozowała mu do zdjęć, ale w czasie burzliwego małżeństwa rozstawali się kilka razy. O parę lat młodsza od Kait prowadziła dział urody. Przyjaźniły się w pracy, choć poza nią nie spotykały się, a ich prywatne życie bardzo się różniło. Carmen obracała się w środowisku artystów. – Czemu mnie to nie dziwi? Domyśliłam się, że cię tu znajdę, kiedy zobaczyłam, że nie wpadasz do wazy z ajerkoniakiem ani ponczem, jak wszyscy.

– Nie mogę sobie pozwolić na picie – powiedziała Kait z uśmiechem, nie odrywając wzroku od napisanej właśnie odpowiedzi kobiecie z Iowa, dręczonej psychicznie przez męża. Kait odpisała jej także prywatnie, bo nie chciała, żeby czytelniczka czekała trzy miesiące, aż porada ukaże się w czasopiśmie. Doradziła jej, żeby poszła do prawnika i lekarza, i szczerze porozmawiała z dorosłymi dziećmi o tym, jak traktuje ją mąż. Znęcanie – to był dla Kait ważny temat i zawsze traktowała je poważnie; tak było i tym razem. – Mam wrażenie, że od czasu tego zabiegu na twarz elektrycznym urządzeniem, które na mnie wypróbowałaś, tracę szare komórki – powiedziała do Carmen. – Musiałam przestać pić, żeby to zrekompensować.

Carmen roześmiała się i spojrzała na nią przepraszająco.

– Tak, wiem, mnie też bolała po nim głowa, miesiąc temu wycofali je ze sprzedaży. Ale warto było spróbować. – Dziesięć lat wcześniej, gdy Carmen skończyła czterdzieści lat, przyrzekły sobie, że nigdy nie poddadzą się operacji plastycznej i na razie trzymały się tego, choć Kait zarzucała Carmen, że oszukuje, bo robiła sobie zastrzyki z botoksu. – Zresztą, ty tego nie potrzebujesz – ciągnęła Carmen. – Nienawidziłabym cię za to, gdybyśmy się nie przyjaźniły. To ja nie powinnam potrzebować żadnej pomocy, z moją oliwkową cerą. A zaczynam wyglądać jak mój dziadek, który ma dziewięćdziesiąt siedem lat, ty za to jesteś jedyną rudą kobietą, jaką znam, z jasną cerą bez zmarszczek, a nie używasz nawet kremu nawilżającego. Jesteś okropna. Chodź, dołączymy do reszty, opijają się ponczem. Artykuł dokończysz później.

– Właśnie skończyłam – powiedziała Kait i wcisnęła „Wyślij", żeby przesłać tekst do redaktor naczelnej. Obróciła się w fotelu i spojrzała na koleżankę. – Muszę dziś kupić choinkę. W zeszły weekend nie miałam czasu. Muszę ją postawić i ubrać. Dzieci przyjeżdżają w niedzielę. Mam tylko dzisiejszy wieczór i jutro, muszę udekorować dom i zapakować prezenty, nie mogę tkwić przy wazie z ponczem.

– Kto przyjeżdża?

– Tom i Steph.

Carmen nie miała dzieci i nigdy nie chciała ich mieć. Mówiła, że jej mąż zachowuje się jak dziecko i że jedno jej wystarczy, za to dla Kait dzieci stanowiły centrum jej świata, gdy były małe.

Najstarszy syn Kait, Tom, był większym tradycjonalistą niż jego dwie młodsze siostry, a jego celem od najmłodszych lat była kariera w biznesie. Swoją żonę, Maribeth, poznał na studiach ekonomicznych w Wharton, pobrali się młodo. Była córką króla fast foodu z Teksasu, finansowego geniusza, który dorobił się miliardów i był właścicielem największej sieci restauracji na południu i południowym zachodzie. Miał jedną córkę i zawsze marzył o synu, przyjął więc Tommy'ego z otwartymi ramionami i wziął pod swoje skrzydła. Gdy po studiach Tom i Maribeth pobrali się, wciągnął go do biznesu. Maribeth była niezwykle bystra, pracowała w marketingu w cesarstwie ojca, mieli dwie córki – dwa cztero- i sześcioletnie małe aniołki. Młodsza miała rude włosy jak ojciec i babcia i z tej dwójki była bardziej żywiołowa. Starsza wyglądała jak matka, ładna blondynka. Kait rzadko je widywała.

Tom i jego żona byli tak zapracowani, że syn widywał matkę jedynie w czasie noworocznego obiadu, na kolacji, gdy przyjeżdżał do Nowego Jorku w interesach, i w czasie ważniejszych świąt. Należał teraz bardziej do świata żony niż do Kait. Ale widać było, że jest szczęśliwy i sam też zarobił fortunę dzięki okazjom, którymi podzielił się z nim teść. Trudno jej było z tym konkurować, a nawet znaleźć w jego obecnym życiu miejsce dla siebie. Pogodziła się z tym i cieszyła się, że mu się powodzi, choć tęskniła za nim. Kilka razy pojechała odwiedzić go w Dallas, ale zawsze czuła się jak intruz w ich pełnym zajęć życiu. Oprócz pracy w fastfoodowym imperium teścia, Tom i Maribeth angażowali się w działalność charytatywną, wychowanie córek i lokalną społeczność, no a on nieustannie podróżował w interesach. Kochał matkę, ale miał za mało czasu, żeby ją odwiedzać. Zamierzał osiągnąć sukces, a ona była z niego dumna.

Candace, drugie dziecko Kait, miała dwadzieścia dziewięć lat i obrała inną drogę. Jako środkowa z rodzeństwa chciała prawdopodobnie zwrócić na siebie uwagę – zawsze ciągnęły ją ryzykowne przedsięwzięcia i niebezpieczeństwo w różnej postaci. Pierwszy rok studiów spędziła w Londynie i nigdy stamtąd nie wróciła. Dostała pracę w BBC i awansowała tak długo, aż zaczęła produkować dla stacji filmy dokumentalne. Podobnie jak matka zaciekle broniła kobiet zmagających się z wykorzystywaniem. Pracowała nad kilkoma tematami na Środkowym Wschodzie i w krajach Trzeciego Świata w Afryce, przy okazji łapiąc parę chorób, ale mówienie o sytuacji kobiet wydawało jej się tak ważne, że dla tej sprawy gotowa była ryzykować własne życie. Przeżyła bombardowanie hotelu i katastrofę małego samolotu w Afryce, ale zawsze wracała do reportażu. Twierdziła, że nudziłaby ją praca przy biurku w Nowym Jorku. Chciała zostać niezależnym producentem filmów dokumentalnych. Na razie jej praca była satysfakcjonująca i ważna, i Kait z niej także była dumna.

Ze wszystkich dzieci Kait była najbliżej z Candace i miała z nią najwięcej wspólnego, ale rzadko ją widywała. Córka, jak zwykle, nie przyjedzie do domu na święta, kończyła zlecenie w Afryce. Od lat nie udało jej się przyjechać na Boże Narodzenie i zawsze wszystkim jej brakowało. W jej życiu nie było ważnego mężczyzny. Mówiła, że nie ma na to czasu, co wydawało się prawdą. Kait miała nadzieję, że pewnego dnia córka znajdzie tego jedynego. Była młoda i nie musiała się spieszyć. Tak że tym Kait zasadniczo się nie martwiła, bała się raczej miejsc, do których podróżowała córka, niebezpiecznych i bardzo niespokojnych. Candace nie przerażało nic.

Stephanie, najmłodsza córka Kait, była rodzinnym geniuszem komputerowym. Ukończyła prestiżowy Massachusetts Institute of Technology, zdobyła tytuł magistra informatyki na Uniwersytecie Stanforda i zakochała się w San Francisco. Dostała pracę w Google, jak tylko się obroniła, i tam poznała swojego chłopaka. Miała dwadzieścia sześć lat, praca w Google była dla niej idealna, uwielbiała swoje kalifornijskie życie. Rodzeństwo żartowało z niej, że jest maniakiem komputerowym, a Kait rzadko widywała dwoje ludzi, którzy bardziej pasowaliby do siebie niż Stephanie i jej chłopak, Frank. Mieszkali w Mill Valley w hrabstwie Marin, w maleńkim rozpadającym się domku, mimo codziennych długich dojazdów do pracy. Szaleli za sobą nawzajem i kochali swoją pracę.

Steph miała przyjechać na Boże Narodzenie, a dwa dni później spotkać się z Frankiem i jego rodziną w Montanie i spędzić z nimi cały tydzień. Kait nie mogła narzekać. Widać było, że córka jest szczęśliwa, a tego dla niej pragnęła, i że świetnie sobie radzi zawodowo. Stephanie też nie miała zamiaru wracać do Nowego Jorku. Po co? Miała wszystko, o czym marzyła, w San Francisco.

Kait zachęcała dzieci, żeby podążały za marzeniami, ale nie spodziewała się, że będą to robić tak daleko od domu, w którym się wychowały, że tak mocno zapuszczą korzenie w innych miejscach i w innym życiu. Nie narzekała, ale brakowało jej ich bliskości. Ale tak to już jest w dzisiejszym świecie – ludzie są bardziej ruchliwi, mniej zakotwiczeni i często wyprowadzają się daleko od swoich rodzin, aby rozwijać się zawodowo. Szanowała za to swoje dzieci i żeby uniknąć roztkliwiania się z powodu ich nieobecności, dbała, by mieć zajęcie. Dużo zajęć. Jej rubryka stała się więc dla niej jeszcze ważniejsza. Wypełniała życie pracą, była sumienna i uwielbiała to, co robi. Satysfakcję dawała jej też świadomość, że udało jej się wpoić dzieciom, żeby ciężką pracą osiągały swoje cele. Wszystkie znalazły dobrą pracę, a dwoje z nich spotkało dobrych ludzi, których kochało, odpowiednich towarzyszy życia.

Sama Kait wychodziła za mąż dwa razy – pierwszy tuż po studiach za ojca jej dzieci. Scott Lindsay był przystojny, czarujący, uwielbiał się bawić i był taki młody. Było im ze sobą wspaniale i dopiero po sześciu latach i trójce dzieci zorientowali się, że nie łączą ich te same wartości i że niewiele mają ze sobą wspólnego poza tym, że oboje pochodzili ze starych nowojorskich rodzin z tradycjami. Scott dysponował ogromnym funduszem powierniczym i Kait w końcu zrozumiała, że mąż nie ma zamiaru podjąć żadnej pracy, bo nie musi tego robić. Chciał się bawić przez całe życie, a Kait uważała, że wszyscy powinni pracować, bez względu na majątek. Wpoiła jej to niezłomna babcia.

Rozeszli się wkrótce po urodzeniu Stephanie, kiedy oznajmił, że chce przeżyć duchowe doświadczenie i zamieszkać na rok u mnichów buddyjskich w Nepalu, następnie rozważał uczestnictwo w wyprawie na Everest i utrzymywał, że mistycznie piękne Indie będą wspaniałym miejscem do wychowywania dzieci, oczywiście jak już zaliczy swoje przygody. Rozwiedli się bez wrogości czy goryczy po jego rocznej nieobecności, on też uważał, że tak będzie lepiej. Przez cztery lata przebywał z dala od domu, po powrocie był już obcy dla dzieci, w końcu przeprowadził się na południowy Pacyfik, poślubił piękną Tahitankę i urodziło mu się troje kolejnych dzieci. Zmarł po krótkiej tropikalnej chorobie, dwanaście lat po rozwodzie z Kait.

Wysyłała do niego dzieci na Tahiti, ale niezbyt się nimi interesował, a i one po kilku takich pobytach nie chciały tam więcej jechać. Po prostu rozpoczął nowe życie. To, dzięki czemu na studiach wydawał się czarujący i pociągający, później działało na jego niekorzyść, szczególnie gdy ona dojrzała, a on nie. Nigdy tak naprawdę nie dorósł i nie chciał tego. Ze względu na dzieci było jej smutno, gdy zmarł, one nie smuciły się tak bardzo. W końcu spędził z nimi niewiele czasu i okazał im niewiele zainteresowania. Właściwie nie czuły się z nim niczym związane. Jego rodzice również zmarli młodo, nie mieli zresztą kontaktu z wnukami. Kait była dla dzieci całym światem i jedynym oparciem. Wpoiła im swoje wartości, wszyscy troje podziwiali jej ciężką pracę, która nie przeszkodziła jej być zawsze przy nich, nawet teraz. Żadne z nich nie potrzebowało już jej pomocy. Szli wybraną przez siebie drogą, ale wiedzieli, że znalazłaby się przy nich w ciągu minuty, gdyby poprosili. Dzieci były dla niej najważniejsze, odkąd pojawiły się na świecie.

Drugie małżeńskie doświadczenie było zupełnie inne, ale nie bardziej udane niż pierwsze. Czekała do czterdziestki, żeby znów wyjść za mąż. Tom wyjechał już wtedy na studia, córki były nastolatkami. Poznała Adriana, gdy zaczęła studiować psychologię na Uniwersytecie Nowojorskim, był o dziesięć lat od niej starszy, robił doktorat z historii, pracował jako kustosz małego, ale znanego muzeum w Europie. Erudyta, utalentowany, fascynujący, inteligentny, otworzył przed nią nowe światy; podróżowali do wielu miast: Amsterdamu, Florencji, Paryża, Berlina, Madrytu, Londynu, Hawany, i zwiedzali muzea.

Z perspektywy czasu zrozumiała, że wyszła za niego zbyt szybko. Martwiła się, że za kilka lat będzie musiała się zmierzyć z pustym gniazdem i bardzo chciała ułożyć sobie życie. Adrian miał nieskończenie wiele planów, które chciał z nią zrealizować, nigdy wcześniej nie był żonaty i nie miał własnych dzieci. Wydawał się jej odpowiednim partnerem, a związek z kimś tak kulturalnym i o tak szerokiej wiedzy był dla niej ekscytujący. Był powściągliwy, ale miły i ciepły, dopiero rok po ślubie wyjawił jej, że ożenił się z nią, próbując przezwyciężyć naturę, ale mimo dobrych chęci zakochał się w młodym mężczyźnie. Przeprosił Kait z całego serca i wyjechał z nim do Wenecji, gdzie żyli szczęśliwie przez ostatnich trzynaście lat, a jej małżeństwo skończyło się rozwodem.

Od tamtej pory bała się poważnych związków i nie ufała swojej ocenie i wyborom. Wiodła przecież takie szczęśliwe i satysfakcjonujące życie. Widywała się z dziećmi, gdy tylko mogła, kiedy miały czas. Miała pracę, którą kochała, i przyjaciół. Cztery lata temu, gdy skończyła pięćdziesiątkę, wmówiła sobie, że nie potrzebuje mężczyzny i od tamtej pory nie spotykała się z nikim. Wydawało jej się, że tak jest prościej. Nie żałowała tego, co być może traciła. Adrian zupełnie ją zaskoczył, nic nie wskazywało na to, że może być gejem. Nie chciała kolejny raz wpaść w pułapkę ani popełnić błędu. Nie chciała przeżyć kolejnego zawodu albo czegoś gorszego.

Choć w swoich artykułach była gorącą zwolenniczką związków, jej samej zaczęły się wydawać zbyt skomplikowane. Twierdziła, że jest szczęśliwa, żyjąc sama, choć przyjaciółki, na przykład Carmen, usiłowały ją namówić, żeby spróbowała raz jeszcze, bo mając pięćdziesiąt cztery lata, jest za młoda na to, żeby rezygnować z miłości. Kait była zdziwiona swoim wiekiem. Nie czuła, że ma tyle lat, ani na nie nie wyglądała, a energii miała więcej niż kiedykolwiek. Lata płynęły. Była zafascynowana nowymi przedsięwzięciami, ludźmi, których poznawała i swoimi dziećmi.

– No to jak, idziesz się z nami upić? – spytała Carmen ze zniecierpliwioną miną. – Kiepsko przy tobie wypadamy, bez przerwy pracujesz. Są święta, Kait!

Kait zerknęła za zegarek, czekało ją kupno choinki, ale miała pół godziny, żeby napić się z kolegami.

Poszła z Carmen i wypiła trochę likieru, który okazał się wyjątkowo mocny. Ten, kto przygotował ów ajerkoniak, miał ciężką rękę. Carmen sączyła drugi kieliszek, gdy Kait wymknęła się, wróciła do gabinetu, wzięła z biurka grubą teczkę pełną listów, na które zamierzała odpowiedzieć na łamach czasopisma, i szkic artykułu, który zgodziła się napisać do „New York Timesa" o tym, czy nadal dochodzi do dyskryminacji kobiet w miejscu pracy, czy to po prostu mit i relikt przeszłości. Jej zdaniem dyskryminacja naprawdę istniała, przybrała jedynie subtelniejszą formę, zależnie od zawodu. Bardzo chciała dokończyć artykuł. Wsadziła teczkę do dużej torby, którą dostała od Stephanie, z logo Google, dyskretnie przeszła obok imprezujących kolegów, pomachała Carmen i wsiadła do windy. Dla niej święta już się zaczęły, teraz musi udekorować mieszkanie dla dzieci, które zjawią się za dwa dni.

Miała zamiar, jak zawsze, upiec na Wigilię indyka i zadbać o ulubione łakocie. Zamówiła już ciasto w cukierni i kupiła świąteczny pudding w angielskim sklepie spożywczym. Dla Toma miała gin Bombay

Sapphire, wyśmienite wino dla wszystkich, zaplanowała wegetariańskie dania dla Stephanie i smakołyki oraz płatki śniadaniowe w pastelowych kolorach dla wnuczek. Czekało ją jeszcze pakowanie prezentów. Miała przed sobą dwa pracowite dni. Na myśl o tym uśmiechnęła się i wsiadła do taksówki, żeby pojechać na targ z choinkami w eleganckiej dzielnicy niedaleko jej domu. Zaczynała czuć atmosferę świąt, tym bardziej że zaczął padać śnieg.

Znalazła ładne drzewko, odpowiednio wysokie do jej mieszkania, sprzedawca obiecał dostarczyć je późnym wieczorem, po zamknięciu targowiska. Miała stojak, ozdoby i lampki. Śnieg przylepiał się jej do rudych włosów i rzęs, gdy szła do domu, cztery przecznice dalej. Wszyscy byli w świątecznych nastrojach, szczęśliwi, że Wigilia już za dwa dni. Wybrała wianek na drzwi i kilka gałęzi choinki do ozdoby kominka w salonie. Zdjęła płaszcz i zaczęła rozpakowywać kartony z ozdobami, które wykorzystywała od lat i które dzieci nadal kochały. Niektóre zabawki, te z ich dzieciństwa, były lekko odrapane, ale lubili je najbardziej i gdyby nie powiesiła ich na choince, byliby niezadowoleni. Uwielbiali świąteczne prezenty od najmłodszych lat. To był czas pełen miłości i ciepła.

Mieszkała w tym samym apartamencie, co w czasach ich dzieciństwa. Jak na Nowy Jork mieszkanie miało spore rozmiary i było dla nich wręcz idealne, gdy kupowała je dwadzieścia lat temu. Dwie przyzwoitej wielkości sypialnie, z których jedną zajmowała ona, salon i jadalnia, duża kuchnia w rustykalnym stylu, w której wszyscy się gromadzili, a także – ponieważ budynek był stary – trzy pokoje dla służby od tyłu, które były pokojami dzieci, wówczas wystarczającej dla nich wielkości. Drugi pokój obok jej sypialni służył w razie potrzeby za pokój gościnny i za jej gabinet. Dawniej, gdy dzieci były małe, mieściła się w nim bawialnia. Kait miała zamiar teraz odstąpić swoją sypialnię Tomowi i jego żonie na czas ich krótkiej wizyty. Stephanie zajmie pokój gościnny, a dziewczynki Toma – jedną z dawnych służbówek, w których dorastali ich tata i ciotki. Kait będzie nocować w dawnym pokoju Candace, która nie przyjedzie. Nie przeprowadziła się do mniejszego mieszkania, bo lubiła mieć dość miejsca dla odwiedzających ją dzieci i wnuczek. Od paru lat nie zjeżdżali się wszyscy jednocześnie, ale niewykluczone, że kiedyś tak się stanie. Zresztą kochała to mieszkanie, było jej domem. Dwa razy w tygodniu przychodziła sprzątaczka, w pozostałe dni o porządek dbała sama, sama też dla siebie gotowała albo kupowała coś po drodze do domu.

Pensja z „Woman's Life" i pieniądze, które zostawiła jej babcia, pozwoliłyby jej na bardziej luksusowe życie, ale pozostała przy tym, co miała. Nie chciała więcej i nigdy nie czuła pokusy, żeby się popisywać. Babcia nauczyła ją, jaką wartość mają pieniądze, co mogą, jak bywają ulotne, i tego, jak ważna jest praca. Constance Whittier była wyjątkową kobietą, wszystkiego, co wiedziała o życiu, Kait nauczyła się od niej, przejęła jej ideały, w które nadal wierzyła i które wpoiła swoim dzieciom, choć samej Constance nie udało się to w stosunku do własnych dzieci, a może miała mniej szczęścia. Uratowała rodzinę przed katastrofą ponad osiemdziesiąt lat temu i w swoich czasach była legendą, dała wszystkim przykład zaradności, odwagi, wyczucia interesów i śmiałości. Stała się jedynym przykładem dla dorastającej Kait.

Constance, pochodząca z szanowanej arystokratycznej rodziny, była świadkiem, jak jej własna rodzina i Whittierowie stracili swoje fortuny w tym samym czasie, podczas krachu w dwudziestym dziewiątym roku. Była młodą mężatką, miała czworo małych dzieci, w tym noworodka Honora, ojca Kait. Wcześniej mieszkali w bajkowym świecie olbrzymich domów, wielkich posiadłości, nieograniczonego bogactwa, pięknych sukien, biżuterii i w otoczeniu armii służących, ale wszystko to obróciło się w proch wraz z krachem, który zniszczył życie wielu osób.

Mąż Constance nie był w stanie zmierzyć się z tym, co nadejdzie, i popełnił samobójstwo, gdy cały jego świat legł w gruzach. Constance została sama z czwórką dzieci i bez pieniędzy. Sprzedała, co mogła, resztę wcześniej stracili, przeprowadziła się z dziećmi do mieszkania w czynszowej kamienicy przy Lower East Side i próbowała znaleźć pracę, żeby je wykarmić. Nikt z jej rodziny ani najbliższego kręgu znajomych nigdy nie pracował, swoje fortuny wszyscy odziedziczyli. Nie miała żadnych zdolności poza tym, że była czarującą gospodynią, piękną młodą kobietą, dobrą matką i oddaną żoną. Pomyślała, że mogłaby zająć się szyciem, ale nie miała do tego zdolności. Więc zajęła się jedyną rzeczą, jaka przyszła jej do głowy i na jakiej się znała. Zaczęła piec ciastka, które tak lubiła piec dla swoich dzieci.

Dawniej miała cały sztab kucharzy, którzy przyrządzali wszelkie delicje, o jakich rodzina zamarzyła, ale Constance lubiła piec ciastka dla dzieci, gdy tylko kucharka wpuszczała ją do kuchni. W dzieciństwie nauczyła się tego od kucharki rodziców i bardzo jej się to przydało. Zaczęła je produkować w mieszkaniu z jedną sypialnią przy Lower East Side. Zabierała ze sobą dzieci i roznosiła ciastka po sklepach spożywczych, w gładkich pudełkach, które podpisywała „Ciasteczka dla dzieci pani Whittier". Sprzedawała je wszędzie, gdzie chcieli je kupić. Spotkała się z pozytywnym odzewem, nie tylko ze strony dzieci, ale także dorosłych. Sklepy i restauracje zaczęły składać zamówienia. Ledwie nadążała z pieczeniem, ale to, co zarobiła, pomagało utrzymać się jej i dzieciom w nowym życiu, w którym nieustannie martwiła się o przetrwanie i o to, żeby mieć wystarczającą ilość pieniędzy na utrzymanie. Później do ciastek dodała ciasta i zaczęła szukać przepisów, które zapamiętała – z Austrii, Niemiec i Francji, a zamówień było coraz więcej. Odkładała pieniądze i po roku mogła sobie pozwolić na to, żeby wynająć małą piekarnię i realizować zamówienia, których ciągle przybywało.

Jej ciasta były niezwykłe, ciastka podobno najlepsze. Dowiedziano się o niej w restauracjach w eleganckich dzielnicach i wkrótce zaopatrywała w swoje wypieki kilka najlepszych nowojorskich restauracji. Musiała też zatrudnić kobietę do pomocy. Dziesięć lat później miała najlepiej prosperujący interes cukierniczy w Nowym Jorku, a wszystko zaczęło się w maleńkiej kuchni, od rozpaczy, że nie zdoła wykarmić dzieci. Interes rozwinął się szczególnie w czasie wojny, gdy kobiety zaczęły pracować i nie miały czasu piec w domu. Constance miała już wtedy fabrykę, a w tysiąc dziewięćset pięćdziesiątym roku, dwadzieścia lat po rozpoczęciu działalności, sprzedała firmę General Foods za fortunę, która pomogła utrzymać trzy pokolenia jej rodziny i nadal do tego służyła. Fundusz powierniczy, który założyła, zapewnił każdemu pieniądze na start, za które mogli się wykształcić, kupić dom czy zacząć przygodę z biznesem. Stała się dla nich wszystkich przykładem zaradności i niepoddawania się.

Synowie Constance przynieśli jej rozczarowanie, chętnie odcinali kupony od finansowego sukcesu matki, ale sami byli leniwi. Przyznała później, że ich zepsuła, a jeden z nich miał pecha. Najstarszy syn miał słabość do szybkich samochodów i jeszcze szybszych kobiet, zginął w wypadku samochodowym, zanim zdążył się ożenić czy mieć dzieci. Ojciec Kait, Honor, był leniwy, egoistyczny, pił i uprawiał hazard, ożenił się z piękną kobietą, która uciekła z innym mężczyzną, kiedy Kait miała roczek. Matka Kait zaszyła się gdzieś w Europie i nigdy nie dała znaku życia. Honor zmarł rok później, w dość tajemniczy sposób, w jakimś burdelu w czasie podróży po Azji, kiedy Kait miała dwa lata i została z nianiami w Nowym Jorku. Przygarnęła ją i wychowała babcia, uwielbiały się.

Starsza córka Constance była utalentowaną pisarką, odnosiła sukcesy pod pseudonimem Nadane Norris. Zmarła przed trzydziestką na raka mózgu, bezdzietnie i jako panna. Młodsza wyszła za Szkota, wiodła spokojne życie w Glasgow i miała dobre dzieci, które opiekowały się nią aż do jej śmierci w wieku osiemdziesięciu lat. Te dzieci były kuzynami Kait, lubiła ich, ale rzadko widywała. Dumą i radością babki była Kait, przeżyły wiele wspaniałych przygód, kiedy dorastała. Kait miała trzydzieści lat, gdy jej babcia zmarła w wieku dziewięćdziesięciu czterech lat.

Constance Whittier przeżyła wspaniałe życie i dożyła pięknego wieku w pełni władz umysłowych. Nigdy nie patrzyła za siebie z goryczą czy żalem z powodu tego, co straciła, nie żałowała też tego, co musiała zrobić, żeby utrzymać dzieci. Każdy dzień traktowała jak okazję, wyzwanie i dar i dzięki temu Kait łatwiej było w trudnych chwilach lub kiedy spotykały ją rozczarowania. Jej babcia była najodważniejszą kobietą, jaką znała. Kait było przy niej miło i wtedy, gdy była dzieckiem, i wtedy, kiedy babcia miała dziewięćdziesiąt lat. Do samego końca nie brakowało jej zajęć – podróżowała, odwiedzała znajomych, śledziła sprawy gospodarcze, zafascynowana biznesem, i uczyła się nowych rzeczy. Mając osiemdziesiąt lat, nauczyła się płynnie mówić po francusku, a potem zapisała się na lekcje włoskiego i opanowała go całkiem dobrze.

Dzieci Kait pamiętały jeszcze prababcię, choć wspomnienia były mgliste, bo zmarła, gdy były malutkie. Ostatniego wieczoru zjadła kolację z Kait, śmiały się, a później dyskutowały z ożywieniem. Kait ciągle za nią tęskniła i na myśl o niej zawsze się uśmiechała. Lata, które razem przeżyły, były największym darem w jej życiu, nie licząc dzieci.

Gdy ostrożnie rozkładała świąteczne ozdoby na kuchennym stole, dostrzegła kilka zabawek ze swojego dzieciństwa i przypomniała sobie, jak wieszała je z babcią na choince w czasach, kiedy mieszkały razem. Ozdoby były wyblakłe, ale Kait wiedziała, że jej wspomnienia nie zbledną nigdy. Babcia zawsze będzie żyła w miłości i radości, których zaznały razem i które stały się podstawą jej życia. A ciasta i ciastka, które Constance zaczęła wypiekać z konieczności, żeby utrzymać dzieci, stały się bardzo popularne. Ciastka nazywały się po prostu „Dla Dzieci", a ozdobne torty i wypieki – „Ciasta Pani Whittier" i zapewniały rodzinie godne życie. General Foods podjęło mądrą decyzję i zachowało oryginalne nazwy produktów, które były nadal popularne i świetnie się sprzedawały. Constance Whittier stała się legendą – niezależna, zaradna kobieta, wyprzedzająca swoje czasy. Kait każdego dnia brała z niej przykład.

2

Ponieważ dzieci miały być krótko, chciała, żeby wszystko wypadło idealnie: choinka, dom, dekoracje, potrawy. Chciała, żeby za dwa dni dzieci opuszczały dom przepełnione dobrymi uczuciami i wzajemną życzliwością. Tom czasami lekceważył młodszą siostrę i dokuczał jej. Żyła na innej planecie, w świecie komputerów, Tom uważał jej chłopaka za dziwaka. Frank był miły, ale ciężko się z nim rozmawiało, interesowała go wyłącznie informatyka. Zaliczali się do geniuszy Google i byli typowymi maniakami komputerowymi. Z kolei Stephanie często mówiła do matki na osobności, że może trudno jej pojąć, jak teść jej brata dorobił się fortuny, sprzedając frytki, burgery i skrzydełka kurczaka w sosie barbecue i tajemniczych przyprawach, których nie chciał wyjawić. Ale Hank, ojciec Maribeth, był genialnym biznesmenem i wspaniale traktował Toma, dając mu szanse na udział w jego sukcesie i na to, żeby mógł dorobić się własnego majątku. Hank Starr był człowiekiem szczodrym i Kait była mu wdzięczna za możliwości, jakie stworzył jej synowi. Maribeth zaś była bystrą kobietą i dobrą żoną.

Stephanie odnosiła sukcesy zawodowe i znalazła idealnego partnera. Kait nie mogła prosić o nic więcej. Jedynie życie Candace nadal ją martwiło, przez te niebezpieczne miejsca, do których jeździła kręcić dla BBC filmy dokumentalne. Brat i siostra uważali, że jest szalona, nie wiedzieli, co nią kieruje. Kait trochę bardziej rozumiała swoje dziecko. Wobec olbrzymiego sukcesu finansowego brata, który stał się następcą tronu w królestwie teścia i genialnego umysłu młodszej siostry, Candace wybrała drogę, która zrobiła z niej gwiazdę jedyną w swoim rodzaju i zaskarbiła jej uwagę i szacunek ludzi. Głęboka troska Kait o los kobiet zainspirowała Candace, żeby stać się ich głosem. Zwracała na nie uwagę swoimi specjalnymi programami dokumentalnymi, nie bacząc na to, na co musiała się zdobyć, żeby je nakręcić. To, co robiła Kait, wydawało się przy tym banalne – po prostu odpisywanie na listy nieszczęśliwych kobiet i udzielanie im porad, jak rozwiązywać zwykłe, codzienne problemy i walczyć o lepsze życie. Ale Kait dawała im nadzieję, odwagę i poczucie, że komuś na nich zależy. Nie było to nieistotne osiągnięcie i wpłynęło na sukces, jaki jej rubryka odnosiła przez dwie dekady.

Kait nie była typem wojownika jak jej średnia córka czy babcia – ona zamieniła tsunami, które niemal ją zmiotło, w falę niosącą ich wszystkich przez wiele lat. Babcia była prekursorką kobiet pracujących, w jej czasach było to rzadkie. Udowodniła, że kobieta bez wykształcenia i szczególnych zdolności, nienauczona absolutnie niczego poza tym, żeby pięknie wyglądać i dotrzymywać towarzystwa mężowi, może odnieść sukces, dysponując ograniczonymi środkami. Dzieci rzucać nazwiskami, które w rzeczywistości mogły być poza ich zasięgiem.

Podziękowała mu serdecznie, kiedy żegnali się w holu. On szedł na kolację w interesach, ona chciała wrócić do domu i po prostu cieszyć się tą chwilą albo biegać i krzyczeć z radości. Nigdy w życiu nie przydarzyło jej się coś równie podniecającego. A to dopiero początek. Trudno jej było wyobrazić sobie, co będzie dalej. Zack mówił jej o wszystkim, ale połowę zapomniała, zanim dotarła do domu. Była oszołomiona. Nie chciała na razie nic mówić dzieciom, dopóki nie będzie miała pewności, że sprawa nabierze rozpędu. Może kiedy będzie wiadomo, że scenarzystka się sprawdza, a ona podpisze umowę. Może wtedy do niej dotrze, że to prawda. Na razie miała wrażenie, że to sen i bała się, że się z niego obudzi. Zapomniała spytać Zacka, ile czasu na to potrzeba i czy będzie w stanie nadal prowadzić swoją rubrykę. Bo nie zamierza porzucić wykonywanej od dziewiętnastu lat pracy na rzecz mrzonki, z której może nic nie wyjść.

Wróciła do domu, zdjęła płaszcz, usiadła na kanapie i spróbowała sobie wyobrazić, co to wszystko znaczy. Czuła się, jakby podróżowała po jakimś kraju bez znajomości języka i ktoś musiał jej wszystko tłumaczyć. Nagle poczuła się obco we własnym życiu. Ale cokolwiek miało się wydarzyć, wiedziała, że będzie to jedno z najbardziej ekscytujących doświadczeń i nie mogła się doczekać, żeby się w końcu zaczęło. Tej nocy leżała w łóżku, nie śpiąc i powtarzała sobie w myślach wszystko, co powiedział Zack. To znaczy to, co udało się jej zapamiętać. Miała o czym myśleć. Nie obejrzała nawet *Downton Abbey* na uspokojenie. Roześmiała się na myśl, że niedługo będzie miała własny serial. Niesamowite!

Zack zadzwonił następnego ranka, żeby jeszcze raz omówić kilka szczegółów. Chciał, żeby za dwa tygodnie przyleciała do Los Angeles spotkać się ze scenarzystką i spędziła z nią trochę czasu. Przy okazji chciał jej też przedstawić dwóch agentów, gdyż wkrótce agent będzie jej potrzebny do podpisania umowy. Miał nadzieję, że do tej pory zorientuje się, którzy aktorzy są dostępni i będą mogli wspólnie przeprowadzić casting. Dla telewizji wybór aktorów był ważnym elementem pracy, podobnie jak wybór reżysera. Zack mówił, że zamierza uderzyć do najlepszych, z czego bardzo się cieszyła. Na zakończenie rozmowy podziękowała mu gorąco i wyszła do pracy. Uzgodnili, że weźmie dwa tygodnie urlopu na wyjazd do Los Angeles, ale czy to możliwe, spyta w redakcji. Nie powinno być z tym problemu, mimo to musiała ich powiadomić. Zawsze szli jej na rękę w kwestii czasu spędzanego przez nią w biurze, mogła też zabrać pracę ze sobą i pisać w samolocie albo w Los Angeles.

Kiedy dotarła do pracy, wypełniła wniosek o dwa tygodnie urlopu. Nie zamierzała nikomu opowiadać, dokąd się wybiera ani co zamierza. Nie chciała zapeszyć, bo nic nie było jeszcze pewne, sformalizowane ani podpisane, istniały jedynie ustne ustalenia pomiędzy kablówką i Zackiem. Ale przecież słynął z tego, że produkuje świetne seriale. Wiedziała, że to niepewna branża, w której przedsięwzięcia upadają, a seriale są po prostu ściągane z ekranu. Nie chciała wyjść na idiotkę i przechwalać się, bo nie było gwarancji, że pomysł wypali, przynajmniej do czasu podpisania umowy. Na razie nie miała nawet agenta. Była pewna, że wszystko się poukłada, gdy umowy zostaną podpisane, ale do tego jeszcze daleka droga.

– Jak się udało wczorajsze spotkanie? – spytała Carmen, wsuwając głowę do gabinetu Kait w drodze na kolegium redakcyjne. Była zaciekawiona, gdy wczoraj zobaczyła Kait w eleganckim stroju, a lubiła wiedzieć, co się dzieje.

– Było miło – powiedziała Kait ogólnikowo i poczuła się jak kłamczucha, ale nie była tak blisko z koleżankami z pracy, żeby się im zwierzać z ważnych rzeczy. Postanowiła, że najpierw powinny dowiedzieć się jej dzieci, ale było jeszcze za wcześnie, żeby im o czymś mówić. Sprawa nie została jeszcze przesądzona.

– Wyglądasz dziś na o wiele szczęśliwszą – zauważyła Carmen, a Kait uśmiechnęła się.

– Bo jestem. – Nie wspomniała, że bierze urlop na podróż do Los Angeles. Nie mogłaby nie wyjaśnić powodu, a nie wymyśliła jeszcze dobrej wymówki.

– Przynieść ci jakąś sałatkę, jak będę wracać? – zaproponowała Carmen.

– Tak, śródziemnomorską. Dzięki. – Były dobrymi koleżankami, ale nie przyjaciółkami.

– Do zobaczenia o pierwszej – rzuciła Carmen.

Kait wypełniła resztę wniosku i poprosiła asystentkę, żeby zaniosła go do działu kadr. Dziwnie się czuła, zastanawiając się, czy będzie tu pracować pod koniec roku, czy może będzie zbyt zajęta pracą przy serialu. Starała się o tym nie myśleć, otwierając listy piętrzące się na biurku, na które miała odpowiedzieć na łamach czasopisma. Szybko sprowadziły ją na ziemię. Miała tu pracę do wykonania, tę samą, którą zajmowała się od dziewiętnastu lat – pisanie porad do „Woman's Life". Hollywood na razie będzie musiało poczekać. Nie może zapominać o tym, z czego żyła. Ale była podekscytowana tym, że jej opowieść nabiera życia, a prawdziwi aktorzy wcielą się w postaci, które stworzyła. Zastanawiała się, jacy to będą aktorzy, ale skupiła myśli na przyziemnych sprawach, które trzeba załatwić tego dnia.

W czasie lunchu spędziły miło czas z Carmen, plotkując i śmiejąc się przy sałatkach.

– Co jakiś czas pojawia się w twoich oczach takie nieobecne spojrzenie – stwierdziła Carmen w połowie posiłku. – Co jest grane? – Zastanawiała się, czy Kait poznała jakiegoś mężczyznę.

– Jestem po prostu zmęczona. Niewiele spałam zeszłej nocy.

– Potrzebujesz wakacji – stwierdziła rzeczowo koleżanka.

– Lecę do Londynu zobaczyć się z Candace, jak wróci. – Nagle przyszła jej do głowy myśl, że to idealny pretekst podróży do Los Angeles. – A za parę tygodni odwiedzę Stephanie w San Francisco i może Toma w drodze powrotnej.

– Miałam na myśli wakacje z prawdziwego zdarzenia, w jakimś ciepłym miejscu. Mnie też by się przydały – powiedziała Carmen rozmarzona.

– Mnie również – odpowiedziała wymijająco Kait i znów odpłynęła do swojej wizji Los Angeles i tego, co ją tam czeka czy będzie czekać wkrótce. – Dobra rada – podsumowała pomysł wakacji. – Może uda mi się namówić Steph na weekend w Los Angeles, kiedy u niej będę.

Carmen kiwnęła głową i wstała, żeby wyrzucić plastikowe pojemniki po sałatce. Weekend w Los Angeles wydawał jej się rozsądny, skoro Kait wybierała się do córki do Kalifornii.

– Wyśpij się dzisiaj – przykazała. – Zasypiasz na siedząco.

Kait roześmiała się, gdy drzwi się za nią zamykały. Najlepsze było to, że wcale nie chciało jej się spać i że ta fantazja, która rozgrywała się w jej życiu, była prawdziwa. Miała ochotę się uszczypnąć, żeby się upewnić, czy to prawda.

6

Dwa tygodnie przed wyjazdem do Kalifornii wlokły się Kait niemiłosiernie. Całe życie wydawało jej się teraz nudne i z trudem mogła się skupić na listach, na które odpowiadała, na tematach, które omawiała już wcześniej z tysiąc razy. Teraz chciała tylko znaleźć się w Los Angeles i dowiedzieć, co się dzieje z projektem.

Czuła się winna, że jedzie do Los Angeles i nie ma zamiaru odwiedzić Stephanie w San Francisco, ale nie wystarczyłoby jej czasu. Zack zaplanował wiele spotkań w telewizji, żeby ją przedstawić, omówić szczegóły związane z serialem i kierunek, w jakim mieli pociągnąć dalej fabułę. Zorganizował jej spotkania z agentami i reżyserką, którą chciał zatrudnić, miała też spędzić sporo czasu ze scenarzystką. To była podstawa, jak najszybciej muszą zlecić jej pracę, gdy tylko Kait ją zaakceptuje, jeżeli wszystko ma iść zgodnie z planem. Poza tym Zack chciał, żeby była obecna w czasie castingu. Czuł, że chce zobaczyć aktorów, bo wszystkie trzy aktorki, które zatrudnią, będą stanowić trzon serialu i było ważne, żeby nie odbiegały od wizji Kait, choć telewizja na pewno zażąda potem zmian.

Tak wiele było do załatwienia, że Kait nie miała pojęcia, jak z tym wszystkim zdążą. Zack zadzwonił

na całym świecie nadal uwielbiały jej ciastka „Dla Dzieci". Kait też je lubiła, chociaż te produkowane masowo nie były tak dobre jak te, które wychodziły z piekarnika babci, gdy była mała. Mimo to nadal były pyszne i dobrze się sprzedawały. Od czasu do czasu wykorzystywała któryś ze starych przepisów babci na uroczyste ciasto, w dzieciństwie szczególnie lubiła wiedeński tort Sachera, choć nie uważała, że ma szczególny talent do pieczenia czy gotowania. Miała za to inne zdolności, czego dowodem była jej rubryka w „Woman's Life".

Choinkę zaczęła ubierać już po północy. Najładniejsze, nowsze ozdoby powiesiła bliżej czubka, żeby mogli je podziwiać dorośli, cenne sentymentalne pamiątki z czasów dzieciństwa swojego i dzieci – na niższych gałęziach, żeby mogły się nimi cieszyć wnuczki. O trzeciej nad ranem skończyła i położyła się spać z długą listą rzeczy do załatwienia następnego dnia.

O ósmej była już na nogach, późnym popołudniem w sobotę dom wyglądał idealnie. Pojechała do supermarketu kupić resztę rzeczy, których potrzebowała. Nakryła stół, sprawdziła sypialnie, wieczór spędziła na pakowaniu prezentów przy odcinku *Downton Abbey*, swojego ulubionego serialu, odtwarzanego z płyty DVD. Serial zniknął z anteny kilka lat temu, ale jej nadal się podobał i miała wrażenie, że jego bohaterowie to jej starzy przyjaciele. Miło było słyszeć czyjeś głosy w pokoju, tak jakby ktoś z nią był. Oglądała go tak często, że wiele dialogów znała na pamięć. Dzieci żartowały z niej, ale ona to lubiła. Była to saga rodzinna, której akcja rozgrywa

się w Wielkiej Brytanii, z brytyjską obsadą, w drugim roku nadawania zyskała ogromną popularność w Stanach. Babcia filmowa czasami przypominała jej własną babkę.

Prezenty wybrane dla rodziny były tak różnorodne, jak jej członkowie. Tomowi kupiła piękną skórzaną kurtkę, wystarczająco odlotową jak na teksański styl życia, do noszenia w weekendy. Dla Maribeth znalazła torebkę i ciężki złoty naszyjnik od modnej projektantki, wiedziała, że Maribeth ją uwielbia. Stephanie i Frankowi podarowała dżinsowe kurtki podbite kożuszkiem i sprzęt trekkingowy, bo chodzili wyłącznie w dżinsach i nosili wysokie buty do wspinaczki albo adidasy do biegania. Stephanie z przerażeniem patrzyła na wysokie szpilki bratowej. Dla wszystkich były też książki i płyty, i lalki American Girl dla obu wnuczek, odpowiednie do ich wieku, ze wszystkimi akcesoriami.

Miała niezłą zabawę, kiedy kupowała lalki miesiąc wcześniej i widziała, jak dzieci w wieku jej wnuczek błagają o nie rodziców, kiedy je wybrała. Maribeth dostarczyła jej wskazówek, które okazały się pomocne. Kait od początku dobrze rozumiała się z synową, choć były zupełnie różne. Kait zdawała sobie sprawę z tego, że Maribeth włożyła wiele wysiłku w to, żeby zamienić Tommy'ego w Teksańczyka. W Dallas nosił kowbojskie kapelusze i szyte na miarę buty, które dostawał od teścia, z każdego możliwego gatunku egzotycznej skóry, od aligatora po jaszczurkę. Tommy doskonale dostosował się do swojego nowego świata, zresztą trudno byłoby mu się oprzeć, biorąc

pod uwagę profity, jakie mu przynosił. Kochał żonę i dzieci tak, jak jego matka kochała jego i jego siostry, gdy byli mali i teraz. Kait czasami potwornie tęskniła za nimi wszystkimi, ale nie pozwalała sobie na smętne rozmyślania. Byli szczęśliwi, ona zresztą też miała dobre życie. Idąc za przykładem babci, cieszyła się z tego, co ma, i nigdy nie narzekała z powodu tego, czego jej brakowało.

W wigilijny poranek otworzyła oczy, pełna radosnego wyczekiwania, przejęta, że za kilka godzin ich zobaczy. Usiłowała zadzwonić na komórkę do Candace, ale nie mogła się dodzwonić. Wzięła prysznic, włożyła czarne dżinsy, czerwony sweter i baleriny, jeszcze raz sprawdziła mieszkanie i włączyła lampki na choince. Była gotowa. Tommy z rodziną przylatywali wczesnym popołudniem samolotem jego teścia, w świąteczny wieczór mieli dołączyć do niego w olbrzymiej posiadłości, którą wynajął na Bahamach, i spędzić z nim resztę ferii. Spędzali z nim przerwę świąteczną co roku, ale odkąd się pobrali siedem lat temu, dzień Bożego Narodzenia spędzali z Kait. Stało się to tradycją.

Kait, zbyt podniecona, żeby zjeść obiad, przeczytała parę listów, na które musiała odpisać. Później zaktualizowała blog, który cieszył się ogromną popularnością. Dla Meredith i Lucie Anne nastawiła kolędy dziecięce w odtwarzaczu. Lucie Anne, podobna do ojca i babki, była na wskroś jedną z Whittierów. Wyglądała jak mała kula ognia z wielkimi zielonymi oczami, rudymi włosami i piegami, grzeczna, ale śmiała wobec dorosłych, zadawała niesamowicie

inteligentne pytania jak na czterolatkę. Meredith, Merrie, była nieśmiała, ostrożna, cichsza i miała południowy charakter jak jej matka. Uwielbiała rysować i pisać wiersze do szkoły. Obie były bystrymi, ciekawymi dziećmi i Kait marzyła, żeby móc spędzić z nimi więcej czasu i lepiej je poznać, ale życie dzieci było tak wypełnione szkołą i zajęciami pozaszkolnymi, że nawet gdy przyjeżdżała z wizytą, dziewczynki prawie nie miały dla niej wolnej chwili. Kilka wizyt w Teksasie w ciągu roku, wciśniętych w szalony grafik ich rodziców, i coroczna wizyta świąteczna nigdy jej nie wystarczały.

Stephanie wyleciała już z San Francisco i miała dotrzeć do mieszkania przed trzecią po południu. Nie wykazywała najmniejszego zainteresowania zamążpójściem i dziećmi i Kait zastanawiała się, czy to się kiedyś zmieni. Jej córka uważała, że małżeństwo to przestarzała instytucja, która straciła rację bytu, a wizja posiadania dzieci nigdy jej nie pociągała. Wolała towarzystwo dorosłych o podobnych zainteresowaniach, a Frank się z nią zgadzał. Byli zakochani w swojej pracy i w sobie nawzajem i w ich życiu nie było miejsca dla dzieci. A Candace lata świetlne dzieliły od związku z kimkolwiek, biorąc pod uwagę jej pracę dla BBC i ambicje zawodowe.

Kait słuchała, jak znajome opowiadały o tym, że spędzają czas z wnukami i ile radości im to sprawia, ale może nie było jej to pisane. Żałowała, że nie ma takiej więzi z wnuczkami, jaką miała jej babcia, zbyt rzadko i zbyt krótko je widywała, żeby się z nimi mocniej związać. Mogła je jedynie troszkę rozpieszczać

i starać się je poznać. Zajęta prowadzeniem swojej rubryki i własnym życiem, miała czasami wrażenie, że wnuczki to obce dzieci.

Gdy o drugiej zadzwonił dzwonek, była już gotowa. Syn, w garniturze, uściskał ją i zdecydowanie wszedł do salonu, Maribeth nie mogła przestać się zachwycać piękną choinką i dekoracjami, a Merrie i Lucie Anne weszły do środka, tańcząc jak małe wróżki. Lucie miała na sobie ulubioną tiulową spódniczkę pod czerwonym płaszczykiem i od razu poinformowała Kait o lekcjach baletu i występie, który odbędzie się w czerwcu. Kait wyciągnęła kanapki i ciastka, dla dorosłych miała świąteczny ajerkoniak, a dla dzieci gorącą czekoladę z bitą śmietaną i ptasim mleczkiem, i wszyscy rozmawiali z przejęciem, a Kait promieniała, szczęśliwa, że dzieci były w domu.

Stephanie dotarła godzinę później, w dżinsach, butach do pieszych wędrówek i ciężkiej kraciastej wełnianej marynarce Franka, którą pożyczyła od niego na wyjazd. Ucieszyła się na widok brata, który ją uściskał, a dziewczynki były wniebowzięte spotkaniem z ciotką, z którą zawsze była świetna zabawa i psoty. Gdy tylko postawiła walizkę w małym pokoju za kuchnią, wpadły i zaczęły skakać na jej łóżku, a ona im na to pozwoliła.

To było cudownie ciepłe, miłe popołudnie, które wszystkim sprawiło ogromną przyjemność. Wieczorem elegancko ubrali się do kolacji. Dziewczynki miały na sobie marszczone wyjściowe sukienki, które kiedyś przysłała im Kait, podobne do tych, jakie nosiły ich ciotki, gdy były w ich wieku. Maribeth

wystąpiła w seksownej czarnej koktajlowej sukience, a Stephanie w białym swetrze do dżinsów, nie zdjęła jednak butów wspinaczkowych, w których przyjechała, bo zapomniała wziąć innych, jak zawsze. Tom był ubrany jak należy, w garniturze i pod krawatem. Kait miała na sobie czarne jedwabne spodnie i koronkową bluzkę i małe diamentowe kolczyki, jej ulubione, które kiedyś należały do jej babci.

Rozmowa przy stole była ożywiona, a po kolacji Kait pomogła dziewczynkom przygotować nakrycie dla Mikołaja – szklankę mleka, marchewkę i sól dla renifera – rytuał jak co roku. Kait pomogła Maribeth położyć dzieci spać, przeczytała im świąteczną bajkę, a Stephanie rozmawiała z bratem na temat nowego systemu informatycznego, który mieli wdrożyć w firmie teścia i ostrzegła go, na co powinien uważać, co później miało się okazać bardzo przydatne. Siostra znała się na komputerach najlepiej ze wszystkich znanych mu ludzi i ogromnie ufał jej radom.

Dorośli siedzieli jeszcze długo po północy, gdy dziewczynki były już w łóżkach. Przed urodzeniem Merrie i Lucy Anne chodzili na pasterkę, ale teraz nie mieli z kim ich zostawić, a były za małe, żeby zabierać je w nocy do kościoła, zrezygnowali więc z tej tradycji, przynajmniej na jakiś czas. Kiedy już mieli się kłaść, zadzwoniła Candace przez Skype'a. U niej było już pierwsze święto, porozmawiali z nią, dowiedzieli się, co u niej słychać i gdzie jest. Tom podniósł laptop, żeby pokazać jej choinkę, powiedziała matce, że jest piękna i żałowała, że jej z nimi nie ma. Kait napłynęły łzy do oczu, gdy zobaczyła córkę i obiecała, że

przyleci odwiedzić ją w Londynie, gdy tylko Candace wróci z wyprawy. Dzięki temu będzie miała na co czekać. Candace zapytała młodszą siostrę, czy ma na nogach buty trekkingowe, czy normalne, a Stephanie roześmiała się i wyciągnęła nogę, żeby pokazać buty, i wszyscy śmiali się razem z nią.

– Zapomniałam zwykłych butów – powiedziała.

– No jasne. Czemu mnie to nie dziwi? Chyba ich w ogóle nie masz. Zawsze pożyczasz moje, gdy przyjeżdżam do domu na święta – przypomniała Candace, a Stephanie roześmiała się głośniej. – Jak tam Frank? Przyjechał z tobą? – Stephanie pokręciła głową.

– Spotykamy się pojutrze w Montanie. U niego wszystko w porządku. Mamy spędzić tydzień u jego rodziców. Jego tata choruje, dlatego chciał go odwiedzić. – Siostry nie rozmawiały ze sobą często, wykorzystały więc świąteczną okazję i skończyły rozmowę dopiero po półgodzinie.

Kait ogarnęła lekka melancholia.

– Mam nadzieję, że kiedyś zjedziecie do domu na święta wszyscy razem – powiedziała.

Wszyscy zauważyli, że Candace schudła i ma wokół siebie surowe otoczenie, ale wyglądała na szczęśliwą. Powiedziała, że wraca do Londynu za kilka tygodni, ale prawdopodobnie nie na długo. Wszyscy żyli na pełnych obrotach, a Kait nie mogła sobie wyobrazić, co by było, gdyby nie miała własnego życia. Byłaby zagubiona, gdyby nie praca, którą kochała i która wypełniała jej czas, i znów dotarło do niej, że nie można kurczowo trzymać się dzieci, że one są jedynie podarowane rodzicom na krótki czas.

Po rozmowie wszyscy poszli spać. Maribeth przeprosiła teściową za to, że zabiera jej pokój, a Kait zapewniła ją, że z radością go im odstępuje. Lubiła spać w dawnym pokoju Candace, obok dziewczynek. Powiedziała im wcześniej, kiedy szły spać, żeby obudziły ją rano i wiedziała, że to zrobią.

Napisała do nich listy od Mikołaja, żeby znalazły je rano razem ze skarpetami pełnymi świątecznych cukierków, lizaków, zabawek, książeczek i innych drobiazgów, które miały zapewnić im zajęcie. Stało się to tradycją, gdy jej dzieci były małe, przestrzegała jej tak jak wszystkich innych.

W mieszkaniu zapadła cisza, aż do czasu gdy dziewczynki dopadły rano Kait w łóżku, piszcząc z radości na widok tego, co Mikołaj zostawił w ich skarpetach. Przeczytała z nimi listy od Mikołaja, który chwalił je za to, że przez cały rok były takie grzeczne i zapewnił, że znajdują się na początku listy grzecznych dzieci Mikołaja.

Pozostali dorośli w szlafrokach i piżamach rozpakowali prezenty od Kait leżące pod choinką, gdyż dziewczynki nie były w stanie wytrzymać ani chwili dłużej. Wszyscy byli zachwyceni prezentami, Tom i Maribeth dali Kait piękny antyczny medalion w kształcie serca z fotografiami Merrie i Lucie Anne w środku. Stephanie podarowała jej nowy komputer, który dostarczono przed jej przyjazdem. Podobno był supernowoczesny i o wiele lepszy od tego, który Kait miała do tej pory w domu. Stephanie skonfigurowała go dla niej i pokazała wszystkie aplikacje, które wgrała, a do kompletu kupiła jej najnowocześniejszy telefon. Tom

i Maribeth wyciągnęli prezenty od Mikołaja, które przywieźli ze sobą, po kilka dla każdego.

Później razem zjedli śniadanie, ubrali się i usiedli w salonie, a dziewczynki bawiły się lalkami. Potem zjedli swobodny lunch w kuchni. Dzień zleciał szybko i Kait czuła ból w sercu, gdy o szóstej Maribeth ubrała dziewczynki na podróż, a o wpół do siódmej wyszli z domu po niekończących się pożegnaniach. Wyruszyli na lotnisko w New Jersey, gdzie czekał na nich samolot ojca Maribeth, który miał ich zabrać na Bahamy. Po ich wyjeździe Kait rozmawiała cicho ze Stephanie, starając się powstrzymać łzy. W ciągu jednego dnia poczuła się bliżej wnuczek, ale znów ich nie było.

– Wszystko mija tak szybko – powiedziała cicho. Stephanie wyjeżdżała o szóstej następnego ranka. Dla Kait święta właściwie się skończyły, były bardzo miłe.

– Przecież przyjeżdżamy do domu, mamo – przypomniała Stephanie, a Kait wiedziała, że ciężko im zrozumieć, ile to dla niej znaczy i jakie inne było jej życie bez nich. Dawanie wolności jest sztuką, której musiała się nauczyć, gdy dzieci dorosły, ale wcale nie było to łatwe. Przebywając z nimi, zawsze zaczynała żałować, że nie mieszkają w tym samym mieście. Życie wyglądałoby zupełnie inaczej, gdyby mogła się z nimi spotkać w każdej chwili, zjeść razem lunch czy kolację. Odzyskała własne życie, które mogła wypełnić i przeorganizować, gdy dorośli, a czytając listy, na które odpowiadała na łamach czasopisma, wiedziała, że z tym samym wyzwaniem zmagają się inne kobiety. Dopiero co byliście rodziną, a nagle

okazuje się, że jesteś sama. Ona przynajmniej nigdy nie skarżyła się dzieciom ani nawet przyjaciołom. Starała się zachowywać tak, jakby jej było łatwo, kierując się dumą i szacunkiem dla nich. Ale po wyjeździe Toma z rodziną poczuła w sercu niemal fizyczny ból. Nigdy nie chciała pokazać żadnemu z dzieci, jak bardzo cierpi. Była zdania, że jej szczęście nie zależy od dzieci, ale od niej samej. Przypominała o tym także swoim czytelniczkom i radziła im, by zatroszczyły się o własne życie i wypełniły czas nową aktywnością. – Frank chciał, żebym w tym roku spędziła święta z nim i z jego rodziną – dodała Stephanie, a Kait poczuła ulgę, że tak się nie stało. – Ale nie chciałam ci tego zrobić. Wiem, że byłabyś zawiedziona.

– Byłabym – potwierdziła Kait. – I to bardzo. Wspólne święta wiele dla mnie znaczą. – Wyczekiwała ich przez cały rok, ale nie chciała, żeby te słowa zabrzmiały żałośnie.

– Wiem, mamo – powiedziała cicho Stephanie i pogłaskała ją po ręce, a potem poszły do kuchni zjeść świąteczne resztki, rozmawiając o tym, jakie fajne są córki Toma. Stephanie zauważyła, że brat jest wspaniałym ojcem i sprawiała wrażenie, jakby tym była zaskoczona. – To zajmuje tyle czasu. Nie wiem, jak on to robi.

– Ale warto – wyjaśniła Kait.

– Chyba dlatego Frank i ja nie chcemy mieć dzieci – dodała córka poważnie. – Za dużo zachodu. Nie wyobrażam sobie, że miałabym tak żyć.

– Może jeszcze zmienisz zdanie. – Stephanie miała dopiero dwadzieścia sześć lat.

– Może – odparła, ale nie wyglądała na przekonaną. Zjadły kolację i posprzątały w kuchni, Stephanie wyręczyła matkę i powkładała naczynia do zmywarki. – Właściwie to dziwne – zauważyła. – Nie myślę, że jesteś stara ani że jesteś babcią. Ciągle jesteś taka młoda. Na pewno fajnie jest odzyskać własne życie, mieć nas wszystkich dorosłych, poza domem, i cieszyć się swobodą. – Do Kait dotarło nagle, jak niewielkie pojęcie ma jej córka na temat macierzyństwa i tego, jaka pustka pozostaje, gdy dzieci się wyprowadzają, bez względu na to, jak człowiek jest młody.

– Moje najszczęśliwsze lata to te, kiedy byliście mali i miałam was w domu. Teraz korzystam z życia i realizuję się w pracy, ale nic nie może się z tym równać. Na pewno są ludzie, którzy czują ulgę, gdy dzieci się wyprowadzają. Ale wy rozpuściliście mnie, strasznie fajnie się z wami żyło – powiedziała ze smutkiem i przytuliła córkę. – Nigdy nie czekałam na to, żebyście się wyprowadzili i uwielbiam, jak przyjeżdżacie do domu. – Stephanie kiwnęła głową, ale nadal nie miała pojęcia, jak bardzo matka za nią tęskni, mimo że ma własne szczęśliwe życie.

– Powinnaś sobie znaleźć chłopaka, mamo. Miałabyś rozrywkę. Nadal świetnie wyglądasz. Frank uważa, że jesteś bardzo atrakcyjna – powiedziała szczerze, a Kait roześmiała się.

– Podziękuj mu ode mnie za komplement. A masz pomysł, jak znaleźć tego chłopaka? Dać ogłoszenie? Rozesłać je mejlem? Podrywać facetów w pubach?

Kiedy się jest w wieku Stephanie, życie wydaje się takie proste, tym bardziej, że córka żyła na innej planecie.

Zawsze miała takie podejście, a teraz, w jej ograniczonym wszechświecie, dołączył do niej Frank i oboje lepiej rozumieli się z komputerami niż z innymi ludźmi.

– Na pewno poznajesz wielu fajnych facetów – ciągnęła Stephanie.

– Nie. I, prawdę mówiąc, dobrze mi z tym. Jestem zajęta czasopismem, blogiem, Twitterem, Facebookiem i całą resztą. Cieszę się, gdy wieczorem zmęczona wracam do domu i padam. A kiedy czytam listy czytelniczek, czuję ulgę, że nie mam problemów, jakie się pojawiają w większości związków. Byłam mężatką dwa razy. Nie chcę sobie zawracać głowy tym, że ktoś niszczy mi życie, kłóci się ze mną, może zdradza, chce zmienić to, jak żyję, mówi mi, co i jak mam robić, złości się na to, że za dużo pracuję albo nie cierpi moich przyjaciół. Ludzie godzą się na wiele, żeby utrzymać związek. Nie chcę znów przez to przechodzić. Wszystko jest po mojemu, poza tym że was rozrzuciło po całej mapie, do trzech miast na dwóch kontynentach, ale już się do tego przyzwyczaiłam. – Wyglądała na zadowoloną, gdy to mówiła. – Tęsknię za wami, ale dobrze mi samej.

– Nie jesteś tak stara, żeby rezygnować z uczuć. – Carmen powiedziała to samo, ale Kait nie była zakochana od lat, a gdy jej się to przydarzało, nie wychodziła na tym dobrze. Tak jak teraz żyło się jej wygodnie. – Nie musisz znów wychodzić za mąż, znajdź sobie tylko faceta, z którym mogłabyś się spotykać, gdybyś miała na to ochotę.

– To brzmi jak usługi towarzyskie, a nie jak miłość – roześmiała się matka. – Nie wydaje mi się,

żeby faceci lubili być na zawołanie. Oczekują czegoś
więcej, i nic w tym dziwnego. Myślę, że era mediów
społecznościowych dała ludziom fałszywe wyobrażenie, że za pomocą aplikacji można sobie wezwać
faceta, kiedy tylko ma się ochotę, a potem go oddać,
jak samochód Ubera, kiedy ma się go dość. Wiem,
że są ludzie, którzy tak postępują, ale ja mam inny
charakter. To bez sensu. Nie rozumiem tego. Cenię
dawne wartości i związki. Tylko po prostu nie wiem,
czy chcę jakiegoś związku, a kiedy się nad tym poważnie zastanawiam, dochodzę do wniosku, że nie.

– Szkoda, mamo. Jesteś za ładna, za fajna i za mądra, żeby tkwić tu samotnie. Moim zdaniem powinnaś zacząć umawiać się na randki. – Brzmiało to tak,
jakby mówiła o sporcie, który Kait miałaby na nowo
zacząć uprawiać, jak tenis czy golf. Ale Kait wiedziała,
że randki wymagają o wiele więcej wysiłku. Po ostatnim małżeństwie, po tym, jak niewłaściwie oceniła
Adriana i dała mu się zwieść, nie chciała próbować
po raz kolejny. Poza tym od kilku lat nie poznała
mężczyzny, który by ją zainteresował. Ta decyzja nie
wymagała od niej wielkiego poświęcenia.

– Dzięki za podpowiedź – powiedziała i uściskała
córkę, która spojrzała na zegarek.

– Lepiej wcześniej się położę. Muszę jutro wyjść
o piątej, żeby zdążyć na samolot. Nie wstawaj, żeby
się ze mną pożegnać, możemy to zrobić dzisiaj.

Ale Kait pokręciła głową.

– Mowy nie ma, żebym cię nie uściskała przed
wyjściem. Co mam lepszego do roboty? Kiedy wyj-
dziesz, mogę wrócić do łóżka. – Nigdy nie wypuszczała

dzieci bez pożegnania, nigdy wcześniej tego nie zrobiła i nie miała zamiaru zacząć teraz.

– Nie musisz – powiedziała wspaniałomyślnie Stephanie.

– Wiem. Ale czułabym się oszukana, gdybym nie dostała od ciebie uścisku przed wyjściem. – Córka roześmiała się.

– Ciągle jesteś mamą. – Miała taką minę, jakby to była dla niej zagadka, i Kait podejrzewała, że tak właśnie jest. Córka nie przejawiała instynktu macierzyńskiego, choć była miła dla bratanic i sama zachowywała się przy nich jak dziecko.

– No, jasne, że jestem mamą. – Kait uśmiechnęła się. – Zawsze nią będę, to część tego, kim jestem, niezależnie od tego, ile macie lat. – Miało to dla niej wyjątkowe znaczenie dlatego, że matka porzuciła ją, gdy była malutka. Wiele lat później babcia poczyniła pewne wysiłki, żeby dowiedzieć się, co się stało z matką Kait i dowiedziała się, że utonęła na łodzi w wypadku w Hiszpanii, gdy Kait miała dziesięć lat. Ale matka nigdy nie próbowała się z nią skontaktować ani zobaczyć. Ona też nie była stworzona do macierzyństwa i nawet nie próbowała do niego dorosnąć. Babcia była dla Kait jedyną matką i właśnie ten fakt wpłynął na to, że była tak oddana dzieciom. Nigdy nie chciała być podobna do własnej matki.

– W każdym razie nie poczuję się urażona, jeżeli nie wstaniesz – zapewniła ją Stephanie, ale i tak wiedziała, że Kait ją pożegna.

Kait nastawiła budzik na wpół do piątej, kiedy poszła się położyć znów we własnej sypialni. Rano

zapukała do drzwi pokoju Stephanie z kubkiem kawy i grzanką i postawiła je przy łóżku. Dwadzieścia
minut później córka wyłoniła się w kraciastej marynarce Franka, wyglądała świeżo, a włosy miała
jeszcze mokre spod prysznica. Spędziła miłe święta
z mamą, ale cieszyła się, że za kilka godzin dołączy
do Franka. On był teraz jej życiem. Matka stanowiła
fragment przeszłości, ważny punkt i kotwicę, ostoję,
do której zawsze mogła wrócić.

Trwały w uścisku przez długą chwilę, Kait pocałowała córkę i przyglądała jej się, kiedy czekały na windę.
Stephanie, z promiennym uśmiechem, podziękowała
matce za cudowne święta i znikła, gdy drzwi windy
się zamknęły. Kait wpatrywała się w nie przez długą
chwilę, a potem powoli wróciła do mieszkania. Przez
chwilę czuła się zagubiona, rozglądała się, jakby na
nowo przestawiała się na własne życie – to, w którym
jest samotną dojrzałą kobietą, matką, której dzieci się
wyprowadziły. I bez względu na to, jak to zagłuszała,
zaprzeczała czy próbowała ignorować, cierpiała na
to, o czym jej czytelniczki pisały z goryczą. Na syn-
drom pustego gniazda. Wróciła do sypialni, położyła
się i płakała z tęsknoty za dziećmi.

3

Tydzień między świętami a Nowym Rokiem był bardzo mroźny, dwa razy spadł śnieg. Stephanie napisała do Kait z Montany, że doleciała bezpiecznie, a Tom przysłał wiadomość z Bahamów, żeby podziękować jej za miło spędzony czas i prezenty. Gdy otrząsnęła się po ich wyjeździe z szoku, który przeżywała zawsze, kiedy się rozstawali, jej życie wróciło na dawne tory. Pod pewnymi względami miło jest mieć dorosłe dzieci. Może robić, co chce, pracować, odpoczywać, spać, oglądać telewizję, spotykać się z przyjaciółmi albo nie robić zupełnie nic. Może jeść, kiedy chce i nie musi się przejmować zabawianiem dzieci ani dbać o to, żeby było im miło. Zawsze czuła sprzeczność między pragnieniem spędzania czasu z dziećmi i tęsknotą za nimi, a docenianiem czasu przeznaczonego wyłącznie dla siebie. To był luksus, którego jako samotna matka nigdy nie miała, gdy dzieci były małe. Wtedy zawsze robiła coś dla nich, martwiła się o nie, pomagała im odrabiać lekcje, miała oko na to, z kim się przyjaźnią, pocieszała, gdy miały złamane serce, pomagała wypełnić podania na studia i rozmawiała z nimi o rzeczach ważnych w życiu. Jednocześnie starała się podołać obowiązkom zawodowym i wykonać pracę w terminie. W tamtych

chwilach często myślała o swojej babci, która z luksusów i zbytków, nieograniczonych środków finansowych i braku obowiązków musiała się przestawić na małe mieszkanie z jedną sypialnią, opiekę nad czworgiem dzieci bez pomocy służących, guwernantek czy niań i prowadzenie interesu – piekła ciastka i ciasta dla pobliskich restauracji, żeby jej dzieci miały co jeść, dach nad głową i nowe buty. W chwilach, kiedy Kait miała wrażenie, że przeszkody są nie do pokonania, przypominała sobie to, co osiągnęła babcia i już wiedziała, że ona też da sobie radę, tym bardziej że znajduje się w o wiele lepszej sytuacji niż jej babcia w trudniejszych czasach.

Dokończyła pracę nad artykułem, wysłała wywiad do „Los Angeles Times" mejlem ze swojego nowego komputera i w nagrodę obejrzała kolejny odcinek ulubionego serialu. Zawsze sprawiał jej przyjemność, bez względu na to, który raz go oglądała. Sytuacje w *Downton Abbey* rozstrzygały się pomyślnie po odcinku czy dwóch, wiadomo było, kto jest dobry, a kto zły i czego się spodziewać po bohaterach. Była zaskoczona tym, ile pociechy jej dawał. Carmen miała całą listę ulubionych programów, które lubiła z różnych powodów i rozmawiały o nich w czasie lunchu. Ona wolała zagadki i nie przeszkadzała jej przemoc, najbardziej lubiła filmy z elementami science fiction, natomiast Kait nie cierpiała ich. Miała wrażenie, że w dzisiejszych czasach każdy ma swój ulubiony serial, w telewizji kablowej albo w streamingu. Epoka seriali telewizyjnych dobiegła końca.

Cztery dni po wyjeździe Stephanie Kait odebrała telefon od przyjaciół, którzy co roku zapraszali ją na przyjęcie sylwestrowe. Gromadziła się u nich zwykle przypadkowa zbieranina ludzi, którzy nie mieli nic innego do roboty i nie chcieli siedzieć sami w domu. Już wcześniej postanowiła, że w tym roku nigdzie nie pójdzie, nie chciało jej się wychodzić na mróz, nerwowo łapać taksówki, żeby do nich dojechać, tym bardziej że znów miał padać śnieg. Pomyślała, że to świetny czas, żeby zostać w domu i dwa tygodnie wcześniej nie przyjęła zaproszenia. Nie miała zresztą osoby towarzyszącej, a nie chciała spędzać kolejnego balu, patrząc, jak inni całują się o północy i udawać, że nic jej to nie obchodzi. Zwykle nie obchodziło, ale w szczególne wieczory, takie jak ten, czuła się jak piąte koło u wozu. Sylwester na tym przecież polegał.

Była zaskoczona, kiedy Jessica Hartley sama zadzwoniła do niej, żeby ją namówić do przyjścia. Pracowała w dziale graficznym w konkurencyjnym czasopiśmie i była utalentowaną malarką. Jej mąż prowadził fundusz hedgingowy na Wall Street. Nie byli jej serdecznymi przyjaciółmi, ale co roku zapraszali ją na przyjęcie sylwestrowe. I wiele razy skorzystała z zaproszenia.

– Daj spokój, Kait. To tradycja, w tym roku też nie możesz opuścić imprezy. – Ale ona właśnie na to miała ochotę. Noc w łóżku przed telewizorem, z jedzeniem zamówionym przez telefon, kusiła ją bardziej niż strojenie się i ryzykowanie życia i kończyn na oblodzonych ulicach. Ale Jessica nalegała i Kait była naprawdę zła na siebie, kiedy w końcu zabrakło

jej wymówek i zgodziła się. Jeszcze większa złość ogarnęła ją po godzinie czekania na samochód, który miał po nią przyjechać i żałowała, że uległa. Taksówka w końcu się zjawiła i zawiozła ją do mieszkania Hartleyów w West Village. Podobnie jak ona mieli dorosłe dzieci – dwójkę obecnie studentów. Jessica powiedziała, że przyjechali do domu na święta, ale na ten wieczór mają własne plany. Narzekała, że nawet kiedy przyjeżdżają do domu, właściwie ich nie widuje. Wolą spędzać czas ze znajomymi.

Jessica i Sam ucieszyli się, kiedy przyjechała i przywitali ją serdecznie. Przy kominku stała grupka ludzi, próbujących się ogrzać. Jak co roku kobiety miały na sobie długie suknie albo eleganckie sukienki bankietowe, mężczyźni byli w garniturach. Była to jedyna noc w roku, kiedy znajomi Hartleyów umawiali się na eleganckie stroje. Kait miała na sobie starą czarną welwetową spódnicę i białą satynową bluzkę. Próbując złapać nastrój, wzięła kieliszek szampana od Sama i stanęła z innymi przy kominku. Jak na razie była to najzimniejsza noc tej zimy, padł swoisty rekord złej pogody i Kait znów zatęskniła za łóżkiem.

Choć znajomych Hartleyów widywała jedynie raz do roku, rozpoznała wszystkich gości poza jednym. Nazywał się Zack Winter, Sam powiedział, że mieszkali razem w akademiku w czasach studenckich. Obecnie jest producentem telewizyjnym z Los Angeles, powiedziała szeptem Jessica, i wyjaśniła Kait, że wyprodukował kilka nagrodzonych seriali i tak się przypadkowo składa, że jest wolny, bo niedawno się rozwiódł. Wtedy zrozumiała, dlaczego tak im zależało,

żeby się u nich zjawiła – była jedyną samotną kobietą, została wyznaczona jako kandydatka do randki w ciemno, przez co ta noc stała się jeszcze bardziej krępująca, zanim się w ogóle zaczęła. Zack był ubrany w marynarkę i czarną koszulkę, dżinsy i czarne zamszowe mokasyny w kalifornijskim stylu. Brakuje mu tylko złotego łańcucha na szyi, pomyślała Kait. Wyglądał, jakby nie golił się od tygodnia, przez co, w jego wieku, wyglądał raczej na zaniedbanego niż modnego. Kait nie wysilała się, żeby z nim porozmawiać, bo zorientowała się już wcześniej, że będą siedzieć obok siebie w czasie kolacji. Nie cieszyła się z tego powodu i nie robiło na niej wrażenia to, jakim powodzeniem cieszyły się jego seriale. Zrobiłby na niej większe wrażenie, gdyby miał na sobie wyprasowaną białą koszulę, garniturowe spodnie i ogolił się. Był mniej więcej w jej wieku.

Kiedy godzinę później siadali do kolacji, wszyscy czuli się swobodnie. Potrawy jak zawsze były wyśmienite i goście z przyjemnością wyczekiwali smacznej kolacji i miłego wieczoru wśród sympatycznych osób.

– Czytałem kiedyś twoją rubrykę. Jestem wielbicielem *Powiedz Kait* – powiedział Zack, kiedy usiedli. – Próbowałem za jej pomocą uratować małżeństwo, ale moja była żona była dość specyficzna. Toczymy batalię o opiekę nad psem. Wciąż czytam twój blog i obserwuję cię na Twitterze – powiedział, kiedy kelner z firmy kateringowej Hartleyów postawił przed nimi kraba na zimno, a Kait nie bardzo wiedziała, czy powinna okazać współczucie, czy się roześmiać.

Ale jemu dopisywał humor, postanowiła więc, że będzie z nim szczera, nie zważając na jego niedbały wygląd. Wyglądał jak typowy producent z Los Angeles albo jak jej wyobrażenie typowego producenta z Los Angeles.

Spytał o jej ulubiony serial, ona przyznała się, że jest wiernym widzem *Downton Abbey*, a on się uśmiechnął.

– Zawsze, gdy mam zły dzień, oglądam dwa ulubione odcinki z dwóch ostatnich sezonów i od razu czuję, że świat jest piękniejszy – powiedział. Kobieta naprzeciwko usłyszała ich rozmowę, spytała, o jaki serial chodzi, i przyznała, że ona też go ogląda, a potem zaczęła wygłaszać peany na cześć jednego z jego seriali, współczesnej sagi rozgrywającej się w Australii. Widać było, że Zack jest zadowolony. Mężczyzna siedzący naprzeciwko zaczął opowiadać o serialu policyjnym, który oglądał od trzech lat. Pięć minut później połowa stołu rozmawiała o tym, jakie seriale lubi najbardziej, Kait słuchała, rozbawiona, a Zack się roześmiał. – To narodowe szaleństwo – powiedział. – Trzeba tylko mieć nadzieję, że trafi się z odpowiednim serialem we właściwym czasie, żeby stał się przebojem, zawsze potrzeba odrobiny szczęścia. – Ze skromnością traktował swój sukces, przy stole posypała się lawina komentarzy i rozgorzała dyskusja na temat ulubionych seriali gości. Producentem kilku z nich był Zack. Kait widziała fragmenty dwóch, ale nie oglądała ich regularnie. – Mamy w tej chwili na antenie trzy hitowe produkcje, a w styczniu wchodzimy z nową o chińskiej rodzinie w Hongkongu.

Ale nie wiem, czy to twoje klimaty, jest ostrzejszy niż inne, jest w nim sporo przemocy – wyjaśnił.

– Zgadłeś, to nie moja bajka – przyznała. – Ja lubię miłe, rodzinne seriale. Oglądałam parę innych, ale byłam po nich bardziej zdenerwowana, niż gdy zaczynałam je oglądać. Ale podobały mi się twoje dwa.

– Niektórzy lubią przemoc i stres. Działa jak terapia szokowa, odrywa ich od prawdziwego życia.

– Prawdziwe życie jest niespokojne i okropne. Nie potrzebuję tego dodatkowo w telewizji. – Rozmawiali później o jego następnym serialu i o tym, jak wyglądało kręcenie zdjęć w Chinach – jego zdaniem, bardzo trudne. Znał się na swoim fachu i miał na koncie wiele podróży. Wydał jej się sympatyczny i inteligentny, mimo swego niechlujnego wyglądu, który pasował do Los Angeles, a nie na nowojorskie sylwestrowe przyjęcie. Hartleyowie nie byli trendy, nie mieli w sobie nic z awangardy i Zack odstawał od reszty gości, ale był tak sympatyczny, że nikt się tym nie przejmował. W oczach większości gości jego sukces przyćmiewał jego modny kalifornijski wygląd. Kait po jakimś czasie również przestała na to zwracać uwagę. Rozmawiali o dzieciach i o pracy, porównywali Los Angeles z Nowym Jorkiem, gdzie on się wychował i zaczął produkować przedstawienia na Broadwayu. Potem pojechał pracować w londyńskiej telewizji, następnie w Los Angeles, i wszędzie dobrze sobie radził. Był jednym z najważniejszych producentów telewizyjnych, ale wydawał się skromny i bezpretensjonalny. Sam Hartley wystraszył ją przy

deserze, zwracając się do niej tak głośno, żeby Zack mógł usłyszeć.

– Powinnaś napisać serial telewizyjny, Kait. Mogłabyś się zainspirować swoją rodziną.

– Masz w rodzinie baronów narkotykowych albo znanych przestępców? – zapytał Zack, a ona roześmiała się i pokręciła głową.

– Nie. Sam miał chyba na myśli moją babcię, wyjątkową kobietę. Rodzina straciła wszystko w czasie kryzysu w dwudziestym dziewiątym roku i dziadek popełnił samobójstwo. Babcia przeprowadziła się do mieszkania przy Lower East Side z czworgiem malutkich dzieci, bez pieniędzy, a przedtem nigdy w życiu nie pracowała. Zaczęła piec ciastka, później ciasta i sprzedawała je do restauracji, zapewniając dzieciom utrzymanie. Po latach sprzedała firmę General Foods. Ciasta Mrs. Whittier, a ciasteczka dostały nazwę „Dla Dzieci". Pewnie je jadłeś.

– Poważnie? Były podstawą mojej diety przez całe dzieciństwo, i nadal są. To twoja babcia? – Widać było, że jest pod wrażeniem. – Musiała być wyjątkową kobietą – powiedział z podziwem i nagle jeszcze bardziej zainteresował się Kait. Bardzo miło mu się z nią rozmawiało w czasie kolacji, podobała mu się jej uroda i dyskretna elegancja.

– Bo była – odpowiedziała Kait. – Wychowywała mnie. Ale to inna historia. Moja matka zniknęła, gdy miałam roczek i to babcia nauczyła mnie życia.

– Wyczuwałem czasem matriarchalne podejście, czytając twoją rubrykę. Ale nigdy nie skojarzyłem Kait Whittier z ciastami Mrs. Whittier. Pewnie zarobiła

fortunę, gdy je sprzedała. – Nagle zawstydził się. – Przepraszam, to było niegrzeczne. Ale uwielbiam takie historie o ludziach, którzy chwytają byka za rogi i nie dają się pokonać, zwłaszcza kobiety, a w tamtych czasach to naprawdę wielkie osiągnięcie.

– Wierzyła, że człowiek jest w stanie zrobić wszystko, co chce albo musi. Była najodważniejszą kobietą, jaką znałam. Zawsze sobie mówię, że napiszę o niej książkę, ale jeszcze się do tego nie zabrałam.

– A może fabułę serialu telewizyjnego? – Rzucił ten pomysł od niechcenia, myśląc o konspekcie opisującym główny wątek serialu. Wiedziała, co ma na myśli. – Niekoniecznie o jej ciastkach i ciastach, ale o kobiecie takiej jak ona, która straciła wszystko i której nie tylko udaje się przeżyć, ale tworzy nowe życie. Takie historie inspirują ludzi. To dlatego lubisz serial, który oglądasz. Ludzie potrzebują dobrych przykładów. To tym bardziej imponujące, kiedy się pomyśli, że dokonała tego na początku lat trzydziestych, kiedy kobiety takie jak ona nie pracowały i nie były przyzwyczajone do pracy. Były wtedy kobiety naukowcy, artystki, ale nie słyszałem o takich, co prowadziły interesy. Czy Whittierowie nie byli przypadkiem spokrewnieni z Vanderbildtami i Astorami?

– Byli kuzynami – potwierdziła. – Chyba przestali utrzymywać kontakty z moją babcią, odkąd zaczęła piec. Handel był wtedy źle postrzegany i kobiety, a nawet większość mężczyzn, nie szanowali go.

– Właśnie to miałem na myśli i to podziwiam – odparł Zack. Oczy lśniły mu z przejęcia, a Kait uśmiechnęła się na myśl o swojej babci. Była drobną,

elegancką, pełną godności, dumną kobietą, w każdym calu wielką damą, do biura nosiła piękne kapelusze. Po kilku latach przestała zajmować się pieczeniem, ale tworzyła przepisy albo wynajdowała je w starych europejskich książkach kucharskich.

Zrobiła się za pięć dwunasta, czas szybko im zleciał na rozmowie. Sam Hartley zaczął odliczanie, a goście wstali od stołu i przenieśli się do salonu.

– Szczęśliwego nowego roku! – krzyknął gospodarz i porwał żonę w objęcia, żeby ją pocałować na początek roku. Pozostali goście zrobili to samo ze swoimi partnerami, a Zack spojrzał na Kait ze współczuciem. Znaleźli się oboje w niezręcznej sytuacji – rozmawiali o północy w Nowy Rok, kiedy wszyscy inni ściskają się i całują.

– Pocałowałbym cię, ale mógłbym dostać w twarz – rzucił żartobliwie. Nie wyglądało, jakby miał na to ochotę. Ale przyjemnie mu się z nią rozmawiało. – Szczęśliwego nowego roku, Kait – powiedział cicho. – Mam nadzieję, że nowy rok spędzisz z kimś bardziej ekscytującym – rzucił ze smutkiem, a ona się roześmiała.

– Było mi bardzo miło. Szczęśliwego nowego roku, Zack – powiedziała, a on wyciągnął portfel, wyjął wizytówkę i wręczył jej.

– Wiem, że to okropnie niegrzeczne rozmawiać na przyjęciu o interesach, ale jeżeli kiedyś zdecydujesz się napisać coś o twojej babci albo podobnej do niej kobiecie, zadzwoń do mnie. Chętnie wykorzystamy taką historię. – Mówił poważnie, schowała więc wizytówkę do torebki.

– Chyba nie byłabym w stanie napisać scenariusza. Nigdy tego nie robiłam. Nie znam się na tym.

– Nie musisz. Wystarczy, żebyś stworzyła fabułę. Producent znajdzie scenarzystę i będziesz mogła z nim pracować. Ty musiałabyś napisać ogólny zarys i parę pomysłów na trzynaście odcinków, jeżeli serial kupuje duża sieć, a dla kablówki od sześciu do dwudziestu. Każdy ma własne zasady. A potem trzeba się modlić, żeby przyszli po następne. Naprawdę mam nadzieję, że coś napiszesz, Kait. Sporo wiesz o ludziach, o kobietach, dzięki rubryce, którą prowadzisz, na pewno przyjdą ci do głowy świetne pomysły i wątki. Jestem zachwycony tym, co masz do powiedzenia, bo to rozsądne, mądre, prawdziwe i szczere. Nie ma w tym fałszu. Piszesz o rzeczach, z którymi każdy może się utożsamić, nawet mężczyzna. Dowiedziałem się z twojej rubryki paru rzeczy o kobietach. – Widziała, że nie żartuje i była wzruszona.

– I co, wymyśliliście serial? – spytał Sam. Zauważył, że w czasie kolacji rozmawiali z ożywieniem i zastanawiał się, czy Zack się z Kait umówi. Sam dobrze wiedział, że Kait nie jest w typie Zacka. Przyjaciel lubił młodsze, głównie aktorki, czasami gwiazdy swoich seriali. Kait była piękna i inteligentna i stanowiłaby lepszy wybór niż gwiazdki, z którymi się umawiał. Ale nie mógł wyczuć, czy jest między nimi chemia. Kait była zbyt dyskretna, żeby to okazać, Zack nie dawał nic po sobie poznać, jak zawsze, od czasu studiów. Był jednym z niewielu facetów, którzy nie obnoszą się ze swoimi podbojami. Mógł to robić, ale to by nie było w jego stylu.

– Pracujemy nad tym – powiedział jedynie swojemu dawnemu koledze, a Kait poszła porozmawiać z gospodynią i innymi gośćmi. – Ciekawa kobieta i fascynująca historia – skomentował Zack i też odszedł. Przyszedł pożegnać się z Kait przed wyjściem. Następnego dnia rano leciał do Los Angeles. Przypomniał, żeby do niego zadzwoniła, jeżeli będzie miała jakiś pomysł, ale nie przypuszczała, że to zrobi. Nie mogła sobie wyobrazić, że wymyśli coś, co nadawałoby się na fabułę serialu. Tak jak powiedziała Zackowi, chciała kiedyś napisać biografię babci. Byłaby inspiracją nawet dla współczesnych kobiet, bo wyprzedzała swoje czasy o dziesiątki lat, choćby z konieczności.

Kate została jeszcze chwilę i w gruncie rzeczy cieszyła się, że przyszła. Miło było poznać Zacka i porozmawiać z nim. Była pewna, że nigdy więcej się nie zobaczą, że pomiędzy ich światami nie ma mostu, ale lubiła poznawać nowych, ciekawych ludzi, i nagle jego hollywoodzka aura przestała mieć znaczenie. Z całą pewnością miał talent albo wyczucie tego, co się sprawdzi, skoro odniósł tyle sukcesów telewizyjnych.

– Co myślisz o Zacku? – spytała Jessica, gdy Kait włożyła płaszcz, zbierając się do wyjścia. Spojrzała na Kait wymownie, ale ona zignorowała to i odpowiedziała szczerze.

– Dobrze się z nim rozmawiało, był bardzo miłym towarzyszem przy kolacji. Dziękuję, że posadziłaś go obok mnie – powiedziała grzecznie.

– I tyle? Nie uważasz, że jest zabójczo seksowny?

– Na pewno nie jestem w jego typie – odparła po prostu. On też nie był w jej typie. Jako typowy

hollywoodzki mężczyzna należał do świata rozrywki i mógł mieć każdą gwiazdę, jaką tylko chciał, Kait była tego pewna. I stwarzał wrażenie, że woli młode, seksowne kobiety, bo ma je na wyciągnięcie ręki.

– Cóż, cieszę się, że go polubiłaś – powiedziała Jessica. Pozostali goście zaczęli wychodzić i Kait wymknęła się. Wiedziała, że na Ubera trzeba będzie długo czekać, poprosiła więc portiera, żeby złapał jej taksówkę. Stała na dworze kilka minut, czekając, aż przyprowadzi wóz, a kiedy zjawił się pięć minut później, twarz, uszy i dłonie miała już przemarznięte. Wsiadła do auta z ulgą i podała kierowcy adres. Ucieszył się, że jest trzeźwa, i kiedy po nią podjechał, i wskoczyła właściwie w biegu. W noc sylwestrową taksówkarze mieli sporo pracy.

– Szczęśliwego nowego roku – powiedział z hinduskim akcentem. Na głowie miał jaskrawy turkusowy turban i Kait uśmiechnęła się na jego widok.

To był miły wieczór, dzięki Zackowi milszy, niż się spodziewała. Schlebiało jej, że pomyślał, iż byłaby w stanie stworzyć fabułę serialu. To miło, że lubił jej blog i obserwował ją na Twitterze. Wkładała dużo czasu i przemyśleń w to, co pisała. Lubiła pomagać ludziom, ale nie potrafiłaby stworzyć serialu telewizyjnego. Nie sądziła, że jest w stanie wykrzesać z siebie coś więcej niż uwagi do rubryki *Powiedz Kait*. Nie chciała robić nic bardziej egzotycznego niż jej rubryka, choć sama lubiła oglądać seriale.

Żeby zakończyć ten wieczór idealnie, po powrocie do domu nastawiła DVD z ostatnim sezonem *Downton Abbey* i obejrzała na laptopie końcowy świąteczny

odcinek specjalny. Wiedziała, że wstanie późno, jeżeli to zrobi, ale następnego dnia nie musiała się nigdzie spieszyć. Ale już dzień po Nowym Roku wracała do redakcji. Przerwa świąteczna dla niej się kończyła. Miło ją spędziła, bez zaległości w pracy. Nowy rok zaczynała z czystą kartą. To było przyjemne uczucie. Zanurzyła się w stosie poduszek na łóżku i umościła wygodnie do oglądania. Sylwester mimo wszystko okazał się miły i cieszyła się, że poszła na to przyjęcie. Odcinek *Downton Abbey*, który wybrała, był jej ulubionym fragmentem. Zanim się skończył, spała już głęboko.

4

Kɪᴇᴅʏ sɪę ᴏʙᴜᴅᴢɪłᴀ w ɴᴏᴡᴏʀᴏᴄᴢɴʏ ᴘᴏʀᴀɴᴇᴋ, płyta DVD dawno się skończyła, a bateria w laptopie wyczerpała. Wstała, żeby podłączyć komputer do zasilacza, wyjrzała przez okno, zobaczyła, że na dworze sypie śnieg i że ruch właściwie zamarł. Kursowało kilka autobusów i powoli jechały jedna czy dwie taksówki. Śnieg utworzył zaspy.

Poszła zaparzyć sobie filiżankę kawy i usiadła przy nowym komputerze, który dostała od Stephanie. Jeszcze nie do końca umiała go obsługiwać, miał więcej możliwości i bajerów niż stary, ale podobał się jej. Zastanawiała się, jak spędzi dzień. Odpowiedziała na wszystkie listy czytelniczek, była na bieżąco z tweetami i blogiem i nie miała ochoty wychodzić na dwór w tak złą pogodę. Pomyślała o Tommym i jego rodzinie na Bahamach i o Stephanie z Frankiem w Montanie. Zastanawiała się, gdzie jest Candace i co robi, i przez chwilę siedziała przed wygaszonym monitorem, aż nagle przyszedł jej do głowy pewien pomysł. Zaświtała jej nieśmiała myśl, ale niespodziewanie poczuła chęć, żeby się nią pobawić i zobaczyć, dokąd ją zaprowadzi. I tak nie miała nic innego do roboty.

Historia zaczyna się w tysiąc dziewięćset czterdziestym roku, zanim Ameryka przystąpiła do II wojny światowej. Lochlan Wilder ma około czterdziestki, pasjonuje się starymi samolotami i kolekcjonuje je. Umie latać wszystkim, co ma skrzydła, i każdy zarobiony grosz wydaje na wzbogacanie swojej kolekcji. Pasjonuje się lataniem i tym, co ma związek z lotnictwem. Jest mechanikiem i pilotem, wyremontował wiele samolotów, a jego żona, Anne, wspiera go, choć całe oszczędności, jakimi dysponował, wydał na samoloty. Część pieniędzy odziedziczył, część zarobił i ulokował w swojej kolekcji. Dom jest obciążony hipoteką. Jedynie Anne rozumie, ile znaczy dla niego latanie. Mają czworo nastoletnich dzieci. Dwoje zaraziło się od niego bakcylem lotnictwa. Jest przystojnym, seksownym, szalonym facetem i Anne jest w nim bardzo zakochana. Nauczył latać również ją i została dobrym pilotem, choć nie kocha tego tak bardzo, jak on. Anne często broni go przed swoją surową matką, Hannabel, która uważa go za nieodpowiedzialnego głupca i mówi to przy każdej okazji. Nie rozumie go i nie chce zrozumieć.

Ich starszy syn, Bill, ma osiemnaście lat. Ojciec nauczył go latać i obsługiwać maszyny. Bill jest rzetelny, poważny i ma licencję pilota.

Ale to Maggie, ich drugie dziecko, odziedziczyła po ojcu zdolności do latania i miłość do starych samolotów. Ma siedemnaście lat i nie ma jeszcze licencji, ale ojciec zabierał ją ze sobą w niebo i umie latać na wszystkich maszynach, które mają. Ma talent i marzy o tym, żeby zostać pilotem. Ojciec nauczył ją akrobacji lotniczych, a ona ma w sobie coś z ryzykantki.

Za sterami jest bardziej odważna niż jej brat. Bill jest opanowany i pewny. Maggie ma więcej temperamentu niż jej bracia, jest w tym podobna do ojca.

Anne i Loch mają też dwoje młodszych dzieci. Grega nie interesuje latanie, ma piętnaście lat i w głowie mu jedynie psoty. Ma wielkie marzenia, ale żadne nie wiąże się z samolotami. A ich najmłodsza czternastoletnia córka Chrystal jest zjawiskowo piękna, szaleje za chłopakami i jej samoloty też nie obchodzą.

Kait z zapałem spisywała historię, która rozwijała się w jej głowie:

Kiedy wojna w Europie się nasila, Loch informuje Anne, że chce jechać do Anglii i zgłosić się na ochotnika jako pilot Królewskich Sił Powietrznych. Przyjmują tam amerykańskich ochotników i Loch zna kilku pilotów, którzy już się zaciągnęli. Podjął już decyzję i sprzedał dwa samoloty, żeby zostawić Anne na życie wystarczającą ilość pieniędzy na czas, kiedy go nie będzie. Czuje, że musi tam jechać, a Anne zbyt dobrze go zna, żeby próbować go powstrzymywać. Z miłości i szacunku dla niego zgadza się. Informują dzieci. Bill i Maggie uważają ojca za bohatera. Hannabel jest przerażona tym, że zięć zostawia żonę i rodzinę.

Loch wyrusza do Anglii. Anne zostaje i musi bez niego radzić sobie z dziećmi. Jest silną, skromną kobietą, która wierzy w swojego męża, choć boi się o niego. Przed wyjazdem rozgrywa się między nimi wzruszająca scena. A gdy mąż wyjeżdża, Anne nieustannie jest narażona na krytykę matki.

Loch zostawił im wystarczającą sumę pieniędzy, ale będą musieli żyć skromnie. Anne zastanawia się nad podjęciem pracy, żeby dorobić, i wpada na pewien pomysł. Wykorzystają samoloty Locha. Mogą przewozić ludzi na krótkich dystansach, coś w rodzaju usługi latającej taksówki. Ona i Bill mogą się tego podjąć. Mogą również udzielać lekcji latania. Bill bardzo chce pomóc matce. Anne wymyśla nazwę dla firmy: Wilder Aircraft, stawiają szyld reklamujący czartery samolotowe i lekcje latania. Maggie też chce pomagać, ale nie ma jeszcze licencji. Hannabel, matka Anne, jest ciągle wściekła na Locha o to, że uciekł do Anglii, zostawiając rodzinę. Uważa, że plany Anne na dodatkowy zarobek są szaleństwem. Uważa, że córka powinna sprzedać wszystkie samoloty Locha pod jego nieobecność – dzięki temu miałaby pieniądze na życie, a on dostałby odpowiednią nauczkę za to, że ich zostawił.

Bill próbuje pomóc matce okiełznać swojego młodszego brata, o co piętnastoletni Greg się wścieka. Wpada w kolejne, mniejsze i większe kłopoty, zwłaszcza w szkole. Z Chrystal równie trudno dać sobie radę, ciągle wymyka się ukradkiem na randkę z jakimś chłopakiem. Bill stara się pomóc matce, ale młodsze rodzeństwo ciągle stwarza jakieś problemy. A dla siedemnastoletniej Maggie liczą się tylko samoloty. Nie może się doczekać, żeby zdobyć licencję.

Interes rozkręca się powoli, ale zaczyna funkcjonować. Parę osób zapisuje się na lekcje. Kilku miejscowych biznesmenów czarteruje samoloty, żeby dotrzeć na spotkania w innych miastach. Anne dobrze wychodzi prowadzenie firmy, pewnie lepiej, niż poradziłby

sobie z tym jej mąż. Jest o wiele bardziej praktyczna niż Loch. Zarabiają tyle pieniędzy, że są w stanie dołożyć do tego, co zostawił Loch i Anne ma więcej środków na utrzymanie. Kiedy nie ma lekcji ani czarterów, budżet jest nadal napięty. Matka namawia ją, żeby sprzedała kilka albo wszystkie samoloty męża, ale Anne nie chce tego zrobić. Lochowi pękłoby serce. Hannabel nie przejmuje się tym, jej zdaniem zięć zasługuje na to. Niektóre samoloty są wyjątkowe i rzadkie, Maggie umie latać wszystkimi. Wzbija się w niebo z bratem tak, jak kiedyś z ojcem. Latanie jest jej życiem, jak dla jej ojca.

Loch lata w brytyjskim RAF-ie, a Anne radzi sobie z domem sprawnie i odważnie. Pozycja jej małej firmy ugruntowuje się w ciągu roku i interes się rozwija. Dochodzi do ataku na Pearl Harbor. Pierwszy w historii pobór w czasie pokoju rozpoczął się rok temu, we wrześniu tysiąc dziewięćset czterdziestego roku, ale Bill nie został powołany do wojska. Po Pearl Harbor Loch wraca z Anglii, żeby zaciągnąć się do amerykańskich sił powietrznych. Spędza trochę czasu z każdym z dzieci, zanim będzie musiał znów wyjechać i przywołuje młodszego syna Grega do porządku. Znów czule żegna się z Anne, jest dumny z tego, że założyła firmę i ocaliła jego samoloty. Maggie ma już osiemnaście lat i zdobywa licencję pilota. Bill zostaje powołany do wojska, a Maggie pomaga matce udzielać lekcji i pilotować czartery. Loch i Bill wyruszają na wojnę. Bill idzie na wojskowe szkolenie lotnicze. Anne i Maggie prowadzą firmę, a Greg i Chrystal nadal przysparzają problemów, brakuje męskiej ręki, która mogłaby ich poskromić. Chrystal wygląda poważniej

niż na swoje piętnaście lat, mężczyźni lecą do niej jak
ćmy do światła, a ona bezwstydnie ich zachęca i Anne
bezskutecznie próbuje ją powściągnąć.

Pisząc te słowa, Kait przypomniała sobie, że kiedyś
usłyszała o pilotkach Kobiecych Sił Powietrznych,
wyszukała to w Internecie i przejęła się tym, co znalazła. Czytała z ożywieniem, zafascynowana historią
odważnych kobiet, które zyskały niewielkie uznanie
za swoje heroiczne czyny w czasie II wojny światowej. Program Pilotki Kobiecych Sił Powietrznych
został stworzony w czterdziestym drugim roku, po
Pearl Harbor, aby zyskać pomoc pilotek z cywila. Po
przeszkoleniu w Teksasie ostrzeliwały samoloty i cele z ostrej amunicji, testowały i naprawiały maszyny
lotnicze, służyły jako instruktorki, transportowały
ładunki do punktów desantowych, transportowały
samoloty do innych miejsc. Często latały w nocy i nie
były pilotami bojowymi, ale brały udział w niebezpiecznych misjach. Pozostawały cywilami i pomagały
odciążyć walczących na froncie mężczyzn.

Latały wszystkimi rodzajami samolotów, od szko-
leniowych PT-17 i AT-6, najszybszych samolotów
szturmowych jak A-24 i A-26 po średnie i ciężkie
bombowce B-25 i B-17. Nigdy oficjalnie nie zostały
przyjęte do wojska, nie otrzymały żadnych korzyści
czy wyrazów uznania, latały, kiedy je wezwano, a pła-
cono im dwieście pięćdziesiąt dolarów miesięcznie.

Kiedy utworzono program, do pomocy w działa-
niach wojennych zgłosiło się dwadzieścia pięć tysięcy
kobiet, a przyjęto tysiąc osiemset trzydzieści. Poza

uprawnieniami do latania musiały mieć co najmniej dwadzieścia jeden lat i metr sześćdziesiąt wzrostu. Wypełniały misje heroicznie. Trzydzieści osiem pilotek Kobiecych Sił Powietrznych zginęło podczas wykonywania zadań. W grudniu tysiąc dziewięćset czterdziestego czwartego roku, po prawie trzech latach latania, pilotki Kobiecych Sił Powietrznych nie były już potrzebne i program został zamknięty. Akta ich misji pozostawały zapieczętowane przez ponad trzydzieści lat. W tysiąc dziewięćset siedemdziesiątym siódmym roku Kongres w głosowaniu uchwalił, że żyjącym pilotkom zostaną przyznane prawa weteranów, chociaż były cywilami i nigdy nie należały do sił zbrojnych. W końcu, w dwa tysiące dziesiątym roku, sześćdziesiąt osiem lat po tym, jak służyły krajowi, pozostające przy życiu pilotki, około trzystu kobiet, zostały odznaczone Złotym Medalem Kongresu podczas oficjalnej ceremonii w Waszyngtonie. To właśnie wtedy większość ludzi po raz pierwszy usłyszała o pilotkach, które odważnie służyły ojczyźnie w czasie wojny.

Kait miała ochotę wstać i wiwatować, kiedy czytała o nich ze łzami w oczach i wplotła do swojej historii to, czego dowiedziała się z Internetu o pilotkach Kobiecych Sił Powietrznych. Anne Wilder byłaby kobietą wprost stworzoną do tego, żeby zaciągnąć się do służby. Pasowała idealnie. Niesamowita była nawet historia ich mundurów. Początkowo nosiły używane kombinezony mechaników samolotowych, najmniejsze miały męski rozmiar czterdzieści cztery. Później wymagano od nich, żeby kupiły sobie

piaskowe spodnie i białe bluzki na uroczyste okazje. W tysiąc dziewięćset czterdziestym trzecim roku, rok po rozpoczęciu działalności, ich dowódca, Jacqueline Cochran, zamówiła w luksusowym sklepie nowojorskim Bergdorf Goodman projekt wełnianego munduru w kolorze „lotniczego granatu". Nowy strój został zatwierdzony przez dwóch generałów lotnictwa i stał się oficjalnym mundurem pilotek. Składał się ze spódnicy, żakietu z paskiem, białej koszuli, czarnego krawatu i emblematu Kobiecych Sił Powietrznych na żakiecie, beretu i czarnej torebki.

Jednocześnie wręczono im nowe mundury lotnicze, w tym samym odcieniu granatu lotniczego, z kurtką pilotką, spodniami, błękitną bawełnianą koszulą i czarnym krawatem, z czapką w stylu bejsbolówki.

Cochran zleciła zaprojektowanie munduru firmie Neiman Marcus i pilotki były z niego bardzo dumne. Przeszły długą drogę od używanych kombinezonów w męskich rozmiarach!

Kait wróciła do pisania:

Anne rozpaczliwie martwi się o męża i syna na wojnie. Jej matka złagodniała, martwi się o wnuka. Nie krytykuje już Locha tak bardzo. Ale ogólnie jest twarda jak skała.

Anne i Maggie prowadzą firmę i dobrze sobie radzą. Loch i Bill realizują wojenne misje lotnicze jako piloci bojowi.

Anne odwiedza przedstawiciel sił zbrojnych i pyta, czy chce się zapisać do Kobiecych Sił Powietrznych, żeby transportować przez Atlantyk samoloty dla wojska,

bez żołnierzy, co jest potencjalnie niebezpieczną misją. Przedstawiciel Kobiecych Sił Powietrznych wyjaśnia, że do takich lotów biorą kobiety, żeby mężczyźni mogli walczyć na froncie. Że nie będzie tego robić cały czas, tylko wtedy, gdy będzie potrzebna. Kobiece Siły Powietrzne tworzą cywilne ochotniczki, otrzymujące za to niewysoką opłatę. Anne zgadza się, traktując to jako swój wkład w wysiłki wojenne. Będzie się tym zajmować w razie potrzeby i nadal prowadzić firmę.

Kiedy mówi o tym matce, ta zaczyna ją prosić, żeby tego nie robiła. Uparcie twierdzi, że w czasie lotu nad Atlantykiem może zostać zestrzelona przez Niemców, ale Anne jest dobrym, opanowanym pilotem. W końcu Hannabel zgadza się, że się do niej wprowadzi i będzie zajmować się dziećmi, gdy Anne będzie na misji. Widzimy łagodniejszą Hannabel, która potwornie boi się o swoją jedyną córkę. Maggie też chce się zgłosić, ale jest za młoda, poza tym Anne potrzebuje jej w domu. Widzimy, jak Anne realizuje misje transportowe w Kobiecych Siłach Powietrznych z innymi pilotkami. Anne i Maggie nadal prowadzą firmę, dzięki której uzyskują tak bardzo potrzebne dodatkowe dochody. Anne przeżywa kilka niebezpiecznych sytuacji w czasie misji, ale nie odnosi obrażeń ani nie zostaje zestrzelona.

Przed końcem wojny samolot Locha zostaje zestrzelony, a on sam ginie. Niedługo później, tuż przed samym końcem wojny zostaje zestrzelony i również ginie ich syn Bill. Anne, już po śmierci Locha, dostaje jego ostatni list, w którym pisze, jak bardzo ją kocha. Hannabel okazuje teraz córce współczucie i żal.

Kait łzy pociekły po policzkach. Przerwała na chwilę, żeby złapać oddech, a potem dalej spisywała historię, która układała się sama:

Gdy kończy się wojna, Maggie ma dwadzieścia dwa lata i jest świetnym pilotem. Anne ma lat czterdzieści cztery, Greg dwadzieścia, a Chrystal dziewiętnaście. Młodsze dzieci nadal sprawiają problemy. Rodzina jest pogrążona w rozpaczy po stracie Locha i Billa. Mają w oknie dwie flagi i dwie złote gwiazdy.

Anne usiłuje wymyślić, co robić, żeby utrzymać rodzinę. Czy powinna sprzedać samoloty męża? Znaleźć spokojną pracę? Dalej próbować wiązać koniec z końcem, prowadząc lekcje latania i realizując czartery? Wpada na pomysł, żeby wykorzystać większe i starsze samoloty i zacząć świadczyć usługi transportu lotniczego, latać ma ona i Maggie. Potrzebują Grega i Chrystal do pomocy w biurze. Hannabel zaskakuje ich wszystkich, oznajmiając, że i ona przyłączy się do pracy. Należy teraz do zespołu i chce robić wszystko, co umie, żeby pomóc. Przeprasza Anne za to, że krytykowała Locha i mówi, że chciała dla niej lżejszego życia, ale teraz rozumie, że był dobrym człowiekiem i wie, jak bardzo się kochali. Anne nazywa firmę Wilder Express. Na początku dostają kilka małych zleceń, później większe i zarabiają na nich pokaźne kwoty. Każde zlecenie jest zwycięstwem, transportują towary i dobrze im idzie. Hannabel jest nieugięta wobec klientów, ale zabawna i pracuje ciężko, namawia też wnuczkę Maggie, żeby nauczyła ją latać. Anne jest niestrudzona i odważna, a interes się rozwija.

Są w stanie kupić większe samoloty, żeby przewozić większe ładunki. Potrafią latać w trudnych warunkach pogodowych. Anne i Maggie przeżywają kilka podbramkowych sytuacji w złej pogodzie, ale zawsze sobie radzą. Zatrudniają świetnego młodego pilota, Johnny'ego Westa, gdy w końcu mogą sobie na to pozwolić. Jest wspaniałym facetem, bardzo im pomaga, on i Maggie zakochują się w sobie. (Z młodszą dwójką, Chrystal i Gregiem, nadal są kłopoty).

Mężczyźni z branży lotniczej protestują przeciwko dwóm kobietom, prowadzącym transportową firmę lotniczą, która zaczyna coraz lepiej prosperować. Ktoś próbuje zepsuć jeden z samolotów firmy, a Johnny, młody pilot, zostaje pobity. Konkurencja jest bezwzględna i ostra, ale Anne się nie poddaje. Hannabel ma zamiar zmierzyć się z każdym, z kim będzie trzeba, jest nieustraszona i mierzy do kogoś z broni którejś nocy. Hannabel, Anne i Maggie zarabiają dzięki firmie pieniądze, interes przynosi dochody. Sprzedają niektóre samoloty Locha, żeby kupić lepsze. To słodko-gorzka chwila dla Anne, gdy musi rozstać się z kilkoma ukochanymi samolotami męża, żeby pomóc firmie. Hannabel któregoś wieczoru mówi Anne, że Loch byłby z niej dumny, a Anne odpowiada jej, że byłby dumny również z niej. Sprzedają samoloty Locha w zamian za kolejne maszyny z nadwyżek wojskowych, które mogą wykorzystywać, ale zostawiają kilka jego ulubionych. Anne, prowadząc firmę, nieustannie musi zmagać się z problemami z Gregiem i Chrystal. Maggie i młody pilot, Johnny West, przeżywają gorący romans.

Z czasem firma zaczyna bardzo dobrze prosperować i przynosi naprawdę niezłe dochody. Pięć lat po wojnie, w tysiąc dziewięćset pięćdziesiątym roku, interes kwitnie, ale właścicielki nadal muszą się mierzyć z uprzedzeniami w stosunku do kobiet. Zatrudniają kolejnych pilotów, być może Hannabel poleci którejś nocy z misją, gdy brakuje personelu. Jest już dobrym pilotem i przebojową starszą kobietą, którą darzymy sympatią. Złagodniała trochę.

Widzimy, jak prowadzą firmę w latach pięćdziesiątych, walcząc o prawa kobiet i odnosząc sukcesy w świecie mężczyzn. Z czasem ich firma staje się jednym z przedsiębiorstw transportu lotniczego odnoszących największe sukcesy w kraju, dzięki ciężkiej pracy i wysiłkowi właścicielek. Zatrudniają kolejnych pilotów, niektórych muszą zwolnić, bo mają z nimi problemy. Może zatrudnią pilotkę. Przyjmują pilota, który zgłasza się do pracy – był bohaterem wojennym i znał Locha. Nowy pracownik sprzecza się z Anne, ale się szanują. Przeżywają kilka burzliwych awantur, ale w końcu się w sobie zakochują. Jest pierwszym mężczyzną w życiu Anne od śmierci Locha. Są to lata 1953–1955. Ich związek od samego początku jest pełen namiętności. Firmę prowadzą trzy pokolenia silnych kobiet: Hannabel, Anne i Maggie.

Kait siedziała przed komputerem i zastanawiała się nad tym, co napisała, zdumiona historią, która tak nagle do niej przyszła. Była północ, pisała przez piętnaście godzin. Zatytułowała ją *Kobiety Wilderów*. Była to historia kobiet, które stworzyły dochodowy

rodzinny interes w branży zdominowanej przez mężczyzn. Kiedy ją przeczytała, wyjęła wizytówkę Zacka Wintera i wysłała mu mejl z informacją, że napisała fabułę i zastanawia się, czy chciałby ją przeczytać. Odpisał po dwóch godzinach, że tak i żeby mu ją przesłała. Wcisnęła „Enter", a potem zastanawiała się nad tym, co zrobiła. A jeżeli mu się nie spodoba? A jeżeli nawet, wiedziała, że jej się podoba. *Kobiety Wilderów* stały się dla niej realne. Była ogarnięta jednocześnie dumą i paniką, i naprawdę nie miała pojęcia, co pomyśli Zack.

Następnego dnia, gdy się obudziła, śnieżyca przybrała na sile i redakcja była nadal zamknięta. Jeszcze raz zemocjonowana przeczytała swoją opowieść i siedziała, wpatrzona w padający śnieg, zastanawiając się, co będzie dalej. Ale wiedziała jedno: od lat nic nie sprawiło jej takiej przyjemności jak wczorajsze pisanie historii kobiet z rodziny Wilderów. Zadedykowała ją babci i była absolutnie pewna, że by się jej podobała.

5

Zᴀᴍɪᴇć śɴɪᴇżɴᴀ ᴜsᴘᴏᴋᴏɪłᴀ sɪę dopiero po dwóch dniach, a kiedy wszyscy wrócili do pracy, Kait nie wspomniała o tym, co napisała, nawet Carmen. Czekała na odpowiedź Zacka. A on nie odzywał się od trzech tygodni. Przez ten czas zdążyła przejść rozmaite fazy zawstydzenia, pewna, że jej opowieść okazała się beznadziejna i że mu się nie spodobała, ale jest zbyt uprzejmy, żeby jej o tym powiedzieć. Do tego stopnia, że nawet jej nie odpisał. I właśnie kiedy próbowała zapomnieć, że ją napisała, po trzech tygodniach zadzwonił do niej.

– Wygląda na to, że moja obecność na przyjęciu u Sama i Jessie okazała się owocna dla nas obojga. – To były pierwsze słowa, które wypowiedział, a ona nie miała śmiałości spytać, co ma na myśli ani czy podobało mu się to, co przesłała. Z trudem skupiła się na jego słowach i nastawiła na najgorsze. – Przepraszam, że nie odezwałem się wcześniej, ale byłem zajęty. – Było słychać, że nie ma czasu. – Przylatuję jutro do Nowego Jorku na spotkanie. Masz czas na drinka? – Domyśliła się, że chce osobiście jej wyjaśnić, co jest nie tak z jej opowiadaniem i dlaczego nie nadaje się na fabułę serialu.

– Jasne – powiedziała, nadal zawstydzona, że zawracała mu głowę. Była strasznie podekscytowana, kiedy ją pisała, ale zdążyła przez te trzy tygodnie, odkąd ją wysłała, ochłonąć i nabrać sporych wątpliwości. Przeżywała katusze, jej opowiadanie na pewno wydało mu się amatorszczyzną. Sama tak teraz uważała, po kilkakrotnym przeczytaniu. – Gdzie się spotkamy? – Zaproponował hotel Plaza i powiedział, że tam nocuje.

– Szósta? – rzucił.

– Świetnie.

Powiedział, w którym barze się spotkają. Siedziała przy biurku w redakcji i wpatrywała się w komputer, przygotowując się na złe wieści następnego dnia, na ostrą krytykę, choć przez telefon przywitał ją serdecznie. Nie mogła sobie wyobrazić, że spodobała mu się jej historia. Wieczorem, niecierpliwie czekając na spotkanie, była po prostu strzępkiem nerwów. Dopiero trzy odcinki *Downton Abbey* były w stanie uspokoić ją późno w nocy. Ale nie potrafiła myśleć o niczym innym poza swoim opowiadaniem, usiłowała przewidzieć, co też powie Zack na jego temat. Z pewnością nic dobrego.

Następnego dnia włożyła do pracy poważną czarną garsonkę i wyglądała, jakby szła na pogrzeb, bo dobrała do niej czarne pończochy i szpilki. Carmen spojrzała na nią zaskoczona, kiedy wpadła do niej po południu.

– Ktoś umarł? – spytała nie do końca żartem. Kait była blada i sprawiała wrażenie rozkojarzonej, a w oczach miała przerażenie.

– Mam spotkanie po pracy.

– Raczej niezbyt wesołe – powiedziała, wnioskując ze spiętej miny Kait.

– Raczej nie. – Kait nie wyjawiła szczegółów i Carmen wyszła, nie dopytując się, co to za spotkanie.

Pojechała do Plaza taksówką, dotarła dziesięć minut przed czasem, zaprowadzono ją do stolika i poczuła panikę, gdy zobaczyła wchodzącego Zacka. Zaskoczyło ją, że jest w garniturze, błękitnej koszuli i krawacie. Nie było śladu jego modnego stylu z sylwestra. Wyglądał jak nowojorski biznesmen i to nadało ton ich spotkaniu, gdy podali sobie ręce.

– Wszystko w porządku? Wydajesz się taka poważna – powiedział, siadając naprzeciwko niej przy stoliku w Oak Bar.

– Ty też. – Uśmiechnęła się, a on zobaczył, że jest przestraszona. Zamówili drinki, on poprosił o szkocką, a ona o kieliszek wina, którego bała się pić, tak była zdenerwowana. Od lat nic nie przeraziło jej bardziej, jak to spotkanie. Była przekonana, że zaraz powie jej coś przykrego, na przykład, że jej historia jest fatalna i pewnie postanowił się z nią spotkać osobiście z szacunku dla swojego przyjaciela Sama.

– Słyszałaś, co powiedziałem wczoraj, jak do ciebie zadzwoniłem? – odezwał się z uśmiechem. – Powiedziałem, że nasze spotkanie było owocne. Odnoszę wrażenie, że umknęło ci to słowo i nie słuchałaś mnie.

Wyglądała, jakby zaraz miała się rozpłakać.

– Myślałam, że jesteś po prostu grzeczny – odpowiedziała szczerze i zauważyła, że dłoń jej drży, gdy upijała łyk wina.

– W interesach aż tak grzeczny nie jestem. – Uśmiechnął się, nie chcąc dłużej trzymać jej w niepewności. – Napisałaś świetną historię, Kait. Idealnie nadaje się na fabułę serialu. Kobiece postaci są rewelacyjne, historię można ciągnąć latami, rozszerzając wątki poboczne. Nie chciałem do ciebie dzwonić, dopóki nie będę miał czegoś konkretnego do powiedzenia, i chyba właśnie mam. Miałem w tej sprawie dwa spotkania w zeszłym tygodniu i kolejne dwa dni temu. Nie chcę rozbudzać nadziei, ale chyba możesz być moim nowym odkryciem. Zwróciłem się do telewizji kablowej, która wydała mi się odpowiednia, i oto jedna z najważniejszych stacji, o której myślałem, mogłaby wyprodukować taki serial. Właśnie zawiesili robienie dotychczasowego. Mają dziurę w ramówce na jesień. Chcą w to wejść, Kait. *Kobiety Wilderów* to historia, której potrzebują. Jest trochę nieoszlifowana, wymaga dopracowania, ale odpowiedni scenarzysta poradzi sobie z tym. Chcą, żebyśmy rozbudowali fabułę i dali im scenariusz tak szybko, jak to tylko możliwe. – Mówił to rozpromieniony, ale Kait wyglądała, jakby była w szoku.

– Ale ja nie umiem napisać scenariusza – powiedziała, odstawiając kieliszek i usiłując pojąć to, co przed chwilą usłyszała. To była ostatnia rzecz, jakiej się spodziewała.

– Nie oczekuję, że go napiszesz. Zatrudnimy do tego scenarzystkę. Już z jedną rozmawiałem. Kończy w tej chwili inny projekt, też udany. Jest młoda, ale bardzo dobra. W tej kwestii musisz mi zaufać,

pracowałem już z nią. Wysłałem jej twoją historię i chce się tego podjąć. Napisała już dwa seriale, które odniosły sukces. Stacja jeden zawiesiła, bo mieli kłopoty z gwiazdą, ale nie z powodu scenariusza. Na pewno świetnie by sobie poradziła. – Był całkowicie skupiony na interesach, pomyślał o wszystkim. Znał się na tym.

– Chwileczkę. Usiłuję to zrozumieć. Telewizja kablowa chce kupić moją fabułę, a ty znalazłeś już scenarzystkę, żeby zajęła się pisaniem?

– No tak. Musimy zobaczyć, co da nam scenarzystka, czy nam się to spodoba i czy spodoba się telewizji. Jeżeli nam się spodoba, zatrzymujemy ją. Jeżeli spodoba się im, na początek chcą trzynaście odcinków, a później jeszcze dziewięć, jeśli będziemy mieć szczęście. – Był przyzwyczajony do sukcesów, ale dla Kait wszystko to było zupełnie nowe.

– O mój Boże. – Zamknęła oczy, a potem otworzyła je i spojrzała na niego. – Chcesz mi powiedzieć, że na podstawie mojej historii powstanie serial, tak po prostu?

– Najpierw musimy pokonać kilka przeszkód. Wszystkim musi się spodobać scenariusz. Musimy znaleźć odpowiednich aktorów, to podstawa, najlepiej silne kobiety, które będą w stanie to pociągnąć, i sprawdzonego w kobiecych serialach reżysera. Wszystkie gwiazdy muszą się idealnie zgrać ze sobą. Jeżeli scenariusz nie wypali albo nie zdobędziemy odpowiedniej obsady, nie ukończymy zdjęć do października, tak jak chce telewizja. Ale jeżeli wszystko się ułoży, jesienią możemy mieć serial na ekranie.

Mam pewne pomysły co do reżysera i kogoś, komu chcę zaproponować rolę Anne Wilder. Mało prawdopodobne, że się zgodzi, ale zrobię wszystko, co mogę. Nigdy wcześniej nie grała w serialach, tylko w filmach fabularnych, ale byłaby w tej roli idealna, o ile się w niej zakocha. Scenarzystka, którą mam na myśli, może zacząć pracę za dwa tygodnie. Chce się najpierw z tobą spotkać.

Kait uśmiechała się, gdy kończył. Wszystko to brzmiało i kusząco, i niepewnie, ale naprawdę pojawiła się możliwość, że historia, którą napisała w pierwszy dzień nowego roku, ukaże się na ekranie.

– Musielibyśmy rozpocząć zdjęcia przed pierwszym lipca, nie mamy dużo czasu. Mam mnóstwo pracy, a ty potrzebujesz agenta, żeby załatwić kwestię umowy i pieniędzy. Mogę ci paru polecić.

Nie chciała mu mówić, że zrobiłaby to za darmo, dla samej przyjemności, ale, rzecz jasna, chciała, żeby jej zapłacono i nie miała pojęcia, czego może oczekiwać w kwestii finansowej. Przede wszystkim była przejęta. Szczegóły można dograć później. Teraz chciała się rozkoszować pierwszym podnieceniem tym, co ją spotkało. On zaś był naprawdę wzruszony tym, jak bardzo się przejęła i jakie to miało dla niej znaczenie. Widział to w jej oczach.

Rozmawiali jeszcze przez dwie godziny i on znów wychwalał scenarzystkę. Ufała jego ocenie. Znał swoją branżę na wylot, ona zaś nie miała o niej pojęcia. Nie chciał jej powiedzieć, jakich aktorów ma na myśli. Wolał się najpierw zorientować, czy są dostępni, żeby nie narobić jej próżnych nadziei, dlatego nie chciał

do niej trzy dni przed planowanym wylotem. Kiedy usłyszała jego głos, nagle znów ogarnęła ją panika, że projekt został anulowany. Ciągle nie mogła uwierzyć, że to się stanie. Nadal wydawało jej się to nieprawdopodobne. Ale wszystkie trybiki machiny poruszały się w skomplikowanym mechanizmie realizacji serialu. Kait doskonale zdawała sobie sprawę z tego, ile musi się o tym dowiedzieć. Już sama umowa, jej warunki i korzyści w przyszłości wydawały się tak skomplikowane, że ledwie je rozumiała, dlatego właśnie Zack uznał, że potrzebuje agenta, a może i prawnika specjalizującego się w branży rozrywkowej i postanowił, że ich dla niej znajdzie. Musieli zająć się tym natychmiast, gdyż on omawiał już aspekty finansowe projektu z telewizją kablową, z którą podjęli współpracę, oraz wstępne i końcowe uzgodnienia, co brzmiało dla niej jak chiński.

– Chcę, żebyś kogoś poznała – powiedział po chwili. Słychać było, że się spieszy i jest zajęty, jak zawsze, kierując tyloma serialami i próbując stworzyć nowe. Zawsze żonglował tysiącem piłek naraz, ta miała być duża i wymagała sporej ilości pracy i spotkań, żeby ze wszystkim ruszyć. Mogli nakręcić samodzielnie pilot serialu i sprzedać go później stacji, jak to robił wiele razy. Ale włączenie telewizji od samego początku było opcją o wiele lepszą i dawało im więcej pieniędzy na produkcję. Dzięki temu od razu wiedzieli, że stacji pomysł się podoba i mogli wyprodukować serial naprawdę wysokiej jakości. Nadal rozważali, czy kręcić w Kalifornii, czy w Nowym Jorku. Potrzebowali lokalizacji z dużą ilością miejsca na samoloty

Locha Wildera, lotniczą firmę transportową i czarterową, i małym pasem startowym. Zamierzali włączyć do obsady kilku pilotów akrobatycznych i całą flotę starych samolotów. Zack rozesłał już wici w poszukiwaniu samolotów i lokalizacji na obu wybrzeżach. Koszty kręcenia były porównywalne, więc telewizji było wszystko jedno, co wybiorą.

– Może się z tobą spotkać jutro – oznajmił zagadkowo, a Kait czekała na resztę.

– Kto?

Nastąpiła chwila ciszy, zanim odpowiedział, nie dla podniesienia napięcia, ale dlatego, że rozmawiając z nią, podpisywał czekającej obok niego asystentce czeki dla innego serialu.

– Zadzwoniłem do niej w zeszłym tygodniu i powiedziała, że się zastanowi. Nigdy dotąd nie występowała w serialu i musi przestawić myślenie dotyczące dzisiejszej telewizji. Już nie jest tak jak dawniej, że występowanie w telewizji jest czymś gorszym. Obecnie nawet największe gwiazdy z branży filmowej grają w serialach. Rozumie to i właśnie do mnie oddzwoniła. Chce się z tobą spotkać, żeby lepiej zrozumieć bohaterkę i upewnić się, czy rola jest dla niej odpowiednia.

Wszystko, co mówił, wydawało się Kait sensowne, ale nie mogła znieść tych niedomówień. Wspominał już o tym wcześniej.

– Chcemy ją do roli Anne Wilder, oczywiście. Nie jest dość stara na babcię. Moim zdaniem jest dla nas idealna, o ile ją przekonamy. Będzie musiała mieć możliwość gry w filmach fabularnych w czasie przerw w zdjęciach, nie zrezygnuje z tego dla nas. Ma na koncie dwa Oscary i Złoty Glob. Obiecałem jej kolejny Złoty Glob za tę rolę – powiedział ze śmiechem, a Kait czekała, żeby usłyszeć, o kogo chodzi. – Pracowałem z nią przy filmie dawno temu. Pokochasz ją, Kait. Maeve O'Hara – powiedział, jakby mówił o jakiejś zwykłej osobie spotkanej na ulicy.

– Maeve O'Hara? – spytała Kait z czcią i podziwem. – Do naszego serialu? Mówisz poważnie?

– Chciałbym, żeby tak było. Zobaczymy, czy się zgodzi. Niczego nie obiecuje. Powiedziała, że chce cię poznać, zanim podejmie jakiekolwiek decyzje. Wydaje mi się, że się polubicie. – Zdaniem Zacka Kait miała kilka takich samych cech, jak Maeve, połączenie talentu, skromności i mocnego stąpania po ziemi. – Powiedziała, że może się z tobą spotkać jutro o czwartej. Zaproponowała delikatesy w jej dzielnicy. Możecie zjeść kanapkę z pastrami – droczył się z Kait. – Jest bardzo życiowa, ma dwie córki, które usiłują zostać aktorkami. Nie jestem pewien, czy mają jej talent, niewielu ludzi ma taki, a poza tym są jeszcze bardzo młode. Jeżeli uda nam się zwerbować Maeve, mamy jak w banku, że serial będzie przebojem. Fabuła i rola Anne są dla niej stworzone. Chcę, żebyś ją poznała, zanim przylecisz tu z Nowego Jorku. Jeżeli Maeve przyłączy się do projektu, będziemy w stanie ściągnąć każdego. Aktorzy będą się zabijać, żeby z nią pracować. Załatw ją, Kait. Wiem, że potrafisz.

Kait przez chwilę nie wiedziała, co powiedzieć. Była oszołomiona.

– Postaram się. – Miała nadzieję, że nie sprawiała wrażenia onieśmielonej ani się nie ośmieszyła, ale następnego dnia miała się spotkać w delikatesach z Maeve O'Harą, jedną z największych gwiazd filmu. – Nie jestem do tego przyzwyczajona, Zack. Nie chcę nawalić.

– Przyzwyczaisz się, zanim zaczniemy. I coś mi mówi, że się zaprzyjaźnicie. Po prostu bądź sobą i opowiedz jej o Anne Wilder. Powinna zobaczyć, że ta rola jest dla niej stworzona. W zeszłym tygodniu wysłałem jej fabułę, dlatego oddzwoniła do mnie. Trudno będzie jej się oprzeć, jeśli oczywiście wpasujemy się w jej plany. Zawsze nad czymś pracuje, chociaż powiedziała, że na jakiś czas robi sobie przerwę z powodów osobistych i nie występuje w żadnych nowych produkcjach. Ale u takiej sławy to nigdy nie trwa długo. Jest pracoholiczką, jak my wszyscy. Niedługo znów się czymś zajmie, a ja chcę, żeby to był nasz serial. Piszę jej mejla, że się z nią spotkasz.

Podał Kait nazwę i adres delikatesów. Znajdowały się przy Siedemdziesiątej Drugiej ulicy na Manhattanie. Maeve mieszkała w Dakota Apartments na rogu Central Park West – w dzielnicy sławnych aktorów, producentów, pisarzy, artystów i intelektualistów. Był to znany budynek, mieszkał tu i zginął John Lennon, z wielkimi starymi mieszkaniami i widokiem na park. Zastanawiała się, jak wygląda mieszkanie Maeve i czy je kiedyś zobaczy.

– Odezwij się do mnie po spotkaniu – poprosił i rozłączył się.

Miała cały dzień i całą noc na rozmyślanie i zamartwianie się. Nie czuła się wygodnie, oddalona od

normalnego życia, mając w planie spotkanie z gwiazdą formatu Maeve O'Hary, ale wszystko, co w tej
chwili robiła, było ekscytujące. Bez względu na to,
jak potoczą się sprawy, spotkanie z Maeve na kawie
w delikatesach stanie się najważniejszym wydarze-
niem w jej życiu.

Tego dnia wyszła z pracy wcześnie i metrem pod-
jechała do stacji Lincoln Center, położonej najbliżej
miejsca, do którego się wybierała. Dzień był chłodny i bezchmurny, nos miała czerwony, mokre oczy
i zziębnięte dłonie, kiedy dotarła do delikatesów Fine
and Schapiro i weszła do środka. Od razu dostrzegła
Maeve O'Harę – siedziała przy stoliku z tyłu, w par-
ce i wełnianej czapce na głowie. Ludzie zdążyli ją
rozpoznać, ale nikt jej nie zaczepiał. Kait podeszła
do niej z łomoczącym sercem, a Maeve uśmiechnęła się do niej i widać było, że wie, kim jest. Popijała
gorącą herbatę i wyglądała na równie zmarzniętą jak
Kait.

– Powinnam cię zaprosić do domu – odezwała się
przepraszająco. – Ale mój mąż nie czuje się dobrze
i ze względu na niego staram się ograniczać gości do
minimum. Mieszkają z nami dzieci, i to wystarczające szaleństwo.

– Nic nie szkodzi, zazdroszczę ci tego – powiedziała
Kait, siadając naprzeciwko niej. Czuła się, jakby spotykała się z dawną przyjaciółką. – Moje już wszystkie
wyfrunęły z gniazda – powiedziała.

– Gdzie mieszkają? – spytała Maeve z zainteresowaniem, przyglądając się uważnie Kate. Spodobało
jej się to, co zobaczyła.

Była od niej zaledwie o kilka lat młodsza. Nie używała makijażu, szczególnie gdy nie pracowała. Miała na sobie dżinsy, parę starych kowbojek i gruby sweter pod parką.

– W San Francisco, Dallas i tam, gdzie BBC wyśle moją średnią córkę, kiedy jest wojna. Zasadniczo mieszka w Londynie.

– To na pewno trudne – powiedziała Maeve ze współczuciem, a Kait kiwnęła głową. – Moja najstarsza córka studiuje na Uniwersytecie Nowojorskim w Tisch School of Arts, chce zostać aktorką. Młodsza nadal usiłuje siebie odnaleźć. Rok temu rzuciła studia po pierwszym roku, występuje na off-Broadwayu i jak na razie trafiło jej się kilka naprawdę paskudnych ról.

Uśmiechnęły się do siebie, Kait napiła się kawy i od razu poczuła się swobodnie. Łączył je temat dzieci i wyczuła, że choć Maeve jest prawdziwą gwiazdą, jest też oddaną matką.   .

– Cały czas przygotowuję się na puste gniazdo, ale jak na razie nikt się nigdzie nie wybiera, dzięki Bogu. Doprowadzają mnie do szaleństwa i trzymają przy ziemi – powiedziała Maeve i obie się roześmiały. – Bez nich zginę, kiedy się już w końcu wyprowadzą. Dogadzam im, jak mogę, żeby nie chciały się wynieść. Jedzenie, pranie, znajomi wpadający o północy. Zanim Ian nie zachorował, prowadziliśmy dom otwarty. Teraz to bardziej skomplikowane.

Kait nie chciała być wścibska i pytać, na co choruje jej mąż. Czuła, że to coś poważnego, zauważyła spojrzenie Maeve, gdy to mówiła. Wiedziała, że wyszła za

Iana Millera, słynnego aktora, który wiele lat temu został reżyserem.

– Wiesz co, czytam twoją rubrykę. Uwielbiam ją. Zaglądałam do niej zawsze, kiedy pokłóciliśmy się z Ianem, żeby podjąć decyzję, czy brać rozwód, czy mu wybaczyć. Nasze małżeństwo przetrwało chyba dzięki tobie. – Kait się uśmiechnęła, zadowolona, że ma taką czytelniczkę. – Pomogłaś mi też dużo z dziewczynami. W przeciwieństwie do tego, co się sądzi, dziewiętnaście i dwadzieścia jeden lat, to nie jest łatwy wiek. Raz są dorosłymi kobietami, za minutę dziećmi, a ty masz ochotę odesłać je do ich pokojów, ale nie możesz. W jakim wieku są twoje?

– Od dwudziestu sześciu do trzydziestu dwóch, syn i dwie córki. Mój syn, Tom, mieszka w Dallas i stał się Teksańczykiem, ożenił się z dziewczyną stamtąd. Moja córka Candace mieszka w Londynie, a najmłodsza pracuje dla Google w San Francisco, jest komputerowym maniakiem i skończyła MIT. Są zupełnie różni. Urodziłam ich, kiedy sama właściwie byłam jeszcze dzieckiem. Ich ojciec zostawił mnie, gdy były malutkie, dlatego jestem z nimi bardzo zżyta.

– Ja też jestem blisko z Tamrą i Thalią, moimi córkami. Jak sobie teraz radzisz bez nich? – Maeve wyglądała na zmartwioną. Była to powszechna obawa kobiet.

– Wyszukuję sobie zajęcia. Jak mawiała moja babcia, kiedy czasy się zmieniły: to było kiedyś, a teraz jest teraz. Nie jest to łatwe, ale lepiej się żyje, gdy człowiek pogodzi się z rzeczywistością i nie ogląda się na to, co było dawniej.

Maeve próbowała tak postępować wobec męża, oczy jej się zamgliły. Wyglądało na to, że rozumieją się instynktownie.

– Opowiedz mi o Anne Wilder. Kim właściwie jest? – spytała Maeve, przechodząc do historii, którą przeczytała i w której się wprost zakochała.

– Nie bardzo wiem, skąd się wzięła. Po prostu usiadłam, żeby napisać opowiadanie, i ona ożyła. W zmodyfikowanej wersji, w innych czasach ukazałam chyba moją babcię, która była odważną, śmiałą, prawdziwą i niesamowicie dzielną kobietą. Cechował ją niezwykły optymizm i prawdziwa filozofia życia. Przeszła wiele, ale nigdy nie narzekała. Robiła, co musiała, żeby to naprawić. Szczerze mówiąc, to dzięki niej zawsze miałam pod sobą siatkę asekuracyjną. Owszem, trudno mi było samej wychowywać trójkę dzieci, ale moja babcia nie miała żadnego zabezpieczenia, sama musiała upleść sobie taką sieć. Była bystra i zaradna. Wpoiła mi przekonanie, że jestem w stanie zmierzyć się ze wszystkim, jeżeli będę musiała.

Opowiedziała jej historię swojej babci, a Maeve słuchała zafascynowana, z szacunkiem dla Constance Whittier i jej wnuczki, która była do niej strasznie podobna, ale o tym nie wiedziała albo w to nie wierzyła. Zdaniem Maeve, Kait również była odważna, tak jak i ona, bo próbowała iść w ruchomych wydmach pod stopami, bez mapy, która wyznaczy jej drogę. Kierowała się intuicją, jak wszystkie odważne kobiety. Mężczyźni byli bardziej metodyczni, kobiety – intuicyjne.

– Anne Wilder jest właśnie taka. Lubię opowieści, w których kobiety odnoszą sukces na przekór męskiemu światu. Jest nam dziesięć razy trudniej niż facetom, z pewnością było tak wtedy, w lotnictwie w czasie wojny i po niej, i dla mojej babci w tysiąc dziewięćset trzydziestym, kiedy tworzyła firmę i sprzedawała ciastka i ciasta do restauracji i sklepów spożywczych, żeby mieć za co wykarmić czworo dzieci. Nie mogę sobie wyobrazić, jak sobie radziła.

Maeve widziała związek między bohaterką serialu a babcią Kait.

– Podziwiam takie kobiety – powiedziała cicho. Spojrzała Kait w oczy i doszła do wniosku, że może jej zaufać. – Nie opowiadamy o tym, żeby uniknąć plotek, ale u Iana zdiagnozowano w zeszłym roku stwardnienie zanikowe boczne. Jest nam ciężko. Radził sobie jakoś do niedawna, ale to choroba zwyrodnieniowa, postępuje. Zatrudniamy teraz pielęgniarki. Może się jeszcze ruszać, ale jest coraz słabszy, ma problem z oddychaniem. To się może ciągnąć, ale wszystko zmierza tylko w jedną stronę. Jest bardzo silny i chce, żebym nadal pracowała. Odrzucam różne propozycje, ale kiedy czytałam twój tekst, chciałam stać się Anne Wilder. Chciałabym ją zagrać, ale nie wiem, co zrobię, jeżeli Ianowi nagle się pogorszy. Mam wrażenie, że ma przed sobą jeszcze dobrych kilka lat, ale niczego nie można przewidzieć. Jedno wiem na pewno, jeżeli się zdecyduję, musielibyśmy to filmować w Nowym Jorku. Nie zabiorę go do Kalifornii. Mamy tu dobre warunki i fantastycznych lekarzy, a ja nie chcę być daleko od niego. Jeżeli będę pracować tutaj, będę mogła przynajmniej co wieczór wracać do domu, a w razie kryzysu będzie można kręcić sceny, w których nie biorę udziału.

Kait była wstrząśnięta tym, co usłyszała i głęboko wzruszona zaufaniem Maeve. Wiedziała, że stwardnienie zanikowe boczne jest chorobą degeneracyjną, która w końcu doprowadzi do tego, że mięśnie osłabną, a chory będzie sparaliżowany i umrze, choć czasami ciągnie się to przez wiele lat. Jedyną osobą długo żyjącą z tą chorobą, o jakiej wiedziała, był Stephen Hawking, ale nikomu innemu się nie udało. A może uda się Ianowi? Miała taką nadzieję, choć ta choroba była strasznym ciosem losu. Maeve miała łzy w oczach, gdy o tym mówiła.

– Jesteś tak odważna, jak moja babcia, albo nawet bardziej – powiedziała cicho Kait. Zawsze zdumiewały ją wyzwania, przed jakimi ludzie stawali w codziennym życiu. Wiele z tych wyzwań było niesprawiedliwych, ale niektórzy ludzie wykazywali się niesamowitą odwagą. Maeve z pewnością należała do tych osób – patrzyła, jak ukochany mężczyzna marnieje jej w oczach i umiera, a mimo wszystko słuchała o projekcie Kait. – Tylko ty sama możesz zdecydować, co właściwe powinnaś zrobić, biorąc pod uwagę to, z czym się zmagasz – powiedziała Kait tak, jak odpowiedziałaby komuś na łamach czasopisma. – Nikt nie może ani nie ma prawa podjąć tej decyzji za ciebie. Byłabym szczęśliwa, gdybyś zagrała Anne Wilder, to dla mnie spełnienie marzeń, ale to tylko serial, a przecież chodzi o twoje życie, które jest o wiele ważniejsze. Nikt nie ma prawa się w nie wtrącać ani próbować wywierać na ciebie nacisku – przypomniała, a Maeve uśmiechnęła się z wdzięcznością.

– Dziękuję, Kait. Ian chce, żebym to zrobiła. Przeczytał twój tekst i bardzo mu się spodobał. Powiedział, że to rola stworzona dla mnie i w pewnym sensie tak jest. Nie wiem tylko, czy powinnam tak się angażować w długoterminowe przedsięwzięcie, które może się ciągnąć latami.

Kait uśmiechnęła się, słysząc te słowa.

– Dziękuję, że we mnie wierzysz! Ta rola może się dla ciebie stać podporą albo okazać się zbyt wielkim ciężarem.

– Nie chcę ci tego spieprzyć.

– Myśl o sobie i o tym, co najlepsze dla ciebie i Iana – poradziła wspaniałomyślnie Kait i mówiła szczerze. To tylko serial, a Maeve i jej mąż zmagają się z o wiele poważniejszymi problemami.

– Przemyślę to sobie jeszcze. Bardzo chciałabym w nim zagrać. Chciałabym też wrócić do normalnego życia i wiem, że Ian też tego chce. Nie lubi, kiedy siedzę i gapię się na niego. Seriale coś w sobie mają. Widzowie teraz wolą je od zwykłych filmów.

Kait wyznała jej wtedy nieśmiało, że sama jest fanką *Downton Abbey* i Maeve parsknęła śmiechem.

– Ja też! Co wieczór oglądam jeden odcinek na iPadzie, kiedy już położę Iana spać. W złe dni oglądam dwa. – Kait robiła to samo. Rozmawiały przez kilka minut o tym, jak im smutno, że serial się skończył, aż nagle Maeve spoważniała. – *Kobiety Wilderów* mogą być lepsze, wiesz? To takie mocne przesłanie do kobiet, żeby być zaradną i nie dać się pokonać. Kogo rozważasz do roli Hannabel, matki Anne?

– Nie wiem. Zack jest lepiej zorientowany niż ja, ma jakieś pomysły. Nie wiem jeszcze, kto by to miał być.

– A może Agnes White? Jest świetna. Pracowałam z nią parę razy, to niesamowita aktorka. Byłaby idealna do tej roli.

– Ona jeszcze żyje? – Kait wyglądała na zaskoczoną. – Nie widziałam jej od lat. Na pewno jest starowinką.

– Nie jest tak stara, jak się ludziom wydaje. Jest tuż po siedemdziesiątce, odpowiedni wiek do tej roli. Przeżyła w życiu kilka tragedii, wycofała się i przestała pracować. Gdybyś chciała jej numer, Ian ją zna. Podziwiał mężczyznę, z którym żyła, Roberto Leone, był jego mentorem. Agnes i Roberto żyli ze sobą przez jakieś pięćdziesiąt lat, ale nigdy się nie pobrali. Myślę, że on był żonaty i nie dostał rozwodu. Zaprosiliśmy ich kiedyś na kolację, tworzyli wspaniałą parę. On był wielkim reżyserem w swoich czasach, namówił Iana, żeby zrezygnował z gry i przerzucił się na reżyserię. A Agnes jest najlepszą aktorką, jaką znam. To moja idolka. – Kait pomyślała, że Agnes byłaby idealna do roli Hannabel, jeśli zechce zrezygnować ze spokoju i wystąpić w serialu.

– Porozmawiam o tym z Zackiem. Nie brałam jej pod uwagę.

– Bardzo bym chciała znów z nią zagrać, jeżeli uda ci się ją namówić. Zawsze była nieprzewidywalna w rolach, które grała. Za młodu była piękna, ale lubiła role, które stanowiły wyzwanie i nie bała się ich.

Jest aktorką z prawdziwego zdarzenia. Staram się ją naśladować, ale muszę przyznać, że wolę raczej dobrze wyglądać na ekranie, niż żeby mnie postarzali o czterdzieści lat do roli królowej Wiktorii na łożu śmierci. Zawsze byłam zdania, że można być dobrą aktorką i wyglądać przyzwoicie. Jestem pewnie bardziej próżna od Agnes.

Roześmiały się, ale Kait nie dziwiła się jej, zaskoczona, że po Maeve nie było widać śladów żadnych zabiegów kosmetycznych na twarzy, nawet botoksu. Była piękna jak na swój wiek i podobna do dawnej siebie, w odróżnieniu od większości aktorek, które trudno było rozpoznać po zbyt wielu liftingach.

Maeve spojrzała z żalem na zegarek. Dwie godziny, które ze sobą spędziły, przeleciały nie wiadomo kiedy. Zawiązały się fundamenty ich przyjaźni, nawet jeżeli nie przyjmie roli. Biorąc pod uwagę to, co przeżywa, Kait byłaby w stanie ją zrozumieć. Mąż jest nieskończenie ważniejszy.

Kait wyczuwała, że Maeve jest rozdarta pomiędzy normalnym życiem a wejściem w rolę pielęgniarki, co przytłoczyłoby ich jeszcze bardziej. Zwierzyła się Kait, że Ian chce ją widzieć, jak wychodzi z domu i wraca, pracuje i prowadzi normalne życie, i dzięki temu on też będzie żył, bo sam nie może już pracować i bardzo mu tego brakuje. Maeve powiedziała, że żałuje, że nie może wyreżyserować serialu Kait.

– Muszę wracać. Staram się nie wychodzić na długo, jeżeli nie muszę, a za pół godziny zmieniają się pielęgniarki. Powinnam zajrzeć, co słychać – powiedziała, wzdychając i uśmiechnęła się. – Nie masz pojęcia, jak mi było miło. Bez względu na to, jak rozwinie się sytuacja, bardzo chciałabym się z tobą kiedyś jeszcze spotkać. Musisz mi doradzić w kwestii córek.

Roześmiały się i Kait chwyciła przyniesiony rachunek. Sprzeczały się o to chwilę i Maeve powiedziała, że to kolejny powód, żeby jeszcze się z nią spotkać.

– I nie zapomnij o Agnes White. Porozmawiaj o niej z Zackiem. On chyba poluje na znanych aktorów, a ona powinna się znaleźć na liście, bez względu na to, czego będzie trzeba, żeby ją przekonać. – Obiecały sobie, że pozostaną w kontakcie i jeszcze się spotkają. – Zawsze wybierała produkcje, które reżyserował jej ukochany Roberto, ale jeżeli spodoba jej się wasz reżyser, może się zgodzi. Zack już zaangażował reżysera? – Dla Meave była to również istotna informacja.

– Nie sądzę, prowadzi rozmowy z kilkoma. Chce zatrudnić kobietę.

– Rozumiem, ale wiem, że Ian by tego nie zrobił. Zawsze wolał mężczyzn jako reżyserów.

Uściskały się na pożegnanie, wychodząc z delikatesów. Były to cudowne dwie godziny. Zrobiło się chłodniej, Maeve naciągnęła kaptur na głowę i ruszyła w stronę Cenral Parku, machając na pożegnanie, a Kait zatrzymała taksówkę, cały czas myśląc o Maeve. Była wyjątkową kobietą, dokładnie taką, jaką ją sobie wyobrażała Kait.

W domu zdjęła płaszcz i w tej chwili zadzwoniła komórka.

– Co jej zrobiłaś? – Zack spytał spiętym głosem.

– Nic – odpowiedziała bezradnie Kait. – Wydawało mi się, że było bardzo miło. Obraziłam ją czymś?

– Raczej nie, pani Whitter. – Jego ton zmienił się w radosny. – Dziesięć minut temu dostałem od niej mejl. Pięć słów: „Wchodzę w to. Maeve O'Hara". Kait, udało ci się!

Kait była równie zdumiona jak on, i tak samo szczęśliwa. Była pod wielkim wrażeniem kobiety, z którą spędziła dwie godziny i wiedziała, że dzięki niej serial odniesie wielki sukces, a Anne Wilder ożyje.

– Ze względu na nią musimy kręcić w Nowym Jorku albo w pobliżu – powiedziała Kait. – To jedyny warunek, jaki postawiła. – Nie wyjaśniła dlaczego, ze względu na Meave i Iana, którzy nie chcieli rozgłosu wokół jego ciężkiej choroby.

– Wiem, jej agentka mi powiedziała. Nieważne. Kręciłbym nawet w Bostwanie, gdyby to miało zdecydować o jej udziale w filmie. Telewizja oszaleje. Z Maeve O'Harą w roli Anne Wilder na pewno nam się uda.

Był wniebowzięty, Kait także. Dzięki niej serial odniesie sukces, oczywiście jeżeli scenariusz będzie dobry.

– Aha, zasugerowała Agnes White do roli Hannabel. Jej zdaniem byłaby fantastyczna – poinformowała rzeczowo Kait.

– Niemożliwe, ona nie żyje – powiedział lekceważąco. Miał na myśli jakąś inną aktorkę, sprawdzoną w komediach, która mogłaby nadać tej postaci lekkości, zwłaszcza jeżeli część dialogów byłaby zabawna.

– Też tak myślałam. Maeve twierdzi, że żyje. Jest na emeryturze, a może rzuciła branżę czy coś takiego.

– Dowiem się. – Wolał swój wybór, choć jego aktorka była trudna, stawiała mnóstwo warunków i domagała się przywilejów, których nie chciał jej zapewnić, a w jej imieniu negocjował bardzo surowy prawnik.

Kiedy się rozłączyli, Kait zauważyła w iPhonie mejl od Maeve.

Dziękuję za wszystko! Za świetny serial! Uściski, Maeve.

Wpatrywała się w telefon radosna. Los znów się do nich uśmiechnął. Zastanawiała się, czy tak właśnie czuła się jej babcia, kiedy sprzedała pierwszą blachę ciastek do pobliskich restauracji. Maeve przyciągnie kolejne gwiazdy. Byli na dobrej drodze.

7

Dwa tygodnie, które Kait spędziła w Los Angeles, były wypełnione do granic. Pierwszego dnia spotkała się z dwoma agentami i wybrała tego, którego polecił jej Zack. Nie wyglądali tak, jak się spodziewała. Myślała, że będą bardzo hollywoodzcy, w dżinsach, T-shirtach i ze złotymi łańcuchami. Obaj czekali na nią w olbrzymich gabinetach dwóch najważniejszych agencji w Los Angeles. Ściany były obwieszone drogimi dziełami Damiena Hirsta, Kooninga i Jacksona Pollocka. Sami mężczyźni wyglądali jak nowojorscy modele czy bankierzy, w nieskazitelnych, skrojonych na miarę garniturach, śnieżnobiałych koszulach, drogich krawatach i ekskluzywnych butach od Johna Lobba. Byli uosobieniem konserwatyzmu, z krótkimi włosami, świeżo ogoleni, w doskonale skrojonych ubraniach. A ich rozmowy z Kait były równie poważne, jak oni sami.

Byłaby zadowolona z usług obu, ale drugi, Robert Talbot, był trochę cieplejszy, łatwiejszy w rozmowie i odpowiedział na więcej jej pytań, zdecydowała się więc na niego i zadzwoniła, żeby mu to powiedzieć godzinę po spotkaniu. Ucieszył się, zapewnił, że natychmiast zaczyna przeglądać umowy i że oddzwoni do niej. Kiedy spotkała się z Zackiem, znów mu podziękowała.

Obejrzała urywki filmów ze wszystkimi aktorami, których Zack brał pod uwagę. Z aktorką, którą wyobrażał sobie w roli Hannabel, nadal były kłopoty – jeszcze się nie zgodziła. Aktorka, która obojgu najbardziej podobała się do postaci Maggie, nie była znana, ale idealnie sprawdziła się w roli, choć Zack nadal chciał przyciągnąć kolejne znane nazwisko, które dorównywałoby sławą Maeve. Fakt, że Maeve dołączyła do obsady, sprawiał, że inni sławni aktorzy chcieli wziąć udział w serialu.

Do roli Chrystal, młodszej niesfornej córki Anne, zaangażowali popularną, seksowną młodą gwiazdkę Charlotte Manning. Miała reputację trudnej i niesolidnej, ale była niewiarygodnie piękna, miała dwadzieścia dwa lata – w początkowych odcinkach mogła udawać czternastolatkę i grała już niewielkie role w tylu filmach i serialach, że jej twarz i nazwisko były rozpoznawalne. Spodobałaby się młodszym widzom, zwłaszcza chłopcom. Miała odpowiedni wygląd do tej roli. Umawiała się już z każdym hollywoodzkim rozrabiaką, nie licząc gwiazdora rocka, który został aresztowany. Idealnie nadawała się do tej roli i była tak popularna, że telewizja się ucieszyła. Uzyskali też wstępną zgodę wielkiej gwiazdy do roli Locha, bo jego postać pojawiała się tylko w kilku pierwszych odcinkach, a potem umierał, nie było to więc zbyt długoterminowe zobowiązanie dla zajętego aktora, grającego w filmach fabularnych.

W trzecim dniu pobytu w Los Angeles Kait miała się spotkać z Bekką Roberts, scenarzystką, którą tak chwalił Zack. Spotkanie umówił u siebie w biurze o dziewiątej rano, a Becca spóźniła się dwie godziny. Kait przyszła na czas i Zack zapewniał ją, że panna Roberts jest co prawda młoda i ekscentryczna, ale świetna w tym, co robi. W końcu zjawiła się, w ciemnych okularach, i wyglądała, jakby włożyła na siebie przypadkowe ciuchy, które znalazła na podłodze, z włosami wycieniowanymi na punkowego boba, które wyglądały tak, jakby nigdy nie widziały szczotki. Jęknęła, wchodząc do gabinetu i zobaczyła Zacka rozmawiającego po cichu z Kait.

– O Boże, tu jesteś – powiedziała, wciskając się w fotel przy olbrzymim stole jak dziecko wsuwające się do ostatniej ławki w klasie, i poprosiła jego asystentkę o czarną kawę. Skuliła się i wyglądała na jakieś piętnaście lat. Miała dwadzieścia cztery lata, ale Zack nie przestawał się zarzekać, że jest najlepsza i że to jeden z młodych hollywoodzkich talentów. – Strasznie przepraszam. Miałam wczoraj urodziny, trochę zaszalałam. Wróciłam do domu o piątej rano, telefon mi padł, nie mogłam znaleźć ładowarki i nie miałam budzika. Na szczęście jakieś pół godziny temu obudził mnie pies. Przyleciałam najszybciej, jak mogłam. Straszne korki. Mieszkam w Valley – zwróciła się do Kait, jakby to wszystko wyjaśniało.

Początek był niefortunny, Kait siliła się na cierpliwość, ale wymówki dziewczyny wydały jej się żałosne. Nie mogła sobie wyobrazić, że ta niechlujna skacowana bidulka miałaby napisać scenariusz telewizyjnego hitu czy nawet jakiegoś gniota. Czekała, że zaraz powie: „Pies mi zjadł zeszyt z pracą domową".

– Zachwyciła mnie fabuła. – Becca zwróciła się do Kait. – Właściwie od tygodnia pracuję nad pierwszym odcinkiem i próbuję różnych kierunków. Ale nie bardzo wiem, co z babcią, chyba jej nie potrzebujemy, straszna z niej suka. Mam taką ciotkę, nie cierpię jej. Moim zdaniem zrazimy widzów. Chyba powinniśmy ją wyciąć.

Kait niemal czuła dreszcz, gdy Becca to powiedziała.

– Idea jest taka, że na początku ona jest surowa dla Anne, ale kiedy robi się ciężko, zmienia się i nawet uczy się latać, żeby pomóc w firmie. Stanowi dobrą przeciwwagę dla pozostałych – wyjaśniła, a Becca pokręciła głową.

– Nie kupuję tego. A Bill, ten najstarszy syn, który ginie, wygląda na geja. Jest taką miągwą.

Zack wyglądał, jakby zaraz miał się rozpłakać, a Kait spojrzała na niego wymownie, z gniewem, jakby chciała powiedzieć, że marnują czas. Nie miała zamiaru zgodzić się na żadną sugestię młodej scenarzystki. Na jej korzyść przemawiało jedynie to, że zdaniem Zacka była szybka i byłaby w stanie zdążyć ze scenariuszem tak, żeby zdjęcia ruszyły pierwszego lipca. Przy innych mogli czekać i rok. A stacja chciała, żeby zaczęli kręcić w lipcu i żeby serial wszedł na ekran w październiku. Może Becca by sobie poradziła, ale co napisze? Nic, na co Kait mogłaby się zgodzić, z tego, co usłyszała. Nie odeszła od stołu tylko ze względu na Zacka, nie chciała być wobec niego niegrzeczna.

– Może pokazałabyś nam, co już masz – zaproponował spokojnie Zack. – Od tego wyjdziemy i zobaczymy, dokąd nas zaprowadzi.

– Możesz mi to wydrukować? Moja jest zepsuta – powiedziała, wyciągając laptop z plecaka. Wysłała plik asystentce Zacka, która po pięciu minutach wróciła z trzema kopiami i wręczyła każdemu po jednej. Była to wstępna praca Bekki nad scenariuszem do kilku pierwszych scen.

Kait przeczytała tylko trzy pierwsze strony, odłożyła go i spojrzała dziewczynie prosto w twarz.

– To nie ma nic wspólnego z historią, którą napisałam. Jeżeli nie podoba ci się fabuła, nie musisz się tym zajmować, ale nie możesz pisać wszystkiego na nowo po swojemu. Założenie jest z gruntu złe. A dialogi zbyt nowoczesne jak na tamte czasy. To nie jest punkowy musical, tylko rodzinna saga, która rozpoczyna się w tysiąc dziewięćset czterdziestym roku.

– Moglibyśmy ją trochę przyspieszyć – zasugerowała Becca – i zacząć później. To, co napisałaś, jest koszmarnie staroświeckie.

– Bo takie ma być – odpowiedziała twardo Kait. – W tym tkwi cały sens. Anne Wilder odnosi sukces i buduje firmę w czasach, kiedy właściwie było to niemożliwe w branży praktycznie zarezerwowanej dla mężczyzn i niedostępnej dla kobiet.

– Kapuję i naprawdę lubię Maggie. Taka z niej chłopczyca. Sensowniej by było zrobić z niej lesbijkę. Byłby wątek o walce o prawa homoseksualistów w latach czterdziestych.

– Chodzi o prawa kobiet, wszystko jedno, homo- czy heteroseksualnych – odparła ostro Kait, chcąc jak najszybciej zakończyć spotkanie.

– Mogę spróbować ugryźć to jakoś inaczej – po- wiedziała Becca, zerkając na Zacka, żeby przyszedł jej z pomocą. Kait także przeszywała go wzrokiem i najwyraźniej chciała wyjść. Becca była dla niej stra- tą czasu i ewidentnie nie umiała dać im scenariusza, jakiego potrzebowali. Ale ku jej zaskoczeniu Zack nie miał zamiaru się poddać. Becca miała czas, pi- sała szybko i była przekonana, że może wykonać to zadanie.

– Becca, skup się – odezwał się cicho. – Pamiętasz, jak pisałaś *Córkę diabła* i spudłowałaś na początku, ale zaskoczyłaś? Napisałaś najlepszy scenariusz, jaki w życiu widziałem, i stworzyłaś hitowy serial. To sa- mo musisz zrobić teraz. Na razie kręcisz się po omac- ku, ale to się zmieni. Ten serial może mieć pięć czy dziesięć sezonów, co byłoby dla ciebie świetne. Ale nie taki, jak ty go widzisz. Musisz zacząć wszystko od nowa, pomyśleć trzeźwo i spróbować jeszcze raz.

Wydawało się, że oprzytomniała, kiedy to powie- dział, jednocześnie rozczarowana i zdezorientowana.

– Chcesz takiego scenariusza jak *Córka diabła*? – Wyglądała na zaskoczoną.

– Nie. Ale chcę, żebyś zrobiła to, co wtedy. Naj- gorszy scenariusz, jaki w życiu widziałem, zmieni- łaś w najlepszy. Chcę, żebyś to powtórzyła. – Był kategoryczny i stanowczy. Chciał, żeby *Kobiety Wil- derów* odniosły sukces i potrzebował scenariusza natychmiast. Świetnego, bo inaczej stacja przełoży wszystko na później albo się wycofa i film nigdy nie ujrzy światła dziennego.

– Ten się wam nie podoba, tak?

Kait i Zack pokręcili głowami.

– Powiem ci coś – odezwał się ostro Zack. – Maeve O'Hara ma grać rolę Anne Wilder. Nie zgodzi się na taki scenariusz. Do roli Chrystal zatrudnimy Charlotte Manning, tu możesz poszaleć. Ale nie orędujemy na rzecz ruchów LGBT. To się dzieje w latach czterdziestych i pięćdziesiątych. Opowiada o kobietach w lotnictwie, nie o prawach gejów – wyjaśnił.

– Boję się latać – oznajmiła żałośnie, a Kait niemal się roześmiała.

– Becca, chcesz się tym zająć czy nie? – spytał wprost Zack, jakby rozmawiał z dzieckiem, a Becca kiwnęła głową.

– Chcę – powiedziała cicho.

– To wracaj do domu, bierz się do roboty, miej na uwadze opowiadanie, które ci daliśmy, i wróć, jak będziesz miała co pokazać.

– Ile mam czasu? – spytała nerwowo.

– Najmniej jak tylko możliwe, bo jeżeli nie dasz rady, musimy zaangażować kogoś innego, a scenarzysta jest podstawą.

– Kapuję. Wrócę. – Wstała, wetknęła laptop do plecaka, zasalutowała obojgu i wyszła z pokoju, wlokąc za sobą sznurówki martensów.

Kait wpatrywała się w Zacka z rozczarowaniem.

– Nie możesz jej pozwolić pisać – oznajmiła nerwowo. Spotkanie okazało się katastrofą, Becca zupełnie nie była w stanie utożsamić się z jej historią.

– Uwierz mi, da radę. Na początku jest skołowana, ale kiedy człowiek ma ochotę z niej zrezygnować, wyciąga asa z rękawa. Widziałem to już kilka razy.

– Marnujemy czas. Zachowuje się jak rozwydrzona nastolatka. Jakim cudem napisze wzruszający scenariusz, o jaki nam chodzi? I nie wykreślę Hannabel tylko dlatego, że Becce kojarzy się z ciotką, której nienawidzi.

– Jasne. Daj jej szansę. Wiem, że za dwa dni przyniesie coś, co spodoba się nam bardziej. Może nie ostateczną wersję, ale jak się zaweźmie, jest w stanie sobie poradzić. – Widać było, że jest tego pewny.

Kait pomyślała, że zwariował i zastanawiała się, czy może jest w niej zakochany albo z nią sypia. Nie była w stanie wymyślić innego powodu, dla którego miałby upierać się przy tej dziewczynie. Zdaniem Kait była nieprofesjonalna i zaniedbana.

– Wygląda, jakby potrzebowała miesiąca odwyku i kąpieli. – Nie miała cierpliwości do dziewczyn takich jak ona, które imprezowały i nie były w stanie wykonywać swojej pracy. Była przeświadczona, że Zack z niewiadomych powodów ją przecenia.

– Poczekaj – powtórzył i razem poszli na lunch, a potem na casting. Mieli problem z obsadzeniem roli dwóch chłopaków. Był jeden mocny kandydat na Billa, starszego syna, znany aktor, ale podobno na planie zachowywał się strasznie i zaliczał wszystko, co się rusza, wywołując dramaty i sceny zazdrości wśród grających z nim aktorek, a tego akurat nie było im potrzeba. Zack obawiał się, że on i Charlotte Manning na jednym planie spowolnią pracę swoim zachowaniem. Najlepsza aktorka do roli Maggie była zupełnie nieznana, Zack chciał kogoś sławnego, ale dziewczyna była bardzo, bardzo dobra. Oglądali jej zdjęcia próbne kilka razy i za każdym razem robiła na nich wrażenie.

Zgodnie z przewidywaniem Zacka, Becca zjawiła się po dwóch dniach z zupełnie inną koncepcją. Ta wersja też się nie nadawała, ale była bliższa oryginałowi, a dziewczyna nie próbowała już pozbyć się babci i zamienić sagę w serial o prawach gejów. Za to tym razem scenariusz był bezbarwny i na piątej stronie Kait ziewała z nudów.

– Jesteśmy blisko – zachęcił Bekkę Zack, żeby jej nie dobijać. – Musisz spróbować bardziej wczuć się w postaci, potrzebujemy w tym trochę ognia. Na razie jest płasko. – Podał jej przykłady scen nietrafionych i tych lepszych, a ona znów sobie poszła, obiecując mu po weekendzie trzecią wersję.

Kait była tu już od prawie tygodnia i dostała miły mejl od Maeve, która dopytywała się, jak idzie casting i czy myśleli o Agnes White.

Prowadzili przesłuchania przez cały weekend i stwierdzili, że Dan Delaney, najnowszy hollywoodzki casanova, jest najlepszym kandydatem do roli Billa. Zgodzili się dać mu angaż, stawiając jego agentowi surowe warunki co do zachowania gwiazdy na planie. Była to dla aktora wielka szansa i agent przysięgał, że każe mu prowadzić się porządnie i że będzie go pilnował. Miał zginąć w pierwszym sezonie, musieliby więc wytrzymać tylko pierwszą serię, ale nie będą na niego skazani. Do roli Grega wybrali

Brada Eversa, młodego aktora, który zagrał już w kilku dobrych serialach.

Nie mieli aktora, który zagrałby weterana, kochanka Anne Wilder, ale potrzebowali go dopiero na koniec pierwszego sezonu, najprawdopodobniej do bożonarodzeniowego odcinka specjalnego, nie było więc pośpiechu. Rola Maggie nadal była nieobsadzona, podobnie jak rola jej chłopaka, Johnny'ego Westa, ale przynajmniej do ról Billa i Chrystal znaleziono młodych, utalentowanych, słynnych aktorów, a chłopak wybrany do roli Grega też zapowiadał się sensownie. Tkwili w miejscu, jeżeli chodzi o odtwórczynię roli Hannabel. Negocjacje z aktorką, którą chciał zaangażować Zack, nie powiodły się.

W sobotę wieczorem Zack i Kait byli umówieni na kolację z reżyserką, na którą liczyli, Nancy Haskell – miała na koncie dwa seriale, które odniosły sukces, i wiele ważnych filmów fabularnych, a do tego Oscara. Maeve wiedziała, że prowadzą z nią rozmowy i powiedziała, że byłaby zachwycona, gdyby mogła z nią pracować. Na razie nie miała zastrzeżeń do młodych talentów, których zaangażowali. Zatrudnili też Phillipa Greena, wielką gwiazdę kina, do roli Locha i ucieszyli się, że będzie miał przerwę pomiędzy filmami akurat na cztery odcinki, do których go potrzebowali. Nancy pracowała z nim już wcześniej i lubiła go. Był solidnym profesjonalistą i kolejnym sławnym aktorem w ich serialu.

Z Nancy Haskell spotkali się w restauracji gwiazd Giorgio Baldi w Santa Monica, niedaleko Malibu, gdzie mieszkała. Jedzenie było wyśmienite, rozmowa ożywiona. Była poważną reżyserką po sześćdziesiątce, z doświadczeniem, podekscytowana serialem. W czasie kolacji rozmawiała długo z Kait o bohaterach, a potem opowiedziała o swoich podróżach po Azji, miłości do sztuki i najnowszym filmie. Była fascynującą kobietą, nigdy nie wyszła za mąż, nie miała dzieci i przejawiała nienasyconą ciekawość świata i ludzi. Obecnie uczyła się mandaryńskiego przed kolejną podróżą i zamierzała spędzić miesiąc w Indiach przed rozpoczęciem zdjęć do serialu. Podobały jej się ich dotychczasowe wybory do obsady, zwłaszcza Maeve, która właściwie gwarantowała sukces serialu. Nie była pewna Bekki jako scenarzystki i Kait obrzuciła Zacka ponurym spojrzeniem. Nagle Kait wspomniała o sugestii Maeve, żeby rolę Hannabel powierzyć Agnes White.

– O ile ją namówicie – powiedziała sceptycznie Nancy. – Nie zagrała chyba nigdzie od dziesięciu lat, od śmierci Roberto. To był potężny cios, poza tym nienawidzi się starzeć. Nie sądzę, żeby chciała jeszcze pracować, tym bardziej grając starą kobietę, choć charakter ma idealny do tej roli. Jest wspaniałą aktorką, potrafi zagrać wszystko. Ale nigdy nie występowała w serialu.

Zack powiedział jej o innej kandydatce do tej roli, z którą prowadzili rozmowy i wyjaśnił, że okazała się trudna i że negocjacje z nią zakończyły się fiaskiem. Nancy obiecała, że się nad tym zastanowi, a pod koniec kolacji jeszcze raz podjęła temat Agnes White.

– Wiesz, wydaje mi się jednak, że pomysł Maeve wcale nie jest taki szalony. Ale wątpię, czy Agnes się zgodzi. Trzeba będzie wołu, żeby wyciągnąć ją z jej jaskini. Od jakiegoś czasu miewa trudne chwile.

Nancy nie wdawała się w szczegóły, ale niezależnie od tego, faktem było, że Agnes White przeszła na emeryturę, a rzesze jej dawnych wielbicieli żyły w przeświadczeniu, że dawno nie żyje. Była jedną z wielkich dawnych gwiazd Hollywood.

– Nigdy nie dostała Oscara, chociaż nie raz powinna go dostać. Nominowano ją chyba z tuzin razy. Jej najlepsze filmy to te, które reżyserował Roberto. Nie wiem nawet, czy w ogóle będzie chciała bez niego pracować. Był konserwatywnym włoskim katolikiem, nigdy się nie rozwiódł i nie ożenił z nią. Mieli kiedyś dziecko, ale nigdy o nim nie mówili. To bardzo skryta osoba, zawsze taka była, a teraz żyje jak pustelniczka.

– Jak wygląda? – spytał Zack z lekkim zainteresowaniem.

– Nie mam pojęcia – odparła szczerze Nancy. – Nie widziałam jej dwanaście czy czternaście lat. To kawał czasu. Ale potrafi grać jak żadna inna znana mi aktorka, lepiej nawet niż Maeve. Bardzo chciałabym z nią pracować, jeżeli uda się wam ją namówić. Na pewno nie straciła swego daru. Taki talent nie znika, raczej rozwija się z czasem. – Te słowa nie umknęły Zackowi, który podjął temat, gdy wracał z Kait do Beverly Hills – wspólnie stwierdzili, że Nancy jest cudowna. Kait chciała, żeby to ona reżyserowała serial, Zack też, jeszcze bardziej niż wcześniej.

– Myślisz, że się zgodzi? – spytała Kait zachwycona swoim nowym światem i poznanymi ludźmi, z Nancy Haskell na szczycie tej listy, tuż po Maeve.

– Chyba tak – stwierdził z przekonaniem Zack. – Zaintrygowała mnie Agnes White. Może spróbujesz się z nią spotkać, gdy wrócisz do Nowego Jorku. Wyszukałem ją i nie ma obecnie agenta, mówiłaś, że Maeve ma do niej dojście przez Iana. Może warto spróbować. Na Maeve z pewnością podziałałaś lepiej, niż zrobiłbym to ja. Może uda ci się namówić Agnes. – Zmęczony bojami z aktorkami, z którymi prowadzili rozmowy, był skłonny zdecydować się na nią.

– Spróbuję – powiedziała Kait z entuzjazmem. Po powrocie do hotelu Zack zaproponował drinka na zakończenie jej pobytu. Kait była zmęczona, ale cieszyła się każdą minutą tego, co robili, żeby stworzyć serial. Radził się jej praktycznie w każdej kwestii, każdą chwilę dnia spędzali, pracując razem, choć on miał też inne spotkania, związane z innymi projektami. Widać było wyraźnie, że darzy Kait szacunkiem. Utrzymywał ich znajomość na płaszczyźnie zawodowej, ale przy okazji lubił jej towarzystwo. Miała wrażenie, że gdyby nie byli zaangażowani w projekt, zaprosiłby ją na randkę. Ale serial był dla nich obojga tak ważny, że żadne nie chciało mącić atmosfery romansem bez zobowiązań, poważny związek byłby jeszcze trudniejszy. Nie rozmawiając nawet na ten temat, postanowili, że zostaną przyjaciółmi, partnerami w pracy i będą się trzymać z dala od uczuciowego zaangażowania. Był atrakcyjnym mężczyzną, ale Kait czuła ulgę. Nie chciała zepsuć tego, co mają, on też nie. Wypili drinka w barze, pół godziny później on wracał do domu, ona była w swoim pokoju hotelowym.

Następnego dnia doszli wspólnie do wniosku, że najlepszą kobietą do roli Maggie, starszej córki Anne Wilder, będzie nieznana Abaya Jones. Maeve widziała zdjęcia próbne Abayi i oceniła, że kiedyś zostanie wielką gwiazdą. Zack był tego pewien. Telewizja zatwierdziła ją w poniedziałek rano, a godzinę później do Zacka zadzwonił agent Nancy Haskell powiedzieć, że zgodziła się na ich propozycję reżyserowania serialu i jest podekscytowana ich projektem.

– Szczęście nam dopisuje – powiedział do Kait z uśmiechem, kiedy wchodzili do jego sali konferencyjnej na trzecie spotkanie z Bekką. Zgadzali się we wszystkim, poza scenarzystką. Kait nie wierzyła w nią, ale Zack uparcie twierdził, że ich nie rozczaruje. Była dokładnie taką osobą, jakiej Kait nie chciała: nierzetelna, rozkojarzona, niezorganizowana, niedojrzała i nieodpowiednia.

Tym razem sprawiała wrażenie poważniejszej, kiedy podawała każdemu z nich niewielki plik kartek z częścią pierwszego odcinka.

– Odpaliłam drukarkę – oznajmiła z dumą. – Ale to jeszcze nieobrobione. Pracowałam całą noc w sobotę i zeszłą, i moim zdaniem jestem teraz na właściwym torze. Przeczytałam opowiadanie jakieś dziesięć razy.

Kait zerknęła na kilka pierwszych stron, nastawiona na to, że znów się jej nie spodobają, ale z zaskoczeniem stwierdziła, że to, co tym razem napisała Becca, dokładnie oddaje to, co ona chciała przekazać i dowodzi głębokiego zrozumienia postaci. Niezwykła scenarzystka była przerażona.

– To jest dobre, Becca – powiedziała Kait, zdumiona, a po chwili uśmiechnęła się.

– Dziękuję. Musiałam po prostu oczyścić myśli i wgryźć się w to. Zrobiłam sobie dietę oczyszczającą na sokach, zawsze pomaga mi się skupić. Nie mogę pisać, jak jem dużo gówien – oznajmiła Becca z powagą, a Kait powstrzymała się przed jakąkolwiek uwagą. Nieważne, do czego musiała się uciekać – skrypt był nieporównywalnie lepszy od tego, co zrobiła wcześniej. – Pracuję nad drugim odcinkiem. Ten podoba mi się bardziej. Mogę przesłać go wam jutro mejlem. W końcu chyba załapałam. A babcia jest suką, którą jednak da się lubić i kocha nienawidzić. Potrzebowałam chwili, żeby to zrozumieć, całe te lata czterdzieste i prawa kobiet. To, co zrobiły ze starymi samolotami, jest świetne, trzy kobiety prowadzące firmę. W dechę.

Zack posłał Kait spojrzenie „a nie mówiłem", kiedy czytali dalej i nie było wątpliwości, że scenariusz jest dobry. Był jeszcze surowy, ale widać było, że Becca rozumie już szczegóły fabuły i wykonała dobrą robotę.

– Daj mi dwa lub trzy gotowe odcinki do końca tygodnia, a jeżeli Kait je zaakceptuje, wyślemy je do telewizji i zobaczymy, co powiedzą.

Becca była jedyną znaną mu scenarzystką, która umiała pisać szybko. Nikt inny by tego nie zrobił, ale wiedział, że ona potrafi, jeżeli będzie tak działać dalej i ciężko pracować.

– Zrobiłam, jak poradziłeś. Skupiłam się. I chyba coś mi się udało uchwycić. Naprawdę chcę robić ten serial, Zack. – Wizja pięciu czy dziesięciu sezonów przemówiła jej do wyobraźni.

– To napisz najlepsze scenariasze, jakie kiedykolwiek mi dałaś – powiedział z poważną miną.

– Dobrze – obiecała i wyszła po kilku minutach, a Zack uśmiechnął się do Kait zwycięsko.

– Poradzi sobie – powiedział. Przez chwilę go martwiła i trudno mu było usprawiedliwić swój wybór wobec Kait.

– Zaczynam myśleć, że masz rację – odparła z uśmiechem.

Zack miał prawdziwą smykałkę do wyszukiwania talentów i ludzi, którzy się wzajemnie uzupełniali. Był mistrzem w tym, co robił, i Kait żywiła wobec niego głęboki szacunek.

– Zobaczymy, jak będą wyglądały scenariusze dalszych odcinków. Nie zaangażuję jej, jeżeli nie będą dobre, przyrzekam – zapewnił, a Kait kiwnęła głową, znowu zaskoczona tym, co udało im się osiągać i jak daleko zaszli w tak krótkim czasie. Lubiła z nim pracować, lubiła jego bezpośredni, rzeczowy styl, ale był przy tym miły, na przykład wobec Bekki, i z każdego wydobywał to, co najlepsze. Chcieli się dla niego wysilać.

W dalszym ciągu brakowało im wielu osób, które musieli zatrudnić – projektanta kostiumów, asystentów produkcji, konsultantów technicznych i doradcy historycznego, ale pokonali długą drogę dzięki talentowi Zacka. Jedynymi ważnymi fragmentami układanki, jakich nadal brakowało, był młody pilot, który miał zostać chłopakiem Maggie, Johnny West, kochanek Anne Wilder i babcia, Hannabel. Wszyscy troje byli ważnymi postaciami.

Zanim Kait wyjechała z Los Angeles, Becca dostarczyła trzy skrypty, były świetne. Kait obiecała, że po powrocie do Nowego Jorku spróbuje się skontaktować z Agnes White. Były to naprawdę owocne dwa tygodnie. Odbyła z Zackiem ostatnią rozmowę przed wyjazdem w sobotę, oboje byli zadowoleni z tego, co udało im się osiągnąć. On zajął się teraz kwestiami finansowymi, umową z telewizją kablową, ubezpieczeniem serialu i wszystkimi aspektami projektu, które nie wymagały talentu, ale olbrzymiej ilości czasu i zmysłu organizacyjnego. Podziękował Kait za jej wkład i przyjazd. Ona była zachwycona, że wszystko ułożyło się tak, jak mieli nadzieję.

W samolocie do Nowego Jorku rozmyślała o wszystkich spotkaniach i ludziach, których poznała. Nadal trudno jej było uwierzyć, że to się dzieje naprawdę i że ma w tym swój udział. Ale w końcu zaczynało się wydawać realne. Nowy agent negocjował jej umowę z telewizją kablową jako twórczynią serii i producentem, i jak do tej pory wszystko szło dobrze. Krok po kroku sprawy się układały. Miała zamiar obejrzeć w samolocie film, ale zamiast tego raz jeszcze przeczytała brudnopisy scenariuszy Bekki do pierwszych trzech odcinków. Z uśmiechem satysfakcji na minutę zamknęła oczy i zapadła w głęboki, spokojny sen. Gdy się obudziła, lądowali w Nowym Jorku.

Czuła się jak Kopciuszek po balu, pchając przed sobą wózek w kierunku taśm z bagażami, żeby odebrać walizkę. Spróbuje złapać taksówkę. Powinna być rano na spotkaniu w redakcji i cieszyła się, że na bieżąco prowadziła rubrykę w czasie swojej nieobecności.

Rzeczywistość spokojnego, samotnego nowojorskiego życia uderzyła ją, gdy weszła do ciemnego pustego mieszkania. Zatęskniła za Los Angeles, za rozmowami i przygodami, które tam przeżyła. To był dla niej zupełnie nowy świat.

8

Dzień po przyjeździe w redakcji czekało ją szaleństwo po dwutygodniowej nieobecności. Z rubryką, blogiem, Facebookiem i Twitterem była na bieżąco, ale miała stos listów i mnóstwo wiadomości w skrzynce mejlowej na temat spotkania kolegium redakcyjnego, w którym miała wziąć udział. Carmen wpadła, żeby powiedzieć, jak bardzo się cieszy, że znów ją widzi. Powiedziała, że za nią tęskniła. Ale obecność w redakcji nagle, po spotkaniach w Los Angeles, wydawała jej się dziwna. Miała wrażenie, że czasopismo nie jest już częścią jej życia, ale kogoś innego. Nie powiedziała jeszcze nikomu o serialu, choć niedługo zamierzała poinformować dzieci. A w odpowiednim czasie będzie musiała powiedzieć w redakcji. Nie chciała się zdradzać za wcześnie z obawy, że projekt nie wypali. Ale na razie nic na to nie wskazywało.

Gdy zaczną zdjęcia już w lipcu, nie będzie miała czasu na siedzenie w redakcji. Zamierzała nadal tworzyć rubrykę, prowadzić blog i udzielać się w mediach społecznościowych, o ile szefostwo jej pozwoli, ale będzie to musiała robić w wolnym czasie. Nie postanowiła jeszcze, czy chce poprosić o urlop bezpłatny na trzy, cztery miesiące, kiedy będą kręcić pierwszy sezon *Kobiet Wilderów*, czy zostawić sobie wolną rękę. Jeżeli recenzje będą dobre, zaczną nowe zdjęcia w styczniu, po czteromiesięcznej przerwie i w takim przypadku może wcale nie będzie sensu pisać dalej artykułów. Ale jeszcze nie chciała podejmować decyzji. Serial może się okazać porażką i mogą go zdjąć z anteny, choć z Maeve O'Harą wydawało się to mało prawdopodobne. Kait potrzebowała czasu, żeby przemyśleć swoje plany. A na razie wolała milczeć.

Maeve dotrzymała słowa i przysłała numer telefonu i adres Agnes White. Kait obiecała Zackowi, że do niej zadzwoni, ale mogła to zrobić dopiero w środę wieczorem. Tyle miała pracy w redakcji, stosy listów do przeczytania i odpisania, w nocy pisała artykuł do rubryki, a nie chciała rozmawiać w pośpiechu czy w zdenerwowaniu. Czuła, że rozmowa telefoniczna ze starą, żyjącą jak pustelnik aktorką jest misją delikatną i nie powinna popełnić błędu.

– Dzień dobry, pani White – zaczęła lekkim, grzecznym głosem, nie bardzo wiedząc, jak zacząć. – Nazywam się Kait Whittier, pani numer dostałam od Maeve O'Hary. Będziemy razem pracować nad serialem telewizyjnym o kobietach w lotnictwie w latach czterdziestych. Jest w nim rola, która byłaby idealna dla pani. Reżyserować będzie Nancy Haskell, ona też jest tego zdania. – Sypnęła wszystkimi możliwymi nazwiskami w nadziei, że któreś „otworzy drzwi sezamu" świata Agnes White, a także żeby zdobyć jej zaufanie i wzbudzić zainteresowanie projektem.

– Nie jestem już aktorką, nie działam w branży – powiedziała Agnes pewnym, bardzo kategorycznym głosem.

– Czy mogłabym przesłać pani egzemplarz fabuły serialu albo wpaść z panią porozmawiać? – spytała ostrożnie Kait, żeby jej nie urazić, ale miała nadzieję, że ją zaciekawi i uda się jej do niej dotrzeć.

– Jeżeli Maeve się zaangażowała, to na pewno dobry serial – powiedziała aktorka łaskawie. – Ale ja nie jestem już zainteresowana pracą... od wielu lat. Nie chcę przerywać emerytury. Wszyscy mamy datę przydatności, moja minęła dziesięć lat temu. Nie można się do niczego zmuszać, a ja nigdy nie występowałam w telewizji i nie chcę tego robić.

– Byłabym zaszczycona, gdybym mogła panią poznać – powiedziała Kait, i była to prawda, tak samo jak w przypadku Maeve, Kait nie mogła się doczekać, żeby z nią pracować. Przesłuchanie Agnes White do roli Hannabel może wymagać więcej zachodu. Po drugiej stronie zapadła długa cisza i Kait przez chwilę myślała, że zostały rozłączone albo Agnes odłożyła telefon.

– Dlaczego chciałaby pani mnie poznać? – spytała w końcu, zaskoczona. – Jestem starą kobietą.

– Jest pani moją idolką, tak jak Maeve. Dwie wielkie aktorki mojego życia – powiedziała Kait z emfazą, ale zgodnie z prawdą.

– To już przeszłość. – Jej głos odpływał. Ostatnie słowo się rozmyło i Kait zaczęła się zastanawiać, czy piła. – Nie namówi mnie pani na to. Pisze pani scenariusz?

– Nie, tylko opowieść.

– Temat brzmi ciekawie. – Po kolejnej przerwie zaskoczyła Kait. – Chyba mogłaby pani mnie odwiedzić.

Nie musimy rozmawiać o serialu. I tak nie chcę w nim wystąpić. Opowie mi pani, co u Maeve. Jak jej dzieci? – Sprawiała wrażenie osoby samotnej i lekko zdezorientowanej i Kait zmartwiła się, że może to wczesne stadium demencji. Może dlatego zrezygnowała z aktorstwa.

– Nie znam ich, ale chyba wszystko w porządku. Za to jej mąż choruje.

– Przykro mi to słyszeć. Ian to cudowny człowiek – powiedziała, a Kait przytaknęła, nie mówiąc, jak bardzo jest chory, bo mogłaby zmartwić Maeve i zawieść jej zaufanie. – Niech pani przyjdzie jutro o piątej. Wie pani, gdzie mieszkam?

– Maeve dała mi adres – zapewniła ją Kait.

– Ale nie może pani długo siedzieć. Szybko się męczę. – Z głosu wydawała się starsza, niż była w rzeczywistości, widać było, że nie jest przyzwyczajona do odwiedzin.

Kait zastanawiała się, od kiedy Agnes nie opuszczała domu. Miała przeczucie, że wizyta będzie przykra i nie osiągnie zamierzonego celu. Agnes naprawdę wydawała się za stara i zbyt krucha, a może nawet zbyt zdezorientowana, żeby grać. Ale przynajmniej będzie mogła powiedzieć Zackowi i Maeve, że próbowała.

Rozłączyły się po chwili, a następnego dnia Kait wyszła wcześniej z redakcji, żeby dotrzeć na czas do Agnes. Aktorka mieszkała w starym domu z piaskowca przy East Seventies, w pobliżu East River, który wyglądał, jakby mógł być ładny, gdyby był zadbany. Farba na czarnych okiennicach się łuszczyła, jedna z nich wisiała krzywo na złamanym zawiasie, dwóch brakowało. Czarna farba na drzwiach wejściowych odchodziła w paru miejscach, mosiężna klamka była zaśniedziała. A w jednym z kamiennych stopni była wielka dziura, niebezpieczna dla starszej osoby.

Kait weszła po schodach, omijając uszkodzony stopień, i zadzwoniła. Podobnie jak z telefonem, długo nikt nie reagował. W końcu drzwi się otworzyły i w progu stanęła drobna, szczupła, pomarszczona kobieta, która wyglądała na sto lat, mrużąc oczy w dziennym świetle. Korytarz za nią był ciemny. Kait uświadomiła sobie, że nigdy w życiu nie rozpoznałaby Agnes, gdyby spotkała ją na ulicy. Była przeraźliwie chuda, długie siwe włosy sięgały do ramion. Jej dobrze znana piękna twarz nadal robiła wrażenie, ale wzrok wydawał się nieobecny. Miała ma sobie czarną spódnicę, buty na płaskiej podeszwie i luźny szary sweter. Patrząc na nią, trudno było uwierzyć, że kiedyś była pięknością. Odsunęła się i zaprosiła Kait do środka. Od jej zgarbionych pleców biły rozpacz i przygnębienie.

– Pani Whittier? – spytała oficjalnie, a Kait kiwnęła głową i wręczyła jej mały bukiet, który ze sobą przyniosła, wywołując uśmiech na twarzy staruszki. – Bardzo miło z pani strony. Ale i tak nie zagram w pani serialu. – Wydawało się, że powiedziała to zaczepnie i wskazała Kait, żeby poszła za nią. Przeszły przez cały dom ciemnym korytarzem do kuchni. W zlewie stały garnki i brudne talerze, wszędzie walały się stosy gazet i starych czasopism. Na stole leżała samotna podkładka z frędzlami, z lnianą serwetką w srebrnej obrączce. Pomieszczenie miało ładny widok na zarośnięty ogród. Kait zauważyła do połowy opróżnioną butelkę burbona stojącą przy zlewie, ale udawała, że jej nie widzi. Zerknęła na taras z zardzewiałym stolikiem; prowadził do ogrodu i Kait bez trudu mogła sobie wyobrazić, że dawno temu dom był ładny. Przez otwarte drzwi do jadalni zauważyła eleganckie antyki, a na stole również leżał stos gazet.

– Chce się pani czegoś napić? – spytała Agnes, spoglądając tęsknie na butelkę burbona.

– Nie, dziękuję – powiedziała Kait, a Agnes kiwnęła głową.

– Chodźmy do biblioteki – zaproponowała i zaprowadziła ją tam, a kiedy się w niej znalazły, usiadła na ciemnoczerwonej aksamitnej sofie z szarym kaszmirowym kocem przerzuconym przez poręcz. Ściany były wyłożone książkami, na pięknym angielskim masywnym biurku piętrzył się wysoki stos gazet i coś, co wyglądało na nieprzeczytane listy, na niskim stoliku stał telewizor, a przy nim leżały stosy płyt DVD i starych kopert z Netflixa. Wystarczył rzut oka i Kait wiedziała, że to filmy Agnes. Na ich widok zrobiło jej się żal, gdy zobaczyła, jak żyje ta słynna kiedyś aktorka. To, co zostało jej z życia, spędzała sama, w ciemnym pokoju, oglądając swoje filmy i popijając burbon. Kait nie mogła sobie wyobrazić smutniejszego losu. Agnes sprawiała wrażenie, jakby odcięła się od świata i ludzi, ale na szczęście wpuściła do siebie Kait.

– Trochę moich filmów – rzuciła, wskazując nadal ładną dłonią stos płyt. – Wszystkie są teraz na DVD.

– Większość z nich widziałam. Chyba pani nie wie, ilu ma wielbicieli w każdym pokoleniu i jak by się ucieszyli, gdyby mogli znów oglądać panią co tydzień na ekranie swojego telewizora w salonie. Mogłaby pani zrobić karierę na nowo – powiedziała Kait, nawet nie ze względu na serial, ale na tę smutną, samotną kobietę, która spędzała dni odcięta od świata.

– Nie chcę nowej kariery. Lubiłam dawną, a teraz jestem za stara na to wszystko. Telewizji nie rozumiem i nie chcę rozumieć.

– To obecnie bardzo modne, niektóre znane aktorki występują w serialach, jak Maeve.

– Ona jest młoda, może sobie na to pozwolić, ja nie. Zagrałam wszystkie wielkie role, o jakich mogłam marzyć. Nie ma już nic, w czym chciałabym wystąpić. Pracowałam ze wszystkimi wielkimi aktorami i reżyserami. Nie interesuje mnie rola w jakiejś nowej fali albo nowym ruchu, eksperymenty nie są dla mnie.

– Nawet gdyby miała pani pracować z Maeve? – spytała Kait, a Agnes uśmiechnęła się. Przyglądając jej się uważniej, Kait rozpoznała twarz znaną z ekranu. Ale była o wiele starsza, a w jej oczach pojawiło się coś niepokojąco nieszczęśliwego i bolesnego. Kait zastanawiała się, czy ktoś przychodzi jej gotować. Dom wyglądał, jakby od wieków nikt go nie sprzątał. Agnes zauważyła, że Kait rozgląda się i szybko się wytłumaczyła.

– Moja gosposia zmarła w zeszłym roku. Nie znalazłam jeszcze nowej, a i tak mieszkam sama. Sama mogę się tym zająć. – Ale nie wyglądało na to. Ona sama była schludna i starannie ubrana, ale dom był w tragicznym stanie i Kait miała ochotę zdjąć płaszcz i zabrać się do sprzątania. – Nie mogę już pracować – oznajmiła Agnes, nie wyjaśniając dlaczego. Nie wyglądało na to, żeby dręczyła ją jakaś choroba, była po prostu stara i nad wiek krucha. Była też bystra i inteligentna, ale od czasu do czasu gubiła wątek albo traciła zainteresowanie rozmową, jakby nic się dla niej nie liczyło. Kait pomyślała, że może jest zmęczona albo że przed jej przyjściem napiła się burbona. Ciekawiło ją, czy Agnes, poza tym, że stała się pustelniczką, jest też alkoholiczką.

– Pozbawia pani świat swojego talentu – powiedziała cicho, a Agnes milczała przez długą chwilę. Kait zauważyła, że dłonie jej drżą, kiedy bawiła się rąbkiem kaszmirowego koca.

– Nikt nie chce oglądać na ekranie starej baby. Nie ma nic bardziej odrażającego niż ludzie, którzy nie wiedzą, kiedy ukłonić się po raz ostatni, zejść ze sceny i wyjść – powiedziała stanowczo.

– Nie była pani stara, kiedy się pani na to zdecydowała – drążyła Kait. Bała się, że Agnes może kazać jej wyjść, ale mimo wszystko zdobyła się na odwagę.

– Nie, nie byłam, ale miałam swoje powody. I mam je nadal. – Nagle, bez wyjaśnienia, wstała i na kilka minut wyszła z pokoju. Kait słyszała, jak robi coś w kuchni, ale była zbyt onieśmielona, żeby za nią pójść. Agnes wróciła po chwili ze szklanką burbona z lodem. Odwróciła się do Kait, zanim znów usiadła na kanapie. Nie przeprosiła za drinka. – Chce pani obejrzeć któryś z moich filmów? – zaproponowała nagle.

Kait była zaskoczona i nie wiedziała, co powiedzieć, więc bez słowa kiwnęła głową.

– Bardzo lubię ten – powiedziała Agnes, odstawiając szklankę. Wyciągnęła płytę z opakowania i wsunęła ją do odtwarzacza. Była to *Królowa Wiktoria*, za którą nominowano ją do Oscara. – To chyba moja najlepsza rola. – Wcielała się w postać królowej od młodości po łoże śmierci. Kait widziała już ten film, rzeczywiście był znakomity. Oglądanie go z występującą w nim aktorką będzie na pewno niesamowitym przeżyciem. Nikt by w to nie uwierzył.

Siedziały razem w milczeniu w ciemnym pokoju przez dwie i pół godziny. Kait była oczarowana wyjątkową rolą, jedną z najlepszych w historii kina. Agnes poszła z powrotem do kuchni i nalała sobie kolejną szklankę burbona, a potem od czasu do czasu przysypiała, nagle budziła się i dalej oglądała film. Wyglądała na pijaną, kiedy się skończył i niepewnie stała na nogach, gdy wyciągała płytę i chowała do opakowania. Było coś tragicznego w tym, że ogląda siebie jako młodą kobietę i kurczowo trzyma się przeszłości, zamknięta w domu i zapomniana przez świat.

– Wątpię, żeby pani serial mógł się z tym równać – powiedziała ostro, a Kait równie ostro jej odpowiedziała.

– Nie, nie będzie się równał, ale jeżeli będę mieć na niego jakiś wpływ, będzie cholernie dobry. Maeve na pewno wypadnie świetnie, pani też, jeżeli się pani zgodzi. – Im dłużej Kait patrzyła na nią, tym piękniejsza się wydawała i byłaby taka, gdyby trochę przytyła i przestała pić. Nogi miała jak zapałki, wydęty brzuch i ziemistą cerę alkoholiczki, co szokowało w porównaniu z tym, jaka była kiedyś. I w końcu Kait zdobyła się na odwagę i zadała pytanie, którego Agnes się nie spodziewała.

– Czy gdyby wróciła pani do pracy, przestałaby pani pić?

Ich wzrok się spotkał i Kait dostrzegła, że w oczach aktorki ciągle tli się ogień.

– Może – odparła cierpko. – Ale nie powiedziałam, że wystąpię w twoim serialu, prawda?

– Nie, nie powiedziała pani. Ale może pani powinna. Ma pani zbyt wielki talent, żeby tak siedzieć, pić i oglądać swoje stare filmy. Może czas nakręcić nowe – stwierdziła Kait odważnie.

– Telewizja to nie kino. Nie ma porównania. To zupełnie coś innego niż film, który pani widziała. – Reżyserował go jej kochanek i zdobył Oscara za reżyserię. A ona była nominowana do Oscara za tę rolę.

– Nie, ale seriale w dzisiejszych czasach są bardzo dobre – odpowiedziała z uporem Kait. – Nie może pani marnować talentu i się ukrywać. – Kait nagle zezłościła się na myśl o tym.

– Nie ukrywam się. I mogę przestać pić, jeśli tylko będę chciała. Nie mam nic innego do roboty – powiedziała Agnes. Była zaskoczona, kiedy Kait wstała, wyjęła grubą kopertę z torebki i położyła na stoliku przed gospodynią.

– Zostawię pani egzemplarz. Nie musi pani grać ani nawet przeczytać tego, ale mam nadzieję, że pani to zrobi. Wierzę w ten projekt, podobnie jak Maeve. I Ian. On ją do tego namówił i wszyscy bylibyśmy w siódmym niebie, gdyby zgodziła się pani przyjąć rolę Hannabel, a przynajmniej ją rozważyć. Nie obrażę się, jeśli się pani nie zgodzi, ale będę rozczarowana i zasmucona. Maeve też. To ona zaproponowała panią do roli, i to był świetny pomysł. Byłaby pani doskonała. – Kait włożyła płaszcz i uśmiechnęła się do Agnes White. – Dziękuję, że pozwoliła mi się pani odwiedzić. To dla mnie zaszczyt i z wielką przyjemnością obejrzałam z panią *Królową Wiktorię*. Zapamiętam to na zawsze.

Agnes nie wiedziała, co powiedzieć, w końcu też wstała, prawie się potykając, kiedy obchodziła ławę, żeby odprowadzić Kait. Nie odezwała się słowem po drodze do drzwi, a wtedy spojrzała na Kait i znów wydawała się bardziej trzeźwa.

– Dziękuję – powiedziała z godnością. – Mnie też miło się go z panią oglądało. A opowiadanie przeczytam, jak będę mieć chwilę. – Kait przypuszczała, że nigdy. Zostawi je tak w brązowej kopercie i nigdy do niej nie zajrzy. Najgorsze z tego wszystkiego było to, że ona potrzebowała ich bardziej niż oni jej. Ktoś musi ją uratować przed nią samą i zawrócić ze ścieżki destrukcji, na jakiej się znajduje, pewnie od dawna.

– Proszę o siebie dbać – powiedziała Kait łagodnie, a potem zeszła slalomem po schodach, omijając zepsuty stopień. Usłyszała, jak drzwi zamykają się za nią głośno i podejrzewała, że staruszka pójdzie prosto do butelki z burbonem, skoro już pozbyła się gościa i może pić do woli.

Kait przez całą drogę do domu była przygnębiona. Czuła się tak, jakby przyglądała się tonącemu i nie mogła mu pomóc.

Gdy tylko weszła do mieszkania, zadzwoniła Maeve.

– Jak poszło? – spytała, wyraźnie niespokojna. Kait napisała jej mejl, że po południu wybiera się do Agnes White.

– Właśnie wróciłam – westchnęła Kait. – Siedziałam z nią trzy godziny. Obejrzałyśmy razem *Królową Wiktorię*. Ma na DVD chyba wszystkie filmy, w których zagrała, i odnoszę wrażenie, że spędza całe dnie, oglądając je w samotności. To naprawdę smutne. Nie chce grać w serialach.

– Tak myślałam, ale warto było spróbować. – Maeve też była rozczarowana. – A poza tym, co u niej? Jak wygląda? Dobrze się czuje?

– Na pierwszy rzut oka wygląda na sto dwa lata, ale kiedy się z nią chwilę porozmawia, widać dawną twarz, tylko o wiele starszą. Jest bardzo chuda. I – zawahała się, bo nie bardzo wiedziała, ile może powiedzieć. – Zachęciłam ją, żeby wróciła do pracy, ale musiałaby zmienić parę rzeczy, gdyby się zdecydowała.

– Pije? – spytała Maeve, zmartwiona.

– Wiesz o tym? – Nie wspomniała o tym.

– Chyba tak. Domyśliłam się. Jej życie legło w gruzach, gdy zmarł Roberto, ma za sobą kilka innych przeżyć. Sporo wtedy piła. Miałam nadzieję, że jej przejdzie.

– Dłonie jej drżą dość mocno, podejrzewam, że pije cały czas. Przy mnie wypiła kilka porcji burbona. Twierdzi, że może przestać, kiedy tylko zechce. Pewnie by mogła, choć nie byłoby to łatwe, zwłaszcza że pije od dawna. Zostawiłam jej opowiadanie, ale wątpię, że je przeczyta. Właściwie jestem pewna, że nie.

130

– Jest uparta, ale to twarda sztuka, nie jest głupia. Wszystko zależy od tego, czy chce wrócić do świata, czy nie.

– Moim zdaniem, nie. Abstrahując od tego, że chcemy, żeby zagrała Hannabel, po prostu mi jej szkoda, siedzi zamknięta w domu, pije i ogląda swoje stare filmy. Przygnębiające.

– Wyobrażam sobie – powiedziała ze współczuciem Maeve. – Przepraszam, że wysłałam cię tam na próżno.

– Nic się nie stało. To zaszczyt móc ją poznać. Surrealistyczne przeżycie siedzieć z nią i oglądać jej film. – Kait roześmiała się na to wspomnienie. – Jak tam Ian?

– Dobrze, właściwie bez zmian. Ma dobry nastrój. Zobaczymy, czy Agnes się odezwie.

– Nie sądzę – odpowiedziała Kait i rozłączyły się. Poszła zrobić sobie sałatkę, a potem do późna pracowała nad rubryką. Chciała napisać specjalny artykuł z okazji Dnia Matki, co wymagało wielu przemyśleń, biorąc pod uwagę złożoność stosunków matka–córka. Zadzwoniła do Stephanie, ale córka była na wyjeździe. Nie chciała zawracać głowy Tomowi, był zawsze zajęty.

Pracując, myślała o popołudniu spędzonym z Agnes White, a potem wracała do pisania. Podsunęło jej to myśl, żeby napisać o uzależnieniu dorosłych. Wiele czytelniczek pisało do niej o uzależnionych od alkoholu albo narkotyków małżonkach, młodzi ludzie pisali o swoich rodzicach.

Położyła się spać późno, a następnego dnia wstała wcześnie, żeby jak najszybciej usiąść do pracy w redakcji. Był piątek i wyczekiwała weekendu. Od tygodni pracowała na pełnych obrotach. Była siódma, kiedy wróciła do domu, zbyt zmęczona, żeby coś zjeść. Marzyła jedynie o łóżku. W skrzynce mejlowej była już druga wersja najnowszego odcinka, ale Kait czuła się za bardzo wyczerpana, żeby czytać. Postanowiła, że spojrzy na nią w weekend świeżym okiem.

Nalewała sobie gorącej wody do wanny, kiedy zadzwonił telefon. Pobiegła go odebrać w nadziei, że to któreś z dzieci. Cały czas czekała, żeby Candace potwierdziła, kiedy może przyjechać do Londynu. Odebrała, zakręcając wodę.

– Pani Whittier? – spytał drżący głos i Kait od razu wiedziała, że to Agnes White.

– Tak – odpowiedziała, zastanawiając się, czy Agnes jest trzeźwa. Nia miała sily, żeby z nią rozmawiać, ale nie chciała jej zbyć.

– Przeczytałam opowiadanie – powiedziała Agnes, zaskakując tym Kait. Widać, że ją zaciekawiło. – Niezła robota i kawał porządnej historii. Rozumiem, dlaczego Maeve się zgodziła. – Chyba była trzeźwa, Kait miała taką nadzieję, ze względu na jej dobro. Po wczorajszej wizycie wyobrażała ją sobie pijaną w sztok, zasypiającą co wieczór na kanapie przy jednym ze swoich filmów. – Nie wiem, dlaczego mnie chcecie i nie bardzo wiem, czy to dla mnie odpowiednia rola, ale zastanawiałam się nad tym cały dzień. Chciałabym to zagrać. Podoba mi się myśl, że miałabym pracować z Maeve. I chcę panią zapewnić – dodała ostrożnie – że zrobię, co będzie trzeba, zanim zaczną się zdjęcia. – Kait doskonale wiedziała, co ma na myśli, ale nie mogła uwierzyć własnym uszom. Agnes mówi jej, że przestanie pić. – Kiedy zaczynacie?

– Pierwszego lipca – powiedziała Kait, kompletnie zaskoczona.

– Do tego czasu dojdę do siebie – zapewniła aktorka. – Właściwie dużo wcześniej. Zaczynam od jutra. – Kait nie chciała jej pytać, gdzie ani jak, ale domyślała się, że sama potrafi się tym zająć, może już to robiła. A jeżeli nie chce iść na odwyk, może zapisać się do AA, to też jest skuteczne. Miała cztery miesiące na to, żeby wytrzeźwieć i przygotować się do pracy.

– Jest pani pewna? – spytała Kait z niedowierzaniem.

– Chce mnie pani jeszcze? – Słychać było, że Agnes martwi się, czy Kait nie zmieniła zdania.

– Tak – powiedziała Kait z przekonaniem. – Wszyscy chcemy. Pani obecność to gwarantowany sukces serialu.

– Niech pani nie będzie taka pewna – powiedziała skromnie Agnes. – Sukces gwarantuje Maeve.

– Z wami obiema to będzie na pewno hit. Mamy się skontaktować z pani agentem? – spytała, chociaż nie udało jej się ustalić, kto ją obsługuje.

– Chyba nie żyje. Zajmie się tym mój prawnik. Agent nie jest mi już potrzebny. – Nie pracowała od ponad dziesięciu lat.

– Telewizja oszaleje, jak im to powiemy. – Kait uśmiechnęła się. Denerwowała się tym, czy Agnes przestanie pić, choć miała nadzieję, że da radę. Ona wydawała się tego pewna. – Będziemy w kontakcie.

Odezwie się do pani producent, Zack Winter. Mam powiedzieć Maeve, czy pani sama jej powie?

– Może jej pani powiedzieć. Niech jej pani powie, że robię to dla niej. I dla pani – powiedziała, zaskakując Kait.

– A czym sobie na to zasłużyłam? – spytała Kait, zdziwiona.

– Obejrzała pani ze mną film. Jest pani dobrą kobietą. To było miłe. I napisała pani dla mnie dobrą rolę. Nie zrobiłabym tego lepiej. Lubię grać zrzędy. Świetnie się przy tym bawię. Mam się nauczyć latać?

Chyba się tym martwiła i Kait roześmiała się. Prawie kręciło jej się w głowie z wrażenia, że Agnes White zgodziła się zagrać rolę Hannabel. Co za zwycięstwo!

– Od tego mamy kaskaderów. Pani musi tylko nauczyć się swojej kwestii i pojawić na planie zdjęciowym.

– Nigdy nie miałam z tym problemu.

– Będziemy kręcić w okolicy Nowego Jorku. To jeden z warunków Maeve.

– Dziękuję – powiedziała po prostu Agnes, obie wiedziały za co. Kait poprzedniego dnia weszła do niej do domu i uratowała jej życie. Gdyby nikt jej nie powstrzymał, siedziałaby tak i wcześniej czy później zapiła się na śmierć, sama też o tym wiedziała. – Nie zawiodę pani.

– Wiem – odparła Kait z powagą i modliła się, żeby mieć rację. Nie mogła się doczekać chwili, kiedy przekaże tę informację Zackowi i Maeve.

9

Gdy Agnes White zgodziła się zagrać Hannabel, mieli już prawie całą obsadę z kilkoma sław-
nymi aktorami. Wszyscy oniemieją, widząc Agnes
White i Maeve O'Harę w czołówce serialu. Dan
Delaney był przystojnym młodym facetem, którego
potrzebowali, żeby przyciągnąć młodsze kobiety –
bo choć miał fatalną reputację, wszystkie wzdychały
do niego. Z Charlotte Manning sprawa miała się podobnie. Abaya Jones była ich nową zagadką, świeżą
twarzą, a Brad Evers w roli nieznośnego młodszego brata – obiecującym młodym aktorem, którego
lubili wszyscy. Miał dopiero dwadzieścia jeden lat
i nastoletni widzowie na pewno go polubią. Znaleźli
już idealnego aktora do roli Johnny'ego Westa, ukochanego Maggie. Wystąpił w dwóch popularnych
operach mydlanych i miał rzesze oddanych fanów.
Nazywał się Malcolm Bennett. Grał głównie czarne
charaktery i cieszył się, że dla odmiany zagra bohatera pozytywnego. Odbyło się już kilka spotkań
z obsadą, wszyscy byli zadowoleni ze swoich ról, ale
nikt nie cieszył się, że będzie pracował z Charlotte Manning, która uchodziła za kapryśnicę i nigdy
nie dogadywała się z kobietami na planie. Ale nie
ulegało wątpliwości, że jej nazwisko jest potężnym

wabikiem, a to się dla nich liczyło. Obsada była fantastyczna.

Jedynym brakującym ogniwem był kochanek Anne Wilder, który pojawiał się później. Rozmawiali z Nickiem Brookiem, wielkim gwiazdorem, ale jak dotąd nie udało im się go przekonać. Bał się, że uwiąże się na długi czas, jeżeli serial odniesie sukces. Całe życie grał w filmach fabularnych i rola w serialu oznaczałaby dla niego rewolucję. Phillip Green, gwiazdor mający wystąpić w roli męża Anne, Locha, z radością podpisał umowę na cztery odcinki. Mieli zatem całą obsadę.

Gdy tylko w następnym tygodniu Kait podpisała umowę, wiedziała, że będzie musiała poinformować o tym redakcję, zanim dowiedzą się od kogoś innego. Nie miała pojęcia, czy redaktor naczelna „Woman's Life" będzie chciała, żeby zrezygnowała z prowadzenia rubryki, czy też pozwoli jej, by godziła dotychczasowe obowiązki z pracą nad serialem. Istniała możliwość, że serial nie zyska popularności i zostanie zdjęty z anteny, choć przy obsadzie, jaką zaangażowali, wydawało się to mało prawdopodobne. Kait była skłonna zrobić to, czego zażądają w redakcji, przynajmniej do czasu, gdy będzie wiadomo, jak wypada serial po pierwszych odcinkach. Jeżeli dostaną zielone światło na drugi sezon, może nadejdzie właściwy moment, żeby zakończyć prowadzenie rubryki albo przekazać ją komuś innemu, w zależności od woli redakcji. Będzie to wielka zmiana po dwudziestu latach, także dla czytelników, którzy poczują się zawiedzeni, że ich opuszcza.

Paula Stein, redaktorka naczelna, rozpłakała się. Była jednak pod ogromnym wrażeniem tego, na co odważyła się Kait, która weszła na nową, i to niełatwą, drogę zawodową.

– Wszystko potoczyło się bardzo szybko. Opowiadanie napisałam trzy miesiące temu, a cała reszta to splot szczęśliwych okoliczności. Nigdy nie myślałam, że coś takiego się wydarzy. Wchodzimy na ekrany za sześć miesięcy, a za trzy zaczynamy kręcić. Kilka dni temu podpisałam umowę i pomyślałam, że powinnam z tobą porozmawiać. Zrobisz, jak będziesz uważać. Mogę odejść, mogę pisać artykuły wieczorami. Będziemy nagrywać jakieś trzy i pół miesiąca. Wydaje mi się, że sobie poradzę. Powinniśmy wiedzieć, jakie recenzje ma serial po paru pierwszych odcinkach. Nakręcamy trzynaście, a jeżeli telewizja będzie zadowolona, zleci nam dziewięć kolejnych.

– Bardzo bym chciała, żebyś pisała do rubryki tak długo, jak tylko dasz radę – powiedziała Paula z nadzieją. – Nie wyobrażam sobie, że mielibyśmy ją publikować, gdybyś odeszła. Czytelnicy cię kochają, nikt nie jest w stanie poprowadzić jej tak jak ty. – Miło było to słyszeć, choć niekoniecznie była to prawda.

– Zżyłam się z nią. Ktoś inny też może.

– Masz magiczną moc.

– Mam nadzieję, że ta magia zadziała też w przypadku telewizji – powiedziała ostrożnie Kait.

– Na pewno. – Na koniec Paula uściskała Kait, a ona zgodziła się pisać dla czasopisma do końca roku. Dzięki temu mieli czas, żeby przyuczyć nową osobę albo zatrudnić nowego dziennikarza, i w ogóle zastanowić się, co robić.

Po południu w redakcji aż huczało od plotek. Carmen wślizgnęła się do niej do gabinetu ze zmartwioną miną i zamknęła drzwi.

– Chodzą jakieś paskudne plotki, że odchodzisz. Powiedz, że to nieprawda. – Widać było, że jest wstrząśnięta.

– Nie odchodzę. – Kait żałowała, że nie powiedziała jej pierwszej, ale czuła się w obowiązku poinformować redaktor naczelną, zanim powie komukolwiek innemu, i to jej zostawić przekazanie informacji. Paula Stein była dobrym człowiekiem i zasługiwała na szacunek. Zawsze była fair wobec Kait, choć Kait pracowała w redakcji o dziesięć lat dłużej od niej. – Na jakiś czas podejmuję drugą pracę. Zobaczymy, co z tego wyjdzie. Może zaraz wrócę z podkulonym ogonem. Będę tu do czerwca, a potem będę prowadzić rubrykę zdalnie.

– Dlaczego? – Carmen była wyraźnie wstrząśnięta. Słyszała tylko, że Kait odchodzi albo może odejść, o niczym więcej nie miała pojęcia. Kait poprosiła Paulę, żeby nie zdradzała informacji o serialu, dopóki nie pojawią się oficjalne informacje, i widać, że tak zrobiła.

– To zabrzmi jak szaleństwo, ale pracuję przy serialu telewizyjnym. Napisałam opowiadanie, jestem zastępcą producenta. To spore wyzwanie. Będę prowadzić rubrykę, dopóki dam radę.

– Serial telewizyjny? Żartujesz? Jak to się stało?

– Po prostu. Siedziałam obok producenta telewizyjnego na przyjęciu sylwestrowym i nie wiem, jak ani kiedy napisałam opowiadanie, a później wszystko poszło piorunem. Sama jeszcze jestem w szoku.

– To szaleństwo – zgodziła się Carmen, usiadła i przyglądała się koleżance. – Kto w nim gra?

– Nie możesz nikomu powiedzieć. – Ufała, że koleżanka zatrzyma to dla siebie i wyjawiła jej kilka nazwisk. Carmen przyglądała jej się z niedowierzaniem.

– Kłamiesz. Dan Delaney? O mój Boże, wystarczyłaby mi jedna noc z nim, żebym umarła jako szczęśliwa kobieta.

– Chyba nie. – Kait roześmiała się. – Przespałbyś się nawet z jakiem, ciągle kogoś zdradza i wszystkie byłe dziewczyny go nienawidzą. Strasznie się boimy, co będzie na planie, ale wszyscy reagują na niego tak jak ty. Dla serialu to dobrze, o ile nie doprowadzi nas wszystkich do furii.

– Jaka jest Maeve O'Hara?

– Cudowna. To najmilsza osoba, jaką poznałam, prawdziwa profesjonalistka. Nie mogę się doczekać, żeby zobaczyć ją przy pracy.

– Nie mogę w to uwierzyć. Spadła ci z nieba?

– Mniej więcej.

– A producent? Jaki jest? Fajny? Masz z nim romans? – Umierała z ciekawości.

– Tak, jest fajny, ale nie, nie mam z nim romansu. Dobrze nam się razem pracuje i chyba oboje chcemy, żeby było tak, jak jest i żeby tego nie spieprzyć. To praca. Poważni ludzie nie flirtują w pracy. Dużo się od niego uczę.

– Będę mogła przyjść na plan?

Kait kiwnęła głową i nagle zrozumiała, że będzie jej brakować Carmen na co dzień.

– Cieszę się z twojego sukcesu, Kait – powiedziała Carmen. – Zasługujesz na to. Nigdy bym tego nie powiedziała, ale tu popadłaś w rutynę. Jesteś na to zbyt utalentowana i za dobrze piszesz. Mam nadzieję, że ci się powiedzie. – Widać było, że mówi szczerze.

– Ja też mam taką nadzieję – odpowiedziała Kait i wstała, żeby uściskać koleżankę.

– I nie obchodzi mnie, że Dan Delaney to łajdak. Chcę go poznać.

– Poznasz, obiecuję.

– Nie mogę się doczekać pierwszego odcinka. – Wyszła z gabinetu Kait kilka minut później, a w redakcji huczało już od plotek o tym, że Kait odchodzi. Tego wieczoru zadzwoniła do Stephanie w San Francisco. Byli u niej znajomi, oglądali mecz koszykówki.

– Co takiego? – Stephanie myślała, że się przesłyszała. – Jaki serial?

– Powiedziałam, że napisałam opowiadanie, to znaczy fabułę, serialu telewizyjnego, kupiła ją jedna ze znanych stacji telewizyjnych. Zaczynamy zdjęcia w lipcu, w październiku wchodzi na ekrany.

– Tak? Kiedy to zrobiłaś? Kto w nim gra? – Stephanie nie wierzyła, gdy matka podała jej najważniejsze nazwiska. – Jasny gwint, serio? To brzmi poważnie.

– Może będzie z tego coś poważnego, o ile spodoba się widzom.

– O czym jest?

– O kobietach w lotnictwie w latach czterdziestych i pięćdziesiątych.

– Trochę dziwne. Dlaczego napisałaś właśnie o tym?

– Inspiracją była dla mnie babcia. Nawet ty będziesz musiała obejrzeć przynajmniej jeden odcinek – droczyła się Kait. Wiedziała, że Stephanie i Frank nie oglądają telewizji, z wyjątkiem sportu. Byli fanami koszykówki, uwielbiali też piłkę nożną.

– Jestem z ciebie dumna, mamo. Nie pomyślałabym, że zrobisz coś takiego.

– Ja też nie – przyznała Kait ze śmiechem.

– Mogę powiedzieć znajomym?

– Na razie nie. Stacja zapowie serial, gdy wszystkie umowy zostaną podpisane i zakończą się wszystkie ustalenia. Trochę to potrwa.

– A Frankowi mogę powiedzieć?

– Jasne. – Rozmawiały jeszcze przez kilka minut, a potem Stephanie wróciła do meczu i znajomych. Ale na koniec jeszcze raz powiedziała matce, że jest z niej dumna.

Potem Kait zadzwoniła do Tommy'ego. Właśnie skończyli kolację i Maribeth kładła dziewczynki spać. Tommy był jeszcze bardziej zaskoczony niż jego siostra i zadał Kait kilka pytań na temat umowy, którą zawarła. Był pod wrażeniem warunków i tego, że będzie współprodukować serial razem z Zackiem, podejmując z nim wiele decyzji.

– Co będzie z rubryką? – spytał.

– Zgodziłam się, że będę ją prowadzić do końca roku, ale to będzie żonglerka, gdy ruszą zdjęcia. W redakcji będę do czerwca, potem muszę być na planie. – I tak nie pojawiała się w redakcji codziennie i często pracowała w domu.

– Powiedziałaś już dziewczynom?

– Dzwoniłam przed chwilą do Stephanie, a za parę godzin zadzwonię do Candace, spróbuję złapać ją rano. Nawet nie wiem, gdzie teraz jest. Nie miałam z nią kontaktu od tygodni. A ty?

– Ostatnio rozmawiałem z nią przez Skype'a u ciebie w święta. Nie mam pojęcia, jak ją złapać.

– Ja też nie – przyznała Kait. – Chcę się do niej wybrać, jak będzie mieć przerwę, ale chyba się na to nie zanosi w najbliższych miesiącach. Przenosi się z miejsca na miejsce.

On też o tym wiedział.

– Pozdrów ją ode mnie, kiedy będziesz z nią rozmawiać. Mamo, jestem z ciebie naprawdę dumny – powiedział z przejęciem w głosie i Kait wzruszyła się.

– Dziękuję, skarbie. Uściskaj ode mnie Maribeth.

– Chyba padnie. Szaleje na punkcie Dana Delaneya. – Jak każda kobieta w Ameryce, co utwierdziło Kait w przekonaniu, że podjęli właściwą decyzję, angażując go do roli Billa. – I uwielbia Maeve O'Harę. Jest wielka.

– To prawda, jest wspaniała – potwierdziła Kait. – Ale nie opowiadaj nikomu do czasu oficjalnej zapowiedzi.

– Dzięki, że zadzwoniłaś do mnie z nowiną – powiedział i zakończyli rozmowę.

Kait pozostało już tylko poinformowanie Candace, o ile zdoła się do niej dodzwonić. Czekała do drugiej w nocy, żeby złapać ją o siódmej rano w Londynie, ale od razu włączyła się poczta głosowa i Kait pomyślała, że córka nie wróciła jeszcze z podróży. Mogłaby wysłać jej esemes albo mejl, ale nie miała pewności, że je odbierze i wolała o wszystkim powiedzieć jej przez telefon. Dawno się nie słyszały, co najmniej od paru tygodni, jeszcze zanim Kait wyjechała do Los Angeles. Cieszyła się, że powiedziała Stephanie i Tomowi i że zareagowali z radością, serdecznie. Z całą pewnością otwierał się w jej życiu nowy rozdział i chciała podzielić się tym z dziećmi.

Bawiły ją reakcje kobiet na Dana Delaneya, powiedziała sobie, że musi o tym powiedzieć Zackowi. Zgodnie z jego przewidywaniami scenariusz Bekki z każdym dniem stawał się lepszy, wpadła w rytm historii i wczuła się w bohaterów. Wysyłała Kait skrypty mejlem, a ona czytała je wieczorami po pracy. Pierwsze odcinki były naprawdę świetne – Becca, choć młoda, miała talent i umiała pisać, gdy już się zaangażowała. Kait udzielała jej wskazówek, jeżeli widziała taką potrzebę, a Becca uwzględniała te uwagi i bez protestów dopisywała do skryptów. Dzieląca je odległość nie stanowiła żadnego problemu.

Wszystko szło gładko. Agnes zadzwoniła powiedzieć, że zapisała się do AA i szuka sponsora. Przyznała, że chodziła już wcześniej na spotkania i wie, jak działa to stowarzyszenie.

– Martwisz się, że ktoś może donieść prasie? – spytała zatroskana Kait, ale Agnes była zdeterminowana.

– Mam nadzieję, że nie. To cały sens AA. To, co usłyszysz i zobaczysz, zostaje na miejscu. Widziałam na spotkaniach ludzi, którzy ryzykowali o wiele więcej niż ja. Nikt nigdy nie złamał zasad. Chodzę na dwa spotkania dziennie.

– Ciężko ci? – spytała Kait łagodnie, wzruszona tym, że Agnes zadzwoniła, żeby ją o tym poinformować.

– Jak cholera. Ale wolę pracować, niż oglądać się całymi dniami na DVD. Znalazłam się w złym miejscu. Ty mnie z tego wyrwałaś. Nie wiem, czy serial będzie dobry, czy ja się do niego nadaję, ale potrzebowałam go. Zatrudniłam wczoraj gosposię. Inaczej musiałabym wrzucić do domu granat i uciekać. W każdym pokoju od dziesięciu lat zalegają gazety. Kazałam jej wszystkie wyrzucić.

Przemiana Agnes była cudem. Odnalazła drogę powrotną do świata.

– Daj mi znać, gdybym mogła ci jakoś pomóc – zaofiarowała się Kait.

– Poradzę sobie – obiecała Agnes. – Nie chciałam cię martwić. – Jej głos zrobił się nagle poważny. – Dzwoniłam do Maeve. Powiedziała mi o Ianie. Co za tragedia. To taki utalentowany i dobry człowiek. Nie wiem, jak ona sobie poradzi, jak on… kiedy… – Nie mogła się zmusić, żeby wypowiedzieć te słowa, ale Kait rozumiała, ona też się tym martwiła. Byli małżeństwem od dwudziestu pięciu lat. – Dzięki serialowi będzie przynajmniej miała zajęcie, ma też córki. Musimy ją wspierać, gdy zrobi się ciężko.

Słuchając jej, Kait uświadomiła sobie, że serial będzie czymś więcej niż miejscem pracy i okazją dla nich wszystkich, a dla aktorów nieznanych szansą na to, żeby się wybić. Staną się rodziną i systemem wsparcia. Jeżeli serial będzie się ciągnął, razem będą się mierzyć z wyzwaniami, radościami, tragediami

144

i ważnymi chwilami przez kilka lat. W pewnym sensie było to krzepiące i cieszyła się na to. Pracujący przy serialu ludzie mieli stać się częścią jej życia.

Zack napisał do niej tego dnia, że zatrudnili bardzo utalentowaną brytyjską projektantkę kostiumów, Lally Bristol. Robiła świetne stroje z epoki, zaczęła już badać okres, w którym rozgrywa się akcja serialu i bardzo się przejęła tym, że została zaangażowana. Do mejla załączył zdjęcie pięknej młodej kobiety, metr osiemdziesiąt wzrostu, o kształtnej sylwetce i długich jasnych włosach. Kait miała tylko nadzieję, że dziewczyna nie wpadnie w szpony Dana Delaneya, ale prawdopodobnie była oswojona z mężczyznami jego pokroju i miała z nimi do czynienia na okrągło. Dla niej również miał to być pierwszy serial. Pracowała głównie przy filmach fabularnych, jak większość aktorów.

Agnes obiecała, że do niej zadzwoni, a Kait w ciągu kolejnych dni usiłowała dodzwonić się do Candace. Połączenia nadal były od razu przekierowywane na pocztę głosową, bez wcześniejszego sygnału, co zwykle oznacza, że abonent jest za granicą. Kait nie miała pojęcia gdzie i zawsze ją to niepokoiło.

Pracowała w nocy nad najnowszym skryptem Bekki, dopisując uwagi, kiedy zadzwonił telefon. Nieznajomy głos z brytyjskim akcentem spytał o nazwisko. Nie miała pojęcia, kto to, a na wyświetlaczu pojawiła się tylko informacja, że połączenie jest z londyńskiego numeru BBC, ale u nich był środek nocy, a w Nowym Jorku dziewiąta wieczorem.

– Tak, to ja – powiedziała, nagle zaniepokojona. – Coś się stało?

– Dzwonię w sprawie pani córki, Candace. Nic jej nie jest – uspokoił ją mężczyzna. – Był wypadek.

– Jaki wypadek? Gdzie ona jest? – Panika złapała Kait za gardło.

– Obecnie w Mombasie. Kręciła materiał w obozie dla uchodźców, setki kilometrów od miasta, na drodze zdarzył się atak. Mina, jest ranna, ale to nic poważnego, lekkie poparzenia na rękach i piersi. – Nie powiedział Kait, że kierowca i fotograf, z którymi była, zginęli na miejscu. Kait wystarczyła informacja, że córka żyje. – Dziś wieczorem przewieziemy ją samolotem do Londynu. Jej stan jest stabilny, chcieliśmy zapewnić jej opiekę medyczną w kraju. – Kait w jednej chwili zerwała się na równe nogi i zaczęła spacerować po pokoju, myśląc o rannej Candace.

– Jak poważne są poparzenia?

– Drugiego i trzeciego stopnia, jak mi powiedziano. Głównie drugiego, z poparzeniem dłoni trzeciego stopnia. Pomyśleliśmy, że najrozsądniej będzie zabrać ją stamtąd. Będziemy panią informować na bieżąco, pani Whittier, gwarantuję. Jej samolot powinien wylądować za kilka godzin. Po wylądowaniu od razu zostanie przewieziona do szpitala. Zadzwonię wtedy do pani z informacją.

– Do którego szpitala pojedzie?

– Na oddział poparzeń dorosłych w szpitalu Chelsea and Westminster. To jeden z najlepszych ośrodków w Anglii.

– Spróbuję zdobyć bilet na wieczorny lot – powiedziała Kait, zastanawiając się nad tym, co jeszcze musi zrobić. – Proszę mi podać swoje nazwisko i jak się mogę z panem skontaktować.

– Naprawdę nie ma pośpiechu. Powiedziano mi, że jej stan jest stabilny i że jej życiu nie zagraża niebezpieczeństwo.

– Jestem jej matką. Nie będę siedzieć w Nowym Jorku, kiedy córka leży w szpitalu w Londynie z poparzeniami trzeciego stopnia.

– Rozumiem – stwierdził chłodno.

– Proszę do mnie zadzwonić albo zostawić mi wiadomość, gdy wyląduje. Skontaktuję się z panem, jak tylko dolecę na miejsce, albo pojadę prosto do szpitala. Dziękuję za telefon.

W papierach Candace figurowała jako osoba z najbliższej rodziny i wciąż żyła w strachu, że coś takiego się wydarzy. Zadzwoniła do Tommy'ego w Teksasie i przedstawiła mu sytuację, powiedziała też, że postara się złapać samolot jeszcze tego wieczoru i da mu znać, gdzie jest. Powiedział, że za parę godzin zadzwoni do szpitala i zobaczy, czy uda mu się dowiedzieć czegoś o stanie siostry, ewentualnie porozmawiać z nią, kiedy ją już przyjmą na oddział. On też się o nią martwił.

Po skończonej rozmowie z synem Kait zadzwoniła do British Airways. Mieli lot do Londynu o pierwszej w nocy. Musiała być na lotnisku o jedenastej, a przed dziesiątą wyjść z domu, więc miała czterdzieści minut na to, żeby się spakować, ubrać i wyjść. Zaczęła biegać po mieszkaniu, gdy tylko kupiła bilet i zarezerwowała miejsce.

Za pięć dziesiąta była na zewnątrz, wcześniej wezwała samochód Ubera, który czekał na nią na dole.

Do małej walizki na kółkach, tylko taką mogła przewieźć jako bagaż podręczny, wrzuciła ubrania, jakie uznała za niezbędne, a skrypty Bekki, plik listów do czasopisma i wszystko inne, co jej przyszło do głowy, do torby. Zdążyła na lotnisko, żeby się odprawić. Jej telefon zadzwonił, kiedy wsiadała do samolotu. Był to ten sam mężczyzna z Londynu, powiedział, że samolot ratownictwa medycznego wylądował, Candace w tej chwili jest w drodze do szpitala i że jej stan oceniono jako dobry. Kait zadzwoniła do niej na komórkę, i po raz pierwszy od tygodni córka odezwała się słabym głosem.

– Nic ci nie jest, kochanie? – Kait czuła, że łzy napływają jej do oczu.

– Wszystko w porządku, mamo. Najechaliśmy na minę.

– Dzięki Bogu, że nie zginęłaś.

– Ja nie, ale zginęli inni. To tragedia.

– Jak poważne masz poparzenia?

– Nie bolą – odpowiedziała zdawkowo Candace i Kait wiedziała, że to nie jest dobry znak. – Nie widzę ich, są zabandażowane.

– Wsiadam właśnie do samolotu. Będę w Londynie o pierwszej po południu twojego czasu i przyjadę prosto do szpitala. – Kait rozmawiała z nią przez telefon, zajmując miejsce w samolocie.

– Nie musisz, mamo, nic mi nie jest.

– Ale mnie jest. Napędziłaś mi stracha. Jadę, żeby być z tobą i zobaczyć wszystko na własne oczy.

Candace uśmiechnęła się, słuchając matki.

– Nie masz nic lepszego do roboty? – spytała.

Znała swoją matkę i podejrzewała, że decyzję o wylocie podjęła, gdy tylko się dowiedziała. Dzieci zawsze były dla niej najważniejsze i chociaż dorosły, nic się nie zmieniło.

– Prawdę mówiąc, nie, nie mam. Do zobaczenia za parę godzin – powiedziała i musiała wyłączyć telefon.

Wcześniej wysłała wiadomość do swojej redaktor naczelnej i drugą do Zacka, żeby poinformować ich, dokąd jedzie, obiecała też, że będzie w kontakcie. Do Stephanie i Toma wysłała informacje na temat lotu.

Przez większość podróży nie spała, martwiła się o córkę, zdrzemnęła się chwilę tuż przed lądowaniem. Obudziła się, gdy tylko koła dotknęły pasa. Chciała jak najszybciej dostać się do szpitala i zobaczyć z Candace. Nie musiała odbierać bagażu z taśmy, od razu więc pognała do odprawy celnej, wyjaśniła, że się spieszy i wybiegła przed terminal złapać taksówkę. Dotarła do szpitala czterdzieści minut później, pielęgniarka wskazała jej pokój córki. Candace była pod wpływem środków przeciwbólowych, w półśnie, z obandażowanymi rękami i bandażem na klatce piersiowej. Obudziła się i uśmiechnęła na widok matki, a Kait pochyliła się i pocałowała ją w czoło. Poczuła ulgę, gdy się przy niej znalazła.

– Nie mogłaś skończyć szkoły kosmetycznej jak normalny człowiek? – Był to ich stary żart z tego, że Candace zawsze ciągnęło do niebezpiecznych zawodów. Po raz pierwszy została poważnie ranna. Lekarz zapewnił ją chwilę później, że poparzenia nie są tak poważne, jak się obawiali. Mogą jej zostać blizny, ale nie będzie potrzebowała przeszczepu i prawdopodobnie wypiszą ją za tydzień, po dokładnych badaniach i obserwacji.

– Jutro miałam zaczynać następny reportaż – poskarżyła się. Była wierną kopią matki, z tymi samymi zielonymi oczami i rudymi włosami.

– Nie chcę słyszeć ani słowa o kolejnym reportażu, bo zabiorę cię ze sobą do Nowego Jorku – powiedziała stanowczo, a córka znów się uśmiechnęła.

– Powiedz to mojej szefowej – odparła słabym głosem.

– Z przyjemnością. Marzę tylko o tym, żebyś znalazła inną robotę. – Kait usiadła na krześle obok łóżka i obie się zdrzemnęły. Lekarze powiedzieli wcześniej, że Candace będzie musiała przez miesiąc nosić opatrunki, ale ona się tym nie przejmowała. Przejmowała się kolegami, którzy zostali ranni i tymi dwoma, którzy zginęli. Pozostali byli tak poważnie ranni, że nie można ich było przetransportować.

W hotelu Kait wypakowała walizkę i sprawdziła wiadomości. Zack napisał do niej kilka mejli, a ona oddzwoniła, gdy tylko dotarła do hotelu.

– Wszystko w porządku? Jak twoja córka? – Poważnie martwił się o nie obie.

– W porządku. Ma kilka paskudnych poparzeń na rękach i piersi, ale na szczęście nie na twarzy i nie będzie potrzebować przeszczepu skóry, możliwe, że zostaną jej blizny, ale dzięki Bogu żyje. – Kait nadal była wstrząśnięta tym, co się stało. – Tylko ją przewieziono. Kręcili film dokumentalny w obozie uchodźców i wjechali na minę po drodze do Mombasy.

Nienawidzę tej jej pieprzonej roboty – powiedziała ze złością, a on roześmiał się, słysząc jej ton.

– Na twoim miejscu mówiłbym tak samo. Znajdźmy jej jakąś inną pracę – powiedział cicho.

– Próbowałam. Uwielbia to, co robi, i myśli, że zbawi świat. Możliwe, ale wcześniej przyprawi mnie o zawał.

– Daj mi znać, gdybym mógł ci jakoś pomóc. I odpocznij. Wygląda na to, że Candace nic nie będzie. Dla ciebie to też ciężkie przeżycia. – Była wzruszona troską w jego głosie.

Potem zadzwoniła do Tommy'ego i Stephanie. Oboje rozmawiali już z siostrą i martwili się o nią.

– Spytałam, czy ma obrażenia na twarzy, ale powiedziała, że nie – powiedziała matce Stephanie. Była świetna w informatyce, ale nie umiała obchodzić się z ludźmi. Kait mogła sobie jedynie wyobrażać, jak mówi to Candace.

– Wyjdzie z tego – zapewniła dzieci, ale sytuacja w brutalny sposób przypomniała im, z jakimi niebezpieczeństwami na co dzień spotyka się Candance.

Następnego dnia odbyła poważną rozmowę z córką. Candace nie była już tak oszołomiona i uparcie twierdziła, że nic jej nie jest, że kocha swoją pracę i że nie wróci do Nowego Jorku.

– A nie możesz kręcić reportaży w Anglii albo gdzieś w Europie? Dlaczego ciągnie cię do każdej strefy wojennej na świecie?

– Bo tam są ciekawe tematy, mamo – tłumaczyła Candace.

Kait widziała, że rozmowa do niczego nie prowadzi, zmieniła więc temat i opowiedziała córce o serialu, a ona, podobnie jak jej rodzeństwo, była pod wielkim wrażeniem tej nowiny.

– Fantastycznie, mamo.

Kait opowiedziała jej, kto będzie grać, o czym jest serial i o wszystkim, czym się zajmowała przez ostatnie trzy miesiące. Potem wróciła do hotelu, a Candace zdrzemnęła się. Poprosiła w recepcji, żeby wydrukowano jej ostatni tekst przesłany przez Beccę, zaznaczyła swoje uwagi i wróciła do szpitala. Candace zdążyła się obudzić i rozmawiała ze swoim szefem z BBC. Była zła, że jej zlecenie przekazano komuś innemu i upierano się, żeby zrobiła sobie kilka tygodni przerwy. Kait wiedziała, że tę bitwę przegrała i że córka wróci do pracy, gdy tylko będzie mogła.

Została w Londynie do czasu, kiedy Candace wypisano ze szpitala i pomogła jej się zorganizować w domu. Candace uparła się, że w takim razie będzie przynajmniej chodzić do biura, z bandażami, a wtedy Kait wiedziała już, że może wracać do domu. Candace czuła się dobrze i Kait nie miała u niej nic do roboty. Spędziła w Londynie dziesięć dni i cieszyła się z tego, że była z córką, mimo przykrych okoliczności. Martwiło ją, że wyjeżdża, ale czuła, że jej obecność zaczyna działać Candace na nerwy. Dziewczyna nie chciała, żeby się nad nią rozczulać, myślała tylko o tym, żeby znaleźć się w biurze. Kait była pewna, że niedługo znów wyślą ją w jakieś niebezpieczne miejsce, ale Candace miała swoje zdanie.

Wyjeżdżała ze smutkiem. Poprzedniego dnia wieczorem poszły na kolację, a następnego dnia, zanim córka wyszła do pracy, Kait uściskała ją mocno, a potem pojechała na lotnisko.

Maeve zadzwoniła do niej, gdy tylko wróciła. Dowiedziała się od Zacka o wypadku Candace i w czasie nieobecności Kait wymieniła z nią kilka esemesów.

– Jak się czuje? – spytała Maeve.

– Dobrze, myśli tylko o tym, żeby wrócić do pracy.

– Nie możesz jej namówić, żeby zajęła się czymś bezpieczniejszym? – Maeve współczuła Kait. Słyszała w jej głosie zmęczenie i troskę.

– To spór, którego nigdy nie potrafię z nią wygrać. Uważa, że marnuje życie, o ile go nie ryzykuje, żeby naprawiać świat. Jej siostrze zupełnie wystarczy chodzenie na mecze koszykówki, a bratu sprzedawanie hot dogów w Teksasie. Za to ona, odkąd skończyła dwanaście lat, musi mieć taką czy inną misję. Nie mam pojęcia, jak to możliwe, żeby troje dzieci tych samych rodziców tak się od siebie różniło. Od dwudziestu lat mam przez nią stan przedzawałowy. Mogła zginąć.

– Na szczęście nie zginęła – powiedziała Maeve ze współczuciem.

– Co mnie ominęło? – Słychać było, że Kait jest wykończona po tygodniu siedzenia w szpitalu z Candace i długiej podróży. Już tęskniła za córką, ale cieszyła się, że wraca do bardziej przyziemnych spraw. Nic nie martwiło jej bardziej niż dzieci, jeżeli miały problem albo coś im dolegało.

– Nick Brooke chyba się zgodził na rolę mojego ukochanego w końcowym odcinku pierwszego sezonu, a to oznacza, że pojawi się w drugim sezonie, o ile serial przetrwa – poinformowała ją Maeve. – Cieszę się, że będę z nim pracować. To świetny aktor i poważny facet. Kiedy nie pracuje, mieszka w Wyoming. To taki mężczyzna z prawdziwego zdarzenia, kowboj. Idealnie nadaje się do roli byłego pilota i bohatera wojennego. Ian zna go lepiej ode mnie. – Był bardzo znany i będzie wielką atrakcją drugiego sezonu, o ile do niego dotrwają, a wszyscy na to liczyli. – Łączy nas wielka namiętność. Najpierw jest kłótnia, która kończy się sceną miłosną na końcu pierwszego odcinka. Będzie zabawnie. To dobry aktor. Spotkajmy się na lunch, jak będziesz miała czas – zaproponowała. Obie nie mogły się doczekać początku zdjęć. Maeve powiedziała, że Ian czuje się dobrze. Jego stan się nie zmienił ani nie pogorszył, co w tej chwili było sukcesem.

Kait odezwała się też do Zacka, który szybko zdał jej relację ze wszystkiego. Wysłał jej kwiaty do Londynu, żeby poprawić jej humor i bardzo ją tym wzruszył. On też powiedział jej o Nicku Brooke'u, a ona pogratulowała mu, że zdołał go zaangażować.

– To nie moja zasługa. Chciał pracować z Maeve. Perspektywa występowania z nią co tydzień była zbyt kusząca, żeby jej się oprzeć, był tylko rozczarowany, że nie przewidzieliśmy w serialu żadnych koni. Ale lata samolotem. To idealny facet do tej roli. Sam chciał występować w niebezpiecznych scenach, tylko ubezpieczenie mu nie pozwoliło. Mnóstwo wie o samolotach i początkach lotnictwa.

– Wygląda na ciekawą postać – uznała Kait.

– To prawda. Odpocznij trochę. Zadzwonię do ciebie za kilka dni.

Porozmawiała z Candace w Londynie i położyła się we własnym łóżku, a kiedy zasypiała, zadzwoniła Agnes. Dopiero po minucie dotarło do niej kto to. Agnes miała cierpki głos.

– Co się stało? – Powieki Kait zamykały się same, ale zmusiła się, żeby otworzyć oczy.

– Nie dam rady. Nie zagram w serialu.

– Dlaczego? – spytała Kait, która nagle oprzytomniała.

– Po prostu nie dam rady. To za trudne. Byłam dziś na trzech spotkaniach.

– Dasz radę – oznajmiła Kait stanowczo. – Wiesz, że tak. I chcesz zagrać. Grałaś kiedyś w filmach, dasz radę zagrać teraz.

– Jestem bezradna w kwestii alkoholu – powiedziała, powtarzając pierwszy krok w AA.

– Nie, nie jesteś. Jesteś silniejsza niż on.

– Chcę się napić – jęknęła żałośnie Agnes.

– Idź na spotkanie, zadzwoń do sponsora. Idź na spacer. Weź prysznic.

– To nic nie da.

– Da – upierała się Kait. – Pokonuj po kolei każdy dzień. Połóż się spać. A rano idź na spotkanie. – W słuchawce po drugiej stronie zapadła cisza, a po chwili rozległo się westchnienie.

– Dobrze. Przepraszam, że do ciebie zadzwoniłam. Słychać, że jesteś wykończona. Miałam chwilę słabości. Siedziałam i gapiłam się na butelkę burbona i tak strasznie chciałam się napić, że czułam jego smak.

– Myślałam, że pozbyłaś się alkoholu. – Tak powiedziała, kiedy ostatnio dzwoniła do Kait.

– Znalazłam butelkę pod łóżkiem – wyjaśniła.

– Wylej go, a butelkę wyrzuć.

– Co za marnotrawstwo. – Agnes była przygnębiona. – Dobrze, zrobię tak. Prześpię się – stwierdziła wyraźnie pogodniejszym głosem, a Kait z jękiem zanurzyła się w poduszkach i uświadomiła sobie, co się stało. Właśnie adoptowała całą ekipę dzieci, o które będzie się martwić, oczywiście poza swoimi własnymi. Będzie się przejmować, z kim sypia Dan i czy Charlotte się z kimś kłóci, czy Agnes jest trzeźwa, czy mąż Maeve żyje, czy Abaya pamięta tekst i czy Becce uda się napisać scenariusz. Wzięła ich wszystkich pod swoje skrzydła, z ich problemami, obawami, dziwactwami, tragediami, potrzebami i pragnieniami. Ta myśl była tak przytłaczająca, że zamknęła oczy na chwilę i po paru sekundach spała.

10

Kᴀɪᴛ ᴍɪᴀłᴀ ᴡʀᴀżᴇɴɪᴇ, że w maju życie trochę się uspokoiło. Zack dzwonił do niej co parę dni, żeby informować o postępach w przygotowaniach do zdjęć. Wszystkie umowy zostały podpisane, aktorzy zatrudnieni. Lally Bristol pracowała nad strojami. A scenografowie znaleźli dwa idealne miejsca. Jednym był mały pas startowy na Long Island, którego właściciel miał olbrzymią kolekcję zabytkowych samolotów i chętnie je im wypożyczył, przejęty, że ma swój udział w serialu. A na północy stanu Nowy Jork znaleźli idealny dom rodzinny Wilderów. Mieli zamiar kręcić zdjęcia tak, żeby wyglądało, że pas startowy i dom znajdują się w tej samej okolicy, co przy komputerowej obróbce nie stanowiło problemu. Becca pisała z prędkością światła. Agnes dzwoniła do Kait od czasu do czasu, nadal chodziła do AA. Candace zameldowała, że oparzenia się goją i że nie może się doczekać, żeby znów wyjechać. Maeve i Kait umówiły się na lunch w delikatesach, w których spotkały się pierwszy raz i Maeve powiedziała, że Ian dobrze reaguje na leki, które mu podają, żeby choć trochę spowolnić postęp choroby i że jego stan się nie zmienia. Kait dalej prowadziła swoją rubrykę.

Wiedziała jednak, że to cisza przed burzą i że od lipca będzie biegać jak szalona, żeby zapanować nad harmonogramem zdjęć, pracą z Beccą, pomagać rozwiązywać problemy na planie, pisać artykuły i blog w każdej wolnej chwili i miejscu. Przyszła jej też myśl, że Carmen miała rację. Powinna spędzić wakacje z dziećmi, dopóki jeszcze miała na to czas, zanim jej życiem zacznie rządzić serial.

Zadzwoniła i poprosiła każde z dzieci, żeby zarezerwowało sobie tydzień w czerwcu. Musieli poczekać, aż Merrie i Lucy Anne skończą szkołę, a Kait poszukała w Internecie miejsc z łatwym dojazdem, w których wszyscy mogliby się dobrze bawić. BBC podjęła decyzję, że przez jakiś czas nie będą wysyłać Candace na trudne misje, ku jej rozczarowaniu, powiedziała więc, że ona też przyjedzie. Kate wynajęła rancho w Wyoming, za Jackson Hole, bo wydawało się idealne. Zadzwoniła do dzieci raz jeszcze, ustaliła daty i zarezerwowała pokoje na drugi tydzień czerwca, co odpowiadało i jej, bo uzgodniły z Paulą, że pracę poza redakcją zacznie od pierwszego czerwca. Nie musiała chodzić już do biura, ale zgodziła się, że nadal będzie odpowiadać na listy i prowadzić rubrykę do końca roku. Wtedy omówią sprawę ponownie, w zależności od planów związanych z serialem.

Nie mogła się doczekać wyjazdu na rancho z dziećmi, one również były podekscytowane, podobnie jak jej wnuczki. Wysłała im różowe kowbojki w rozmiarach, które podała Maribeth, a Tommy przysłał jej mejlem zdjęcia dziewczynek w kowbojkach, krótkich dżinsowych spódniczkach i kowbojskich kapeluszach. Wszyscy byli przygotowani na wielką przygodę, a termin nadszedł szybciej, niż się spodziewali.

Ostatniego dnia oficjalnej pracy Kait w redakcji odbył się pożegnalny lunch. Swój gabinet oddawała starszej redaktorce, Carmen była naprawdę smutna, że nie będzie mogła już wpadać do niej w ciągu dnia. Powiedziała jej na ucho w czasie lunchu, że teraz stara się o własną rubrykę.

Wszyscy cieszyli się sukcesem Kait i nie mogli doczekać się serialu. Telewizja kablowa od pierwszego maja zaczęła prowadzić wielką kampanię reklamową, z plakatami ze zwiastunami i zdjęciami Dana, Charlotte i Abayi, którzy mieli przyciągnąć młodszą widownię, i innymi z Maeve, Agnes i Phillipem Greenem, aktorem grającym Locha, a oprócz tego kilkoma przedstawiającymi całą obsadę. Telewizyjne reklamy serialu miały pojawić się we wrześniu, ze scenami, które zostaną już nakręcone. Na reklamę wydano fortunę i ludzie już czekali na pierwsze odcinki *Kobiet Wilderów*.

Kait wpadała w popłoch za każdym razem, gdy widziała plakat, a Zack powiedział, że billboardy pojawiły się nawet na Sunset Boulevard w Los Angeles.

Jej redakcyjni koledzy żegnali ją ze smutkiem, ale każdy życzył jej dobrze.

Wyjeżdżając do Wyoming, cieszyła się ogromnie, że spędzi tydzień z dziećmi. Poprzedniego wieczoru Zack wspomniał jej przez telefon, że Nick Brooke ma ranczo o godzinę drogi od Jackson Hole. Powiedział, że to wielka posiadłość z mnóstwem koni.

– Może powinnaś do niego wpaść przywitać się – zasugerował. Trzymali go w tajemnicy aż do ostatniego odcinka sezonu, miał być atrakcją drugiej części. Gorący romans pomiędzy Maeve O'Harą i Nickiem Brookiem będzie przyciągał jak magnes i z pewnością zatrzyma każdego widza. Na razie nie zdradzano, że wystąpi w serialu, ale podpisał już umowę na ostatni odcinek i wstępną na drugi sezon, pod warunkiem że serial utrzyma się na antenie. Zapłacili mu fortunę, ale Zack i Kate doszli do wniosku, że warto, jeżeli ma przyciągnąć widzów. Na jego punkcie szalały kobiety w każdym wieku.

Dla młodszych mieli wabik w postaci Dana, a Nick był potężnym magnesem. Miał pięćdziesiąt dwa lata, ale na to nie wyglądał, cechował go specyficzny niedbały, męski wygląd. Męska część widowni mogła wzdychać do Charlotte, Abayi i Maeve. Starsza publiczność będzie szaleć, widząc Agnes. Każdy znajdzie w serialu coś dla siebie. Do tego sceny lotnicze z czasów wojny, z zabytkowymi samolotami. Serial miał w sobie zadatki na to, by odnieść sukces. Nick miał się do tego przyczynić w znacznej mierze. Latem wchodził na ekrany głośny film z jego udziałem, który stanie się świetnym preludium do jego niespodziewanego pojawienia się w serialu.

– A nie pomyśli, że to dziwne, że ni z gruszki, ni z pietruszki wpadam do niego się przywitać? – zapytała Zacka, kiedy podsunął jej tę propozycję. Zdjęcia z nim mieli kręcić pod koniec sierpnia albo na początku września na planie zamkniętym i każdy musiał podpisać umowę o poufności, zobowiązując się, że nie ujawni jego udziału w serialu.

– Skąd – odparł Zack. – Jesteś współproducentką.
Może mieć jakieś pytania na temat bohatera, poza
tym miło by było czegoś się o nim dowiedzieć. – Po-
znali go na spotkaniu z prawnikiem. Kait podała mu
rękę, zaskoczona tym, jaki jest przystojny. Był cichy,
wycofany i Kate pomyślała, że w Los Angeles pojawia się tylko wtedy, gdy pracuje. Pochodził z małej
miejscowości w Teksasie i kupił sobie wielkie ranczo
w Wyoming, gdy zaczęło mu się powodzić. Podobno
nie sprawiał problemów w pracy, unikał jednak ludzi.
Życie prywatne utrzymywał z dala od fleszy. Powiedział, że nie chce brać udziału w wywiadach związanych z serialem, choć oficjalnie należał do obsady.
    – Nie każę ci z nim spędzać całego tygodnia, po
prostu zajrzyj do niego. Chcę, żeby się poczuł częścią przedsięwzięcia, chociaż w tym sezonie pojawi
się tylko raz. Odwiedziny pomogą przełamać lody.
    Zack dowiedział się, że Nick rozpoczął karierę
jako piosenkarz country w Nashville, ale w serialu
nie chciał śpiewać. Stwierdził, że to dawne dzieje,
ale Zack znalazł jakąś jego płytę i powiedział, że ma
świetny głos.
    Życie osobiste Nicka było tajemnicą dla wszystkich
poza kilkorgiem jego najbliższych przyjaciół. Jego
agent poinformował ich, że chce, żeby tak pozostało. Nikt nie wiedział, czy ma dziewczynę, z kim się
spotyka ani co robi w chwilach wolnych od pracy,
poza tym że zajmuje się ranczem, na którym hoduje
konie. Od czasu do czasu widywano go na prestiżo-
wych aukcjach, na których kupował rasowe okazy do
hodowli. Konie były jego pasją i podobno należały

do najlepszych w stanie. Zack przysłał Kait esemesem jego numer, ale ona nie wiedziała, czy powinna dzwonić, czy nie. Zależało jej przede wszystkim na dzieciach i nie miała zamiaru czasu przeznaczonego dla nich poświęcać na spotkania w sprawach serialu.

Do Wyoming przylecieli osobno. Candace leciała z Londynu do Chicago, a stamtąd do Jackson Hole, Stephanie i Frank mieli bezpośredni lot z San Francisco, a Tommy z rodziną mieli przylecieć samolotem teścia. Kait leciała z Nowego Jorku do Denver, a stamtąd do Jackson Hole i wszyscy mieli się spotkać na ranczu w ciągu kilku godzin. Trzeba było uważać tylko na to, żeby Candace nie wystawiała świeżych oparzeń na słońce. Wszyscy mieli zamiar jeździć konno, Kait zaplanowała już pikniki górskie, wyprawę na ryby z przewodnikiem dla Tommy'ego i Franka, chciała też wszystkich zabrać na rodeo. Podobno najlepsze odbywały się w środy, brali w nich udział mieszkańcy, a turyści po prostu je uwielbiali. Poprosiła, żeby jedno zorganizowano dla nich.

Dokończyła tekst do rubryki w samolocie z Nowego Jorku. Wiedziała, że będzie teraz musiała się wysilać, żeby znaleźć na to czas, kiedy już zacznie spędzać dnie i noce na planie. W czasie lunchu obejrzała film, a kiedy lądowali w Jackson Hole, zobaczyła mnóstwo prywatnych odrzutowców. Było to piękne miejsce, oaza sławnych i bogatych, którzy nie chcieli jeździć w takie znane miejsca jak Sun Valley czy Aspen. Po wyjściu z samolotu zobaczyła panoramę majestatycznych gór Teton.

Odebrała bagaż i odnalazła kierowcę, którego wysłano po nią z rancza. Powiedział, że Tommy z rodziną przyjechali jakąś godzinę temu i rozpakowują się. Na terenie posiadłości jest basen dla dzieci, zamieszkają w domkach, a na czas pobytu każdy będzie miał własnego konia, dostosowanego do różnych umiejętności jeździeckich. Córki Tommy'ego miały w domu kucyki, które podarował im dziadek, a Maribeth była wytrawnym jeźdźcem. Dzieci Kait umiały jeździć konno, choć nigdy nie poświęcały na to wiele czasu, bo dorastały w Nowym Jorku, ale technikę miały tak opanowaną, żeby przyjemnie spędzić czas na ranczu. Na ten wieczór planowała dla wszystkich przejażdżkę o zachodzie słońca.

Tommy, Maribeth i dzieci czekali na Kait w holu, Merrie rzuciła się jej w ramiona i mocno uściskała, a Lucie Anne wyjaśniła, że będzie jeździć na klaczy większej od jej kucyka, która ma na imię Rosie i jest bardzo miła.

– Ty też z nami pojedziesz? – spytała babcię.

Miała na nogach różowe kowbojki, które wysłała im Kate, różowe spodenki i różową koszulkę z mapą Teksasu. Tommy podziękował matce, powiedział, że ich domek jest świetny. Kait też była zadowolona ze swojego. Oba były wygodne, luksusowe i dyskretnie urządzone. Godzinę później pojawili się Stephanie i Frank, jak zwykle w strojach do wspinaczki, które były ich mundurem na wszelkie możliwe okazje, włącznie z pracą. Trzymali się za ręce, a Stephanie powiedziała jej później na ucho, że Frank boi się koni, ale chciał być miły.

– Na pewno posadzą go na spokojnego, opanowanego konia, nie wszyscy są wytrawnymi jeźdźcami. Pamiętaj tylko, żeby uprzedzić o tym w stajni, i nie musi z nami jeździć, jeżeli nie będzie chciał. – Kait zależało, żeby wszystkim było miło i nie chciała, żeby ktokolwiek czuł się zmuszony do czegoś, na co nie ma ochoty. Powiedziała Frankowi i Tommy'emu o wyprawie na ryby, zaplanowanej dla nich następnego dnia. Tommy uwielbiał wędkować i kiedy tylko miał okazję, wypływał z teściem na pełne morze w Zatoce Meksykańskiej. Wiedział, że tu nie będzie tak wspaniale, ale mimo wszystko lubił Franka i cieszył się, że spędzi z nim trochę czasu.

O czwartej po południu zjawiła się Candace, blada i zmęczona, ale szczęśliwa, że widzi ich wszystkich. Miała na sobie bluzkę z długimi rękawami, żeby nie było widać opatrunków, które nadal musiała nosić na świeżych bliznach po oparzeniach. Matka zauważyła, że schudła, ale nie powiedziała nic. Wakacje powinny dobrze jej zrobić po tym, przez co przeszła. Wszyscy byli szczęśliwi, że są razem i zachwyceni pomysłem przejażdżki o zachodzie słońca. Zjawili się przy głównej stajni punktualnie o szóstej, w dżinsach i wysokich butach. Dostali kaski i przedstawiono im ich konie. Dziewczynki wyglądały słodko, siedziały okrakiem na bardzo spokojnych klaczach, Frankowi przydzielono równie spokojnego konia. Dostali przewodniczkę, która była studentką ostatniego roku na Uniwersytecie Wyoming i powiedziała im, że każdego lata pracuje na ranczu. Wyprowadziła ich ścieżką na wzgórza, między łąkami pełnymi polnych kwiatów, i wskazywała ciekawe miejsca. Pochodziła z Cheyenne i opowiedziała im o Indianach, którzy mieszkali tu dawno temu. Polecała też środowe rodeo.

– W piątki wieczorem organizujemy na ranczu własne rodeo. Ominęło was, ale możecie się zapisać na przyszły tydzień. Można nawet wygrać odznakę – zwróciła się do dziewczynek, a one zaczęły błagać matkę, żeby pozwoliła im iść.

Z przejażdżki wrócili na kolację w głównym budynku, przydzielono im ich własny stół i dziewczynki były szczęśliwe, że mogą się bawić ze swoimi dwiema ciotkami.

– Tatuś powiedział, że cię wysadziło i że masz pokaleczone ręce – powiedziała Merrie poważnym tonem do Candace, a ona uśmiechnęła się.

– Tak, to prawda, ale nic mi nie jest – odparła, a Merrie pokazała jej kilka gier na iPadzie.

Jedli potrawy z bufetu, co wieczór odbywał się grill, a po nim ognisko, przy którym dwóch stajennych grało na gitarze i śpiewało znane piosenki. Wszyscy nucili i śpiewali refren z nimi. Kait właśnie na coś takiego liczyła, oparła się wygodnie i przyglądała ze spokojnym uśmiechem na twarzy.

– Wyglądasz na szczęśliwą, mamo – powiedział Tommy, a ona kiwnęła głową.

– Przy was zawsze jestem szczęśliwa. – To było dla niej rzadkie wydarzenie i najdłuższy czas, jaki spędziła z nimi od lat. Cieszyła się, że postarali się, żeby spędzić tydzień razem.

Stephanie i Frank pierwsi odeszli od ogniska, a Maribeth i Tommy odprowadzili córki do domku, kiedy

Merrie zaczęła ziewać. Lucie Anne zdążyła zasnąć u ojca na kolanach, więc bez problemu zaniósł ją do łóżka. Candace siedziała z matką dłużej, słuchając piosenek, później wypiły w barze po kieliszku czerwonego wina. Candace droczyła się z matką, twierdząc, że zerka na nią kilku starych kowbojów. Ona też to zauważyła, ale nie zwróciła na to uwagi. Stwierdziła, że są po prostu ciekawi, a nie, że ich pociąga.

– Jesteś piękną kobietą, mamo. Powinnaś bardziej korzystać z życia. Ta nowa przygoda z serialem dobrze ci zrobi.

– Będę zajęta na planie obsadą i scenariuszem, a nie polowaniem na facetów – obruszyła się.

– To oni będą na ciebie polować. – Córka uśmiechnęła się. Nie chciała się do tego przyznać, ale tęskniła za matką, kiedy ta wyjechała z Londynu. Choć czasami się wściekała, kiedy matka za bardzo nad nią skakała, było jej miło, że ktoś się o nią troszczy.

– Dobrze się czujesz? – spytała Kait. – Po przyjeździe wyglądałaś na zmęczoną.

– To był długi lot. A w Londynie jest koszmarnie nudno. Brakuje mi pracy nad reportażami. Praca przy biurku to nie moja działka. Chyba wyślą mnie gdzieś w przyszłym miesiącu. Wykańczają mnie te opatrunki na rękach. Teraz przychodzi mi je zmieniać pielęgniarka. Już jest prawie dobrze, ale poparzenia goiły się dłużej, niż myślałam.

– Mam nadzieję, że jakiś czas posiedzisz w Londynie, zastanowisz się nad tym, co robisz. Wypadek przy pracy w postaci wjechania na minę lądową nie jest tym, czego bym dla ciebie chciała – powiedziała cicho Kait, bo nie dawało jej to spokoju od czasu wypadku. – To ty mogłaś być jednym z tych, którzy zginęli – przypomniała. Myślała o tym tysiące razy.

– Takie rzeczy nie zdarzają się często, mamo.

– Ginie się tylko raz. – Kait spojrzała na córkę surowo, a Candace roześmiała się.

– Rozumiem, co chcesz powiedzieć. Zawsze na siebie uważam. Nie wiem, jak to się mogło stać. Mieliśmy beznadziejnego przewodnika.

– A to się zdarza. Zrób coś dla mnie i zastanów się nad tym, zanim znów pojedziesz w jakieś zapomniane przez Boga i ludzi miejsce.

Candace kiwnęła głową, ale nic nie obiecała.

– Ja chyba jeszcze nie wiem, kim chcę być, gdy dorosnę. Stephanie zawsze była taką jak teraz maniaczką komputerową, i jest w tym dobra. A Tommy wydaje się taki przekonany do swojego teksańskiego życia i tego, żeby zostać królem fast foodów, kiedy ojciec Maribeth przejdzie na emeryturę. A ja nie widzę siebie w Nowym Jorku przy biurku. Zawsze chciałam naprawiać świat i zaprowadzać sprawiedliwość. Ale teraz nie bardzo wiem jak. W czasie wyjazdów widzimy tyle strasznych rzeczy. I bardzo niewiele możemy zrobić, żeby je zmienić. To, co osiągamy naszymi reportażami, jest kroplą w morzu. I zbyt często kobiety, które z nami współpracują i pozwolą przeprowadzić ze sobą wywiad, są później dotkliwie karane i ich sytuacja staje się jeszcze gorsza.

Zawsze była idealistką, chciała zapobiegać okrucieństwu ludzi wobec siebie, ale przekonała się, że to nie takie proste. To była dla niej gorzka pigułka do przełknięcia.

– Mam poczucie winy, kiedy siedzę w Londynie czy w Nowym Jorku, żyję sobie spokojnie w moim wygodnym mieszkaniu czy tutaj. Zorganizowałaś nam bardzo miłe chwile, ale kiedy my tu sobie siedzimy, jemy przysmaki z grilla, jeździmy konno i śpiewamy piosenki, dzieci głodują w Afryce, umierają na ulicach Indii, każdego dnia ludzie giną z rozmaitych powodów i nie jesteśmy w stanie nic z tym zrobić, i może nigdy nie będziemy. – Było to przygnębiające odkrycie i czasem czuła się bezradna.

– Może w proces dorastania wliczone jest pogodzenie się z tym, Candy. – Matka mówiła tak do niej, gdy była mała, i Candace uśmiechnęła się. – Postępujesz szlachetnie, ale ginąc, nie pomożesz im w żaden sposób. Będziesz po prostu kolejną ofiarą ich wojen, a mnie pęknie serce – dodała szeptem, a córka chwyciła ją za rękę. Łączyła je szczególna więź. – Proszę, uważaj na siebie. Kocham cię.

– Ja ciebie też. Ale muszę robić to, co jest słuszne. Nie będę tak żyć wiecznie. Kiedyś muszę się ustatkować.

Ale Kait zastanawiała się w duchu, czy kiedykolwiek to nastąpi. Jej średnie dziecko od zawsze było niespokojnym duchem. Ciągle czegoś szukała, ale jeszcze tego nie znalazła ani nie poczuła, że zrobiła wszystko, do czego została powołana na ziemi. Dopóki się z tym nie pogodzi, będzie się włóczyć po świecie i robić, co można, żeby mu pomóc.

– Wolałabym, żebyś była bardziej samolubna i nie czuła potrzeby naprawiania całego świata.

– Może po to się urodziłam, mamo. Każdy ma swoją drogę.

– A moją jest serial telewizyjny? – Kait uśmiechnęła się ze smutkiem.

– Pomogłaś wielu ludziom swoją rubryką, dla nas byłaś cudowna. Masz prawo trochę się zabawić.

Kait kiwnęła głową, wiedziała, że Candace nie jest jeszcze gotowa na to, by zrezygnować ze swojej niebezpiecznej pracy. Dopiły wino i wróciły do swoich domków – luksusowych, pięknie urządzonych i położonych u podnóża wznoszących się nad nimi gór, które wyglądały tajemniczo na tle usłanego gwiazdami nieba.

– Cieszę się, że tu przyjechaliśmy – powiedziała Candace, całując matkę na dobranoc.

– Ja też. – Kait uśmiechnęła się do niej w blasku księżyca. – Kocham cię.

Rozeszły się, pogrążone we własnych myślach.

Poza Tomem i Frankiem, którzy wypłynęli na ryby, pozostali spotkali się rano na śniadaniu. Zaskoczył ich obficie zastawiony szwedzki stół z naleśnikami, goframi i jajkami na wszystkie sposoby. Na ranczu podawano pożywne śniadanie przed całodziennymi atrakcjami, a kiedy kończyli jeść, Tom i Frank wrócili z wyprawy i kuchnia zaczęła oprawiać dla nich ryby, żeby mogli je przyrządzić na kolację.

Dziewczynki miały lekcję jazdy na padoku, później panie jechały rozejrzeć się po Jackson Hole, a Tom i Frank mieli pilnować dziewczynek przy basenie. Spotkali się na obfitym lunchu.

– Przytyję z pięć kilo – powiedziała Maribeth, nakładając sobie na deser kawałek szarlotki, a Candace dziobała sałatkę. Od wypadku nie miała apetytu, ale starała się coś jeść, żeby zrobić przyjemność matce i na deser wzięła sernik. Jedzenie było wyborne. Dorośli wybrali się na spacer, żeby spalić trochę kalorii, a dziewczynki poszły na zajęcia rękodzieła z rówieśnikami i wróciły z koszykami i bransoletkami, które same zrobiły i z breloczkiem dla babci, a ona obiecała, że będzie go nosić już zawsze. Uwielbiała spędzać z nimi czas i poznawać je i zaproponowała im, żeby tej nocy spały u niej w domku, dzięki czemu ich rodzice mieliby trochę wytchnienia.

Dni mijały za szybko. W środę niecierpliwie czekali na rodeo i późnym popołudniem wyruszyli do Jackson Hole. Było to wielkie wydarzenie, mimo że odbywało się co tydzień. Obejrzeli chwytanie młodych byków, ujeżdżanie koni i występy klaunów, którzy mieli odwracać uwagę byków, żeby nie zaatakowały jeźdźców, kiedy spadali. Były nagrody, muzyka country i widownia złożona z ludzi w każdym wieku. Zdążyli zająć miejsca tuż przed odśpiewaniem hymnu Stanów Zjednoczonych i Kate naprawdę się zdziwiła, kiedy ogłoszono, że hymn zaśpiewa Nick Brooke. Miał mocny i piękny głos, a jej przypomniało się, że do niego nie zadzwoniła, choć obiecała to Zackowi, tak miło spędzała czas z dziećmi. Teraz będzie najłatwiej z nim się spotkać, o ile uda jej się go odnaleźć. Nie musiała szukać daleko. Stał przy zagrodzie z końmi i rozmawiał z jakimś mężczyzną. Wyglądał jak prawdziwy kowboj, w błękitnej koszuli, podniszczonym kowbojskim kapeluszu i skórzanych ochraniaczach na spodnie. Stanęła z boku i czekała, żeby z nim porozmawiać, kiedy już będzie wolny, a on zauważył ją po kilku minutach i spojrzał na nią pytająco.

– Nie chciałam panu przeszkadzać. Nie wiem, czy mnie pan pamięta. Jestem Kait Whittier, współproducentka *Kobiet Wilderów*, spotkaliśmy się w Los Angeles z Zackiem Winterem.

Uśmiechnął się, kiedy to powiedziała i wyciągnął do niej rękę.

– Jasne, że pamiętam. Nie zapominam pięknych kobiet. Jeszcze nie umarłem. Jak tam serial? – Miał jasny uśmiech, błyszczące błękitne oczy i swobodny, ciepły styl bycia. Na swoim terenie był o wiele bardziej przyjazny i swobodny niż w Los Angeles. W czasie spotkania wydawał się spięty, teraz nie.

– Za dwa tygodnie zaczynamy zdjęcia. Wszyscy są przejęci, głośno o tym w mediach. Mamy parę znanych nazwisk w obsadzie. I bardzo się cieszymy, że jest wśród nich również pan. Drugi sezon dzięki panu będzie przebojem.

– Wątpię. To dla mnie nowe doświadczenie. Nigdy nie grałem w serialu, ale to chyba teraz jest na topie. Mój agent uznał, że nie powinienem zmarnować szansy.

Liczyła na to, że będzie drugi sezon i że on się w nim pojawi. Ale w życiu nic nie jest pewne, w telewizji też nie, o ile nie będą mieli dobrej oglądalności. Różne świetne seriale umierały szybką śmiercią i nikt nie był w stanie wyjaśnić dlaczego. Ona chciała, żeby dopisało im szczęście i żeby serial utrzymał się długo na ekranie.

– Wolę być tutaj – wyznał. – Przeżyłem w Los Angeles dziesięć lat, ale w głębi duszy jestem kowbojem. – Ktoś kiwnął na niego, gdy to mówił, a on skinął głową. – Teraz będzie pani miała okazję popatrzeć, jak robię z siebie głupka. – Uśmiechnął się jeszcze bardziej, wcisnął głębiej kapelusz i wspiął się na barierkę zagrody.

– Co pan będzie robił? – Roześmiał się.

– Co tydzień próbuję sił w ujeżdżaniu koni. To uczy pokory. – Uśmiechnął się do niej z barierki, na której siedział, a ona przypomniała sobie zapis w umowach z najważniejszymi aktorami, który zakazywał im nurkowania, skoków spadochronowych i innych niebezpiecznych sportów, ale ujeżdżania koni nie było na liście i nagle ona też się uśmiechnęła. – Proszę to zachować dla siebie – dodał cicho.

– Nie ma sprawy. Mam córkę, która nie jest szczęśliwa, jeśli nie ryzykuje życia.

– Zdjęcia mam dopiero w sierpniu czy wrześniu – przypomniał. – Mam czas, żeby w razie czego wyleczyć połamane żebra.

– Jest pan szalony – powiedziała. Ale wiedziała, że tak nie jest. Po prostu lubił robić to, na co miał ochotę i odpowiadało mu życie, które prowadził. – Miałam do pana dzwonić, ale nie chciałam przeszkadzać.

– Proszę przyjechać do mnie na ranczo na kolację – powiedział, zeskoczył z barierki, a później wspiął się po krótkiej drabince do miejsca, z którego miał dosiąść konia. Obserwowała go i miała wrażenie, że dobrze go zna, choć ich rozmowa była taka krótka. Miała nadzieję, że nic mu się nie stanie. Chwilę później wyczytano jego nazwisko i razem z koniem wyskoczyli z boksu. Zdołał się utrzymać na szalejącym koniu przez kilka sekund, w końcu spadł. Tańczyło przy nim trzech klaunów, jacyś mężczyźni pomogli mu się podnieść i wyprowadzili go z padoku. Nie był zmieszany i wrócił do niej z szelmowskim uśmiechem, wkładając kapelusz na głowę.

– Już pani rozumie, co mam na myśli? Los Angeles nie jest w stanie się z tym równać. – Wyglądał na bezgranicznie szczęśliwego, a ona pokręciła głową ze zdumienia. Podbiegły do nich dwie kobiety, które zorientowały się, że to Nick Brooke, a nie pierwszy lepszy jeździec.

– Nic panu nie jest? – spytała, kiedy już dał im autografy, porozmawiał grzecznie i zrobił sobie z nimi zdjęcie.

– Skąd. Robię to bez przerwy.

– Może na czas zdjęć powinien pan przestać – zasugerowała, a on roześmiał się.

– Nie widziałem w opowiadaniu żadnego rodeo.

– Fakt – przyznała.

– Przyjedzie pani na kolację? – Spojrzał jej w oczy przeszywającym spojrzeniem i czekał na odpowiedź. Wahała się.

– Bardzo bym chciała, ale jest nas za dużo. Są ze mną dzieci, ich partnerzy i dwie córki mojego syna.

– Nie wygląda pani na babcię – zauważył, przyglądając się jej z góry.

173

– Dziękuję, jeżeli to komplement. W każdym razie oszczędzę panu karmienia nas wszystkich, ale serdecznie zapraszam do nas na ranczo.

– Chyba byłbym w stanie zorganizować dość jedzenia dla wszystkich – rzucił od niechcenia. – Jutro o siódmej? – Nie chciała być niegrzeczna i odmawiać, więc kiwnęła głową. – Ranczo Circle Four. Na pani ranczu będą wiedzieli, gdzie to jest. Gdzie państwo nocują?

– W Grand Teton Ranch – odpowiedziała szybko.

– Bardzo fajne miejsce – przyznał z uznaniem. – Do zobaczenia jutro. Proszę przyjechać w dżinsach. Dzieciaki mogą popływać w basenie, gdy my będziemy jeść kolację, jeśli będą chciały. Dorośli też.

– Jest pan pewien? – Była zawstydzona tym, że mu się narzuca.

– A wyglądam na faceta, który nie wie, co robi, albo boi się paru dzieciaków?

– Nie. Dziękuję za zaproszenie – powiedziała, a on pomachał jej i odszedł, ale odwrócił się raz jeszcze. Był nieziemsko przystojny i miał wrodzony urok, od którego zmiękły jej nogi. Skarciła się za to, wracając na swoje miejsce. To gwiazdor filmowy, na miłość boską, to chyba normalne, że jest czarujący. A ostatnia rzecz, jakiej chciała, to wdać się z nim w romans czy ulec jego czarowi tylko dlatego, że ujeżdża wierzgającego konia i dobrze mu w kowbojskim kapeluszu.

Wróciła do rodziny ze skruszoną miną.

– Przepraszam. Musiałam porozmawiać z facetem, który śpiewał hymn.

Tommy zaśmiał się.

– Myślisz, że nie wiem, kto to jest, mamo? To Nick Brooke, aktor. Znasz go? – Był zaskoczony. Prowadziła teraz życie, o którym niewiele wiedział.

– Jest głównym bohaterem drugiego sezonu naszego serialu, o ile utrzyma się na antenie. Miałam do niego zadzwonić w tym tygodniu, ale nie zadzwoniłam. Zaprosił nas wszystkich jutro na kolację i nie mogłam się wykręcić.

– Wykręcić? – obruszył się Tommy. – Chcę go poznać!

– Kogo? – Maribeth pochyliła się, żeby spytać. Dziewczynki były całe obklejone watą cukrową i świetnie się bawiły.

– Moja mama zna Nicka Brooke'a. Jedziemy do niego jutro na kolację.

– O mój Boże, nie zabrałam nic wyjściowego – rzuciła spanikowana Maribeth, a Candace też się do nich nachyliła.

– Ja też nie. Gdzie jedziemy?

– Na kolację do gwiazdy filmowej – powiedział Tommy, zachwycony planem. Nick był jego ulubionym aktorem.

– Pożyczę wam coś – zaproponowała Stephanie i wszyscy parsknęli śmiechem. Miała na sobie dżinsy z dziurami i rozpadające się adidasy, jak co wieczór.

– Ja chyba pożyczę coś od mamy – odezwała się dyplomatycznie Candace.

– Powiedział, żebyśmy przyszli w dżinsach, a dzieciaki mogą pływać w basenie, my też. A tak w ogóle, to on ujeżdżał ostatniego konia – wyjaśniła i widać było, że Tommy się tym przejął.

– To jest facet z prawdziwego zdarzenia – stwierdził z podziwem.

– Ale chyba ma coś z głową – zauważył Frank. – Było mi niedobrze od samego patrzenia.

– Mnie też – powiedziała ponuro Kait. – Jeśli się zabije, zostaniemy bez głównego bohatera drugiego sezonu.

Rozmawiali z ożywieniem i obejrzeli resztę rodeo, a w drodze powrotnej na ranczo rozmawiali o kolacji u Nicka. Wszyscy byli podekscytowani tym, że go poznają i zdziwieni, że Kait go zna.

– Twoje życie zrobiło się bardzo ciekawe, mamo – powiedział Tommy, a ona roześmiała się.

– Chyba tak – przyznała. Właściwie nie miała czasu się nad tym zastanowić, ale w ciągu czterech ostatnich miesięcy poznała wielu znanych aktorów i zaprzyjaźniła się z Maeve. Nicka Brooke'a właściwie nie znała, poza tym, że podała mu kiedyś rękę. A teraz nagle jadą do niego całą rodziną na kolację. To nic nie znaczy, wiedziała o tym, ale przynajmniej zrobiło wrażenie na dzieciakach. To już coś.

Recepcjonista podał im adres rancza Nicka. Kait nie wiedziała, czego się spodziewać, kiedy tam jechali. Ubrali się w koszulki i dżinsy, a kto miał, włożył też kowbojki. Teksańska część klanu była wyposażona odpowiednio, ona i Candace kupiły sobie kowbojki kilka dni temu w Jackson Hole. Stephanie i Frank mieli na nogach wysokie dziurawe conversy, ale wszyscy wyglądali schludnie. Dotarli na ranczo, przedstawili się przez domofon i brama otworzyła się, żeby ich wpuścić. Mieli wrażenie, że droga do domu ciągnie się kilometrami wśród pastwisk i koni. Posiadłość była piękna, spokojna i wyglądała, jakby nie miała końca. Dom był wielkim budynkiem na szczycie wzgórza, miał rozległe patio i wielką stajnię obok, Nick trzymał w niej najlepsze konie.

Czekał na nich, zaproponował drinki i piwo, a dziewczynkom napoje. Z dziedzińca rozciągał się widok na pola, jak okiem sięgnąć. Kait wyobrażała sobie, że siedzi tu godzinami i podziwia widoki. Basen był wielki, ze stolikami, krzesłami i parasolami. Budynek przypominał raczej mały hotel niż dom.

– Spędzam tu mnóstwo czasu – powiedział. – To mój dom. – Porozmawiał swobodnie z Frankiem i Tomem, pożartował z dziećmi i zaproponował wszystkim, żeby usiedli. Przy grillu krzątał się kucharz, a młody mężczyzna w dżinsach i koszuli w kratkę serwował przystawki, kanapki z grillowanym serem pokrojone w kostki. Nick spytał, czy ktoś jest wegetarianinem i Stephanie podniosła rękę. Przewidzieli dla niej specjalne danie. Rozmawiali swobodnie przez godzinę, on opowiadał o koniach i wszyscy podziwiali piękny zachód słońca. Na prośbę Toma zabrał ich do swojej stajni. Wszystko tu było urządzone z najnowocześniejszą precyzją, a okazami były konie czystej krwi.

– Mój teść trzyma konie wyścigowe – powiedział cicho Tom. – Ale nic o nich nie wiem. – Zaczął wypytywać Nicka, a Nick grzecznie odpowiadał na wszystko, co Tom chciał wiedzieć. Wrócili do domu, gdzie czekała na nich kolacja. Potrawy były proste, takie, jakie lubi większość ludzi – kurczak pieczony w stylu południowym, żeberka z grilla, kukurydza, purée z ziemniaków, fasolka, wielka misa sałaty i danie wegetariańskie dla Stephanie. Na deser było ciasto brzoskwiniowe, które Nick upiekł sam z brzoskwiń z własnego sadu.

Posadził Kait obok siebie i rozmawiał głównie z nią, odzywając się też do pozostałych. Szczególnie dobrze rozmawiało mu się z Tomem i, oczywiście, wiedział, kim jest jego teść. Nick pochodził z Teksasu, a w tym stanie każdy wiedział, kim jest Hank Starr.

– A która to lubi życie na krawędzi? – spytał, ale jego wzrok od razu pobiegł do Candace.

– Można tak powiedzieć, a może tak to widzi moja mama. Po prostu wykonuję swoją pracę – powiedziała nieśmiało, zerkając zawstydzona na matkę, która o niej wspomniała.

– To znaczy? – spytał Nick z zainteresowaniem, a Kait zaczęła podejrzewać, że Candace mu się podoba, choć był od niej o dwadzieścia lat starszy, ale w jego spojrzeniu nie było nic frywolnego. Po prostu podziwiał piękne kobiety, a Candace była piękna. Miała jednak wrażenie, że bardziej interesuje się nią, rozmawiał z nią po cichu, kiedy tylko nadarzała się okazja, jakby znali się lepiej niż w rzeczywistości.

– Produkuję filmy dokumentalne dla BBC – odpowiedziała Candace. – Czasami w odległych miejscach.

– Wybuchła pod nią mina lądowa niedaleko Mombasy, nie dalej jak trzy miesiące temu – uściślił Tom, a Nick pokiwał głową.

– No tak, to faktycznie odległe miejsce. Nic ci nie jest?

– Poparzyła sobie ręce, ciągle musi nosić bandaże – powiedziała Merrie, a Candace zganiła ją wzrokiem.

– Nic mi nie jest. Mama przyleciała do Londynu się mną zająć. – Uśmiechnęła się do matki, jakby to było coś zwyczajnego.

– I nie możesz się doczekać kolejnych wrażeń? – spytał, a ona roześmiała się i kiwnęła głową. Kait milczała.

– Jesteś tak samo szalona jak ja – skwitował Nick. – Ja co tydzień ujeżdżam konie. Z bykami dałem sobie spokój. Ale na ringu nie ma min lądowych. Bardzo poważnie igrasz z losem. – Mówił prawdę, ale ona wzruszyła ramionami i Nick nie mówił o tym więcej. Był bezpośredni, mówił, co myślał, ale nie był typowym kowbojem. Znał się dobrze na koniach i na hodowli. – Rozmnażamy tu najlepsze konie w kraju – powiedział z dumą.

Po kolacji wszyscy poszli popływać w basenie, a Nick i Kait usiedli na patio i rozmawiali cicho, upajając się widokiem. Uśmiechnął się do niej.

– Podoba mi się twoja rodzina, Kait. Twój syn jest dobrym człowiekiem. W dzisiejszych czasach niełatwo tak wychować dzieci. Na pewno spędzasz z nimi mnóstwo czasu.

– Kiedyś tak było, gdy dorastali. Teraz jesteśmy porozrzucani i nie widujemy się często. – Starała się, żeby nie zabrzmiało to melancholijnie, ale była zachwycona wakacjami spędzonymi z dziećmi. Wieczór z Nickiem był dodatkową nagrodą, mogła poznać go trochę lepiej, zanim wystąpi w serialu. – Masz dzieci? – spytała ostrożnie. Był skryty, ale nie odniosła wrażenia, że coś ukrywa.

– Nie, nie mam. Nie wiem, czy sprawdziłbym się jako ojciec. Gdy byłem młody, nie chciałem ich mieć. Teraz bym chciał, ale czuję się na to za stary. Podoba mi się moje życie takie, jakie jest i lubię robić to, co chcę. Trzeba być wyzbytym egoizmu, żeby mieć dzieci, a ja nie jestem. Aktorstwo to wymagający zawód, jeżeli chce się to robić dobrze. Skupiałem się na nim przez wiele lat. Teraz mogę wybierać, w czym chcę grać. Nie ma tu zbyt wiele miejsca dla dzieci, w każdym razie wtedy, kiedy miało to znaczenie, nie było. Nie ma nic gorszego niż beznadziejni rodzice. Nie chciałem być kimś takim. Wystarczyli mi moi. Wychowywałem się na ranczu, dopóki nie skończyłem dwunastu lat. Później przez cztery lata wychowywało mnie państwo, kiedy mój ojciec zginął w bójce w barze. Mamy nie znałem. Wyjechałem do Nashville, gdy miałem szesnaście lat, chciałem zostać piosenkarzem country, ale przekonałem się, że nie odpowiada mi takie życie. Sprowadzało się do tego, że starzy faceci za estradą próbowali wykorzystywać nowe dzieciaki w branży. Przez rok nie widziałem dziennego światła. Wylądowałem w Los Angeles i miałem szczęście. Reszta to historia. Studiowałem aktorstwo, do szkoły chodziłem wieczorami, ciężko pracowałem, zarobiłem trochę pieniędzy i wróciłem do prawdziwego świata, kiedy tylko nadarzyła się okazja. Teraz jestem nareszcie szczęśliwy. Gdybym kazał przez to wszystko przechodzić dziecku, znienawidziłoby mnie. Zrezygnowałem z dzieci. Za sukces się płaci. Ja nie żałuję.

– Nie jest za późno – powiedziała, uśmiechając się do niego. Był jeszcze młody, dwa lata młodszy od niej.

– Nie jestem takim facetem – powiedział po prostu. – Nie chcę być starym facetem z dwudziestoletnią żoną i małym dzieckiem. Długo dorastałem, ale dorosłem. Już nie muszę nikomu niczego udowadniać ani prowadzać się z dziewczyną, która mogłaby być moją wnuczką i która ucieknie ode mnie za parę lat i zostawi ze złamanym sercem. Lubię moje życie takie, jakie jest. Dobra rola w filmie od czasu do czasu, dobrzy ludzie, dobrzy przyjaciele. Los Angeles to nie moja bajka. Nigdy nią nie było.

– Byłeś żonaty?

– Raz. Dawno temu. Jak w piosence country, złamane serca, zniszczone marzenia. – Uśmiechnął się, kiedy to mówił. – Ja byłem bardzo młody i naiwny, a ona o wiele sprytniejsza ode mnie. Ukradła mi serce, a poza tym karty kredytowe, wyczyściła konto bankowe i uciekła z moim najlepszym przyjacielem. Wtedy wyjechałem z Nashville do Los Angeles. Potem skupiłem się na karierze i jakoś sobie poradziłem.

Rozbawił ją sposób, w jaki to powiedział.

– Z pewnością całkiem nieźle sobie poradziłeś.

– Nie w tym sensie, o jakim myślisz – powiedział, znów patrząc jej w oczy. – Świetnie jest zdobyć Oscara w nagrodę za ciężką pracę. Miałem na myśli to – powiedział, wskazując otaczające ich wzgórza i góry za nimi. – Tu mieszkam, taki jestem. – Był szczerym facetem, wiedział, czego chce i kim jest i ciężko na wszystko pracował. A teraz cieszył się tym w pełni. – A ty jesteś mężatką, Kait? – On też był ciekaw jej życia.

– Byłam. Dwa razy. Dwie pomyłki. Za pierwszym razem też byłam za młoda. Mój mąż nie ukradł mi kart kredytowych, ale nigdy nie dorósł i uciekł. Dzieci wychowywałam sama, jego przy nich nie było. Za drugim razem byłam starsza i powinnam się domyślić. Nie zrozumieliśmy się. Skończyło się dość szybko, kiedy mi to wyjaśnił.

Kiwnął głową.

– Inna kobieta? – spytał wprost.

– Inny mężczyzna – odpowiedziała, bez złości czy goryczy, rzeczowo. – Byłam głupia, że tego nie widziałam.

– Wszyscy czasami jesteśmy głupi. Czasami trzeba być głupim, żeby przeżyć. Nie można cały czas się ze sobą zmagać, to trudne – powiedział, a ona przyznała mu rację.

Wszyscy wyszli już z basenu i przyszli podziękować mu za wspaniały wieczór. Wyjechali chwilę później.

– Czy miałbyś ochotę przyjść do nas na kolację jutro wieczorem? – spytała, zanim wsiadła do samochodu.

– Bardzo bym chciał – odparł i widać było, że mówi szczerze. – Ale jadę do Larami kupić parę koni. Jest aukcja. Wracam w niedzielę.

– My będziemy wtedy wyjeżdżać – powiedziała z żalem. Bardzo się cieszyła, że poznała go lepiej. – Dziękujemy za miły wieczór.

– Ja też. Przyjadę do Nowego Jorku zobaczyć, jak idą zdjęcia. Chcę się wczuć w klimat, zanim wkroczę do akcji jako wabik na następny rok.

Uśmiechnęła się, kiedy to powiedział.

– W takim razie do zobaczenia na planie.

– Powodzenia z serialem – powiedział ciepło, gdy wsiadała do auta. Pomachał im na pożegnanie, a oni patrzyli, jak wraca do domu.

– Wspaniały facet! – stwierdził Tommy po drodze na ranczo.

– Lubi cię, mamo – odezwała się spostrzegawcza Stephanie. Ona i Frank podziwiali wysokiej klasy sprzęt komputerowy w jego biurze i kolekcję sztuki. Candace spojrzała na matkę wymownie.

– Steph ma rację.

– Ja też go lubię. Jest miły. Będziemy razem pracować, chciał po prostu lepiej poznać współproducentkę.

– Byłby dla ciebie idealny, mamo – oznajmił radośnie Tommy.

– Nie bądź głupi. To gwiazdor filmowy. Może się umawiać, z kim tylko chce, na pewno spotyka się z kobietami o połowę młodszymi od siebie. – Powiedział jej, co prawda, coś innego, ale wiedziała, że nie może sobie na to pozwolić. Jeżeli ulegnie jego urokowi, będzie miała kłopoty w serialu. Łączyła ich praca i tak powinno zostać. Nie miała zamiaru zakochiwać się w gwiazdach typu Nicka Brooke'a i robić z siebie idiotki.

– Masz nasze jednogłośne błogosławieństwo, gdybyś chciała za niego wyjść, mamo – droczyła się z nią Candace, ale Kait zignorowała ją i wyglądała przez

183

okno, starając się nie myśleć o Nicku. Był zupełnie, ale to zupełnie poza jej zasięgiem, i doskonale o tym wiedziała.

Tak czy owak, wieczór był cudowny. Nie wspomniała o nim słowem po powrocie na ranczo. Wszyscy ucałowali się na dobranoc i poszli spać.

11

Koniec wakacji nadszedł zbyt szybko i ciężko było się żegnać. Dziewczyny i Kait miały loty w odstępie godziny i czekały razem na lotnisku, a Tom i Maribeth z dziećmi wylecieli rano samolotem Hanka. Wspólnie spędzony czas był dokładnie taki, jak sobie Kait wyobrażała i jak chciała go spędzić. Wszyscy mieli łzy w oczach, gdy ich ściskała, a córeczki Toma płakały, gdy wyjeżdżali.

Candace została najdłużej z Kait, przy pożegnaniu mocno ją uściskała i powiedziała, żeby na siebie uważała. Obie patrzyły na siebie przez chwilę.

– Proszę, nie rób żadnych głupot – powiedziała błagalnie Kait i znów przytuliła ją przed rozstaniem.

– Nie zrobię, obiecuję – szepnęła Candace i nie powiedziała matce, że rano dostała esemes. Wysyłali ją na Bliski Wschód, w odległe rejony, gdzie doszło do zabójstwa kobiety za to, że nie przestrzegała rozkazów religijnego przywódcy. Miało to być ostrzeżeniem dla innych kobiet. Morderstwa były brutalne, a to miało być częścią większego reportażu, nad którym pracowała od miesięcy. Chciała jechać. – Kocham cię, mamo – powiedziała poważnie. – Dziękuję za cudowne wakacje. – Żeby rozładować sytuację, dodała: – Powinnaś złapać Nicka Brooke'a.

– Nie bądź śmieszna. – Kait roześmiała się i po-machała córce, biegnąc na swój samolot do Nowego Jorku.

Tych wakacji żadne z nich nie zapomni. Chciała częściej tak spędzać czas i zaproponowała to przed wyjazdem, a wszyscy zgodzili się z nią. To była korzyść z ich dorastania. Mogli spędzać wspólnie miłe chwile, choć trudno było znaleźć czas. Był to magiczny tydzień i umocnił łączące ich więzi.

Tej nocy znalazła się sama w mieszkaniu i potwornie tęskniła za nimi. Tommy napisał do niej esemes, kiedy dolecieli do Dallas, wiedziała, że Candace leci już do Londynu. Stephanie zadzwoniła, żeby jeszcze raz podziękować.

Następnego ranka życie wróciło na dawne tory. Maeve zadzwoniła do niej o wpół do ósmej, Kait odebrała telefon i usłyszała jej przygaszony głos.

– Ian jest mocno przeziębiony. Nie może się pozbyć wydzieliny z płuc – powiedziała z płaczem. – Jeśli dostanie zapalenia płuc, to może być koniec.

– Jak mogę ci pomóc? – spytała Kait.

– Nie możesz – odparła Maeve. – Nie będę mogła zacząć zdjęć za dwa tygodnie, jeżeli będzie tak chory.

– Poczekajmy i zobaczymy, jak rozwinie się sytuacja. Przez jakiś czas możemy kręcić inne sceny. Becca ma gotowe scenariusze, na wypadek gdyby były potrzebne. – Prawda była taka, że Maeve występowała właściwie w każdej scenie przez większą część serialu, z wyjątkiem scen wojennych, w których Loch występował sam. Ale jeżeli nie będzie wyjścia, zaczną od tego.

– Bardzo mi przykro. Ale chciałam cię uprzedzić. Dziś oddajemy go do szpitala.

– Jak dziewczynki?

– Jakoś się trzymają. Też się o niego martwią. Jak było na wakacjach? Strasznie mi przykro, że zarzucam cię czymś takim w pierwszy dzień po powrocie.

– Zobaczymy, jak rozwinie się sytuacja – powtórzyła Kait, a Maeve obiecała, że na bieżąco będzie ją informować.

Kait zadzwoniła do Zacka, żeby go o tym poinformować. Zareagował tak samo jak ona, nie chciał panikować, dopóki nie znajdą się pod ścianą. Przecież wiedzieli, że czekają ich trudne sytuacje z Maeve, bo jej mąż jest poważnie chory, a jego stan będzie się już tylko pogarszał.

– Udało ci się zadzwonić do Nicka Brooke'a? – spytał.

– Nie musiałam. Spotkaliśmy go na rodeo. Śpiewał hymn i podeszłam się z nim przywitać. Zaprosił nas całą rodziną do siebie na kolację. Wspaniały człowiek. Chyba wniesie dużo do roli.

– Tak, urodę, talent i słynne nazwisko. Przydają się – powiedział Zack z lekką drwiną, a Kait nie odezwała się więcej. Ale nie mogła się doczekać, żeby znów zobaczyć Nicka i czuła się głupio, że w jej wieku zauroczyła się gwiazdorem filmowym. Lecz była pewna, że jej minie, kiedy zaczną ze sobą pracować. Zackiem też mogła się zauroczyć, a jednak tylko się przyjaźnią. Tego właśnie oczekiwała po znajomości z Nickiem Brookiem. Nie miała zamiaru zamieniać miejsca pracy w romans ani wykorzystywać serialu do polowania na mężczyzn, zwłaszcza na gwiazdorów filmowych; pozostawali zdecydowanie poza jej zasięgiem. Wystarczające urwanie głowy będą mieli z Danem Delaneyem i Charlotte Manning, którzy zamieniają plan filmowy w jedną wielką sypialnię i zaliczają wszystko, co się rusza.

Przez następne trzy dni wiadomości na temat Iana nie napawały optymizmem, ale przed końcem tygodnia w cudowny sposób sytuacja się zmieniła i jego stan się poprawił. Tydzień po przyjęciu do szpitala został wypisany do domu w stanie, w jakim był wcześniej. Alarmowa sytuacja została zażegnana. Córki Maeve były blisko, na wypadek gdyby potrzebowała pomocy.

Kait zadzwoniła też do Agnes, która była w bojowym nastroju i do swoich spotkań w AA dołączyła lekcje jogi i pilatesu, żeby nabrać formy. Nie mogła się doczekać początku zdjęć. Znalazła się lata świetlne od miejsca, w którym się znajdowała, gdy kilka miesięcy wcześniej Kait poznała ją jako pijaną pustelnicę. Teraz była sławną aktorką, gotową do pracy. Swoją przemianę uznała za zasługę Kait, która z kolei zawsze jej przypominała, że to ona sama odnalazła w sobie siłę do tej zmiany i nikt za nią tego nie zrobił.

W ostatnich dniach przed zdjęciami Kait ściśle współpracowała z Beccą nad skryptami i była zadowolona z tego, że trzymały się wiernie fabuły Kait. Materiał był wyrazisty i pięknie rozwinięty. Zack miał co do niej sto procent racji, co Kait otwarcie przyznawała, zwłaszcza w obecności Bekki.

Kostiumografka miała wszystko gotowe, cała ekipa przeszła przymiarki i próby makijażu i fryzur, po to, żeby wybrać właściwe peruki i fryzury z epoki. I jak zwykle Maeve i Agnes na każde spotkanie stawiały się na czas, podobnie jak Abaya Jones. Jedynie Charlotte Manning chciała, żeby przyszli z perukami do niej do domu, odwoływała spotkania i zapominała tekstu na próbach, co doprowadzało wszystkich do szału. Miała znane nazwisko, była piękną kobietą i okropnie przeszkadzała. Dan Delaney nie był lepszy. Próbował uwieść kostiumografkę w czasie przymiarek, czym bardzo ją rozbawił.

– Oszczędzę ci czasu i zachodu – wyjaśniła Lally. – Jestem lesbijką, mam wspaniałą partnerkę, dwa razy lepszą od ciebie, jest w ciąży z naszym dzieckiem. Więc ochłoń, przystojniaku i mierzymy kostiumy. Jak się czujesz w tej marynarce? Za ciasna pod pachami? Możesz się w niej poruszać?

– Przepraszam, nie wiedziałem – powiedział, tłumacząc się z wcześniejszego zachowania, które ona przyjęła ze spokojem. Miała już do czynienia z facetami jego pokroju. Wszyscy śmiali się z niego, kiedy już wyszedł z pokoju po wskazaniu, o ile poluźnić marynarkę pod pachami i na piersiach. Był sławnym facetem z małym mózgiem i wielkim ego, jak powiedziała Lally do swojej asystentki.

– Niezły tekst, Lally – odezwał się jeden z dźwiękowców, również się śmiejąc.

Planowali pierwszą scenę na pasie startowym, który wynajęli na Long Island, z zabytkowymi samolotami. Chcieli tu sfilmować wszystkie potrzebne sceny, zanim przeniosą się na plan filmowy do domu na północy stanu Nowy Jork.

W dniu, w którym miały ruszyć zdjęcia, wszyscy byli gotowi. Kait siedziała z boku z Beccą i uważnie śledziła skrypt, gdy aktorzy wypowiadali swoje kwestie. W pierwszej scenie występowała Maeve z Danem Delaneyem i Phillipem Greenem, aktorem grającym jej męża Locha. Phillip grał bezbłędnie, za to Dan marnował wszystkim czas, wyglądał wspaniale, ale ciągle się mylił. Jak można się było spodziewać, królową sceny była Maeve, prowadzona przez Nancy Haskell, która wydobyła z niej wszystkie emocje. Kait miała łzy w oczach, gdy Nancy wskazała kamerzyście cięcie, kończące scenę.

Było gorąco i samochody z jedzeniem wydawały litry wody, zimnych napojów, mrożonej herbaty i lemoniady. Nancy wydawała się zadowolona, kiedy zrobili przerwę na lunch. Tego ranka udało im się nakręcić dwie sceny, gdy w końcu Dan poprawnie wypowiedział swoją kwestię.

Kait zajrzała do przyczepy Maeve, żeby jej powiedzieć, że świetnie wypadła. Agnes w swojej przyczepie oglądała opery mydlane, czekając na swoją scenę po południu. Kait zajrzała i do niej – starsza pani w satynowej sukni i peruce wyglądała jak prawdziwa gwiazda. Nie ulegało kwestii, że Maeve i Agnes podnoszą rangę serialu. Kait cieszyła się, że w nim występują, one również. Między nimi, reżyserką i Kait pojawiła się silna więź. Wszystkie dogłębnie rozumiały treść i kwestie. Utożsamiły się ze swoimi rolami po kilku tygodniach prób i paru miesiącach przeglądania skryptów.

Kręcili bez przeszkód przez trzy dni, aż nagle musieli przerwać. Charlotte urządziła scenę, ponieważ nie podobała jej się peruka, rzuciła ją na ziemię i oznajmiła, że nie wystąpi w kolejnej scenie, dopóki jej nie wymienią. Nancy Haskell potraktowała sytuację ze stoickim spokojem i przeszła do sceny z Maeve i Agnes. Nakręcili ją za dwoma podejściami, a potem Nancy poszła do przyczepy Charlotte. Gwiazdka nadal stroiła fochy, dwie fryzjerki uwijały się jak poparzone, jedna płakała, bo Charlotte rzuciła w nią puszką coli. Fryzjerka miała siniaka na ręce i odgrażała się, że odejdzie. Taka właśnie była Charlotte i dlatego nikt nie znosił jej na planie.

Reżyserka weszła i po cichu zamknęła drzwi. Charlotte podniosła głowę, zaskoczona, gdy Nancy stanęła przed nią, jak duch z przerażająco łagodnym głosem.

– Występujesz w następnej scenie i, szczerze mówiąc, jak dla mnie, możesz być łysa. Ale radzę ci ruszyć tyłek, a jeżeli jeszcze raz rzucisz czymś w kogoś na planie, podejmę kroki prawne. Nie jest za późno, żeby wykluczyć cię z serialu. Jasne?

Charlotte kiwnęła głową bez słowa. Nikt nigdy wcześniej nie zwracał się do niej w ten sposób. Dlatego wszyscy byli zdumieni, kiedy zobaczyli, jak dziesięć minut później wychodzi z przyczepy w peruce, łagodna jak baranek. Odegrała kwestię bez zająknięcia. Nancy puściła oko do Kait, gdy przechodzili z Maeve i Agnes do następnej sceny, która była czystą przyjemnością. Wieczorem, oglądając nakręcony materiał, wszyscy byli zadowoleni. Zack w Los Angeles finalizował kolejny interes i Kait poinformowała go, że w Nowym Jorku wszystko idzie pomyślnie. Stan męża Maeve znów był stabilny, nie groziła mu chwilowo zapaść. Mogli tylko mieć nadzieję, że utrzyma się w tej kondycji jak najdłużej.

Abaya w roli Maggie okazała się jeszcze lepsza, niż myśleli. Wspaniale współpracowała z Maeve, która nauczyła ją kilku sztuczek. Była bardzo dobrą aktorką, choć nową w branży, i udowadniała, że opłaciło się zaryzykować, wybierając ją do roli. Rozpraszał ją jedynie Dan Delaney, który niestrudzenie próbował się z nią umówić. Zjawił się w jej przyczepie bez pukania, kiedy wychodziła spod prysznica. Owinęła się szybko ręcznikiem i kazała mu wyjść.

– Będzie ciężko – zażartował. – O ile wiesz, co mam na myśli. – Wskazał na swoje krocze.

– To jakieś liceum, czy co? Ktoś ci powiedział, że ten tekst jest fajny? – Zdaniem Abayi, Dan obrażał ją i był niegrzeczny, i odmawiała mu za każdym razem, gdy chciał się z nią umówić. Przerzucił się na inną, zaczął się uganiać za jedną z fryzjerek i statystek, które uważały go za przystojniaka. Statystka przespała się z nim w jego przyczepie któregoś dnia w przerwie na lunch, a on opowiedział o tym wszystkim na planie.

– Jest uzależniony od seksu albo ma małego i próbuje coś udowodnić – powiedziała z odrazą Abaya do Maeve. Bała się zbliżających się scen z nim, ale grali brata i siostrę i na szczęście nie było okazji, żeby położył na niej łapska. Tak naprawdę był niezłym aktorem, choć nie tak utalentowanym jak ona, ale w życiu okazał się obleśnym typkiem i nie mogła go ścierpieć. Takie konflikty były czymś zwyczajnym na każdym planie filmowym, jak wyjaśniła Maeve. Zawsze trafi się ktoś, kogo się nienawidzi, a połowa obsady sypia ze sobą.

Z wielkim przejęciem zakończyli na Long Island sceny do pierwszego odcinka. Wyszło dokładnie tak, jak pragnęła Kait. Maeve zagrała rewelacyjnie, Agnes była świetna w roli babci, Phillip Green – idealny jako Loch. Dan Delaney zebrał się w sobie i pilnował rozporka na tyle, żeby grać przekonująco, a w ostatniej scenie Abaya, lecąc z ojcem, skupiła na sobie całą uwagę. Wszyscy nagrodzili tę scenę oklaskami, a Kait niemal się rozpłakała. Charlotte i Brad, niesforne młodsze dzieci, jedynie przewinęli się w pierwszym odcinku, nie mieli więc okazji niczego spieprzyć, a Brad, jak na razie, w ogóle nie sprawiał problemów. Zanosiło się, że będzie to idealny pierwszy odcinek, zwłaszcza gdy dołączą sceny kręcone w domu.

Kiedy Kait wróciła wieczorem do domu, uśmiechała się do siebie na każdą myśl o serialu, ale jej radość szybko zgasła, kiedy z Londynu zadzwoniła Candance z informacją, że wylatuje wieczorem na kolejne niebezpieczne zlecenie. Kait usłyszała o tym po raz pierwszy i serce podeszło jej do gardła.

– Ile razy będziesz to robić? Igrasz z losem. Mało ci było zeszłym razem?

– Nie będę się tym zajmować do końca życia, mamo, obiecuję. Muszę to z siebie wyrzucić. A te reportaże otwierają ludziom oczy na to, co się dzieje na świecie.

– Super – odparła Kait ze złością. – Niech je kręci kto inny. Nie mam zamiaru cię stracić. Rozumiesz?

– Rozumiem. Ale mam dwadzieścia dziewięć lat. Muszę przeżyć życie tak, żeby miało dla mnie sens. Nie mogę zdecydować się na pracę, w której zanudzę się na śmierć tylko dlatego, że boisz się o mnie. Nic mi się nie stanie. – Była uparta tak jak matka, której łzy ciekły po policzkach.

– Tego nie wiesz. W życiu nie ma gwarancji. Ryzykujesz za każdym razem, kiedy godzisz się na te wyjazdy.

– Przestań się o mnie zamartwiać. To mnie przybija. Pozwól mi wykonywać swoją pracę.

Kait nie wiedziała, co powiedzieć, żeby ją przekonać, zresztą wiedziała, że i tak jej się to nie uda. Tej bitwy z Candace nie wygra nigdy.

– Uważaj na siebie – powiedziała ze smutkiem. – I dzwoń, kiedy będziesz mogła. Kocham cię. Cóż więcej mogę ci powiedzieć.

– Ja też cię kocham, mamo. Ty też uważaj na siebie.

Rozłączyły się, sfrustrowane i nieszczęśliwe. Kait siedziała i płakała przez minutę, a potem zadzwoniła do Maeve.

– Znów wyjeżdża gdzieś na koniec świata, gdzie ktoś będzie chciał ją zabić. Prosi się o nieszczęście i nie zdaje sobie z tego sprawy. Czasami nienawidzę moich dzieci, bo tak bardzo je kocham.

Maeve rozumiała, co Kait ma na myśli, i bardzo jej współczuła.

– Na pewno nic jej się nie stanie. Nad głupimi dziećmi czuwa jakiś specjalny anioł stróż – powiedziała ciepło.

– Nie zawsze – odparła Kait z rozpaczą w głowie. – Ona po prostu nie chce słuchać. Tak jest zajęta zbawianiem świata.

– W końcu ją to zmęczy – pocieszyła ją Maeve. Mogła sobie tylko wyobrażać, jak ciężko się z tym pogodzić, skoro Candace całkiem niedawno została ranna i cudem uszła z życiem.

– Mam nadzieję, że masz rację i że tego dożyje.

– Dożyje – zapewniła stanowczo Maeve, a potem rozmawiały o tym, jak fantastycznie poszły dzisiejsze sceny i że pierwszy odcinek będzie rewelacyjny, gdy zostanie już zmontowany. Wysłali go Zackowi w wersji cyfrowej, a on zadzwonił zachwycony. Myślała o Candace, gdy odbierała telefon od niego.

– Coś ty taka ponura? Pierwszy odcinek jest genialny!

– Przepraszam. Nic. Sprawy rodzinne. Dzieci czasami doprowadzają mnie do szału.

– Coś poważnego? – Martwił się o nią, czym ją wzruszył.

– Na razie nie, i mam nadzieję, że tak zostanie.

– Nie zmieniam tematu, ale co zrobiłaś Nickowi Brooke'owi? Zadzwonił dziś do mnie i nie mógł przestać o tobie gadać, jaka jesteś cudowna. Chyba rzuciłaś na niego urok.

– Chyba nie. Może mieć każdą kobietę, jaką tylko zechce. – Było jej miło, ale nie potraktowała tego poważnie. – Spędziliśmy miły wieczór u niego w domu. To naprawdę świetny facet.

– To samo mówi o tobie. Powiedział, że przyjedzie wcześniej popatrzeć na zdjęcia, poczuć klimat. Ale, szczerze mówiąc, wydaje mi się, że przyjeżdża dla ciebie.

– Nie bądź głupi – rzuciła beztrosko.

– Chyba jestem zazdrosny.

W to też nie wierzyła. Słyszała plotki, że Zack w tajemnicy spotyka się ze znaną aktorką i cieszyła się jego szczęściem.

Znów rozmawiali na temat pierwszego odcinka. Pogratulował jej, bo serial zapowiadał się wspaniale. Powiedział, że telewizja oszaleje, gdy go zobaczy. Ale trudno, żeby było inaczej, skoro mieli w obsadzie dwie wielkie aktorki, Agnes i Maeve. Pozostali byli dopełnieniem. Do tego Nancy, która wiedziała, jak spleść wszystko w całość i stworzyć magię.

Kait starała się myśleć o pierwszym odcinku, gdy kładła się spać tego wieczoru, ale w głowie miała tylko Candace, kolejny raz pchającą się ku niebezpieczeństwu. Ta myśl była nie do zniesienia, ale nie mogła zrobić nic, żeby ją powstrzymać. Czasami w takich chwilach, kiedy czuła się zupełnie bezradna, uświadamiała sobie kolejny raz, jak trudno być matką, zwłaszcza dorosłych dzieci, ale mimo wszystko bardzo je kochała.

12

Sceny, które kręcili na lądowisku na Long Island, poszły wyjątkowo dobrze i na planie zapanowała pozytywna, entuzjastyczna i twórcza atmosfera. W trzecim tygodniu zdjęć przenieśli się na północ stanu Nowy Jork, żeby nakręcić sceny we wnętrzach i tam zastała ich fala koszmarnych upałów, przez które wszyscy czuli się zmęczeni i rozdrażnieni, nawet takie profesjonalistki jak Maeve i Abaya, zwykle łagodna jak anioł. Wszyscy byli zmordowani upałem. Charlotte zaczęła wymiotować, kiedy tylko dotarli na miejsce. Ciągle obwiniała catering i kiepską lodówkę w przyczepie, która spełniała funkcję bufetu. Zadzwoniła do swojego agenta, żeby się poskarżyć i upierała się, żeby wezwać lekarza. Twierdziła, że to salmonella.

– Jaki teraz ma problem? – spytał Zack, kiedy zadzwonił do Kait.

– Uważa, że ją trujemy – odparła Kait znużonym tonem. Jej także upał dawał się we znaki. – Jest tu chyba ponad czterdzieści stopni, a w domu nie ma klimatyzacji.

Wszyscy przesiadywali w klimatyzowanych przyczepach, czekając, aż zostaną wezwani na plan.

197

– Chętnie sam bym ją otruł – powiedział Zack, sfrustrowany. – Czy ktoś jeszcze się pochorował?

– Absolutnie nikt – zapewniła go Kait. Na ogół pozwalała, by to asystenci produkcji użerali się z Charlotte, jednak od czasu do czasu czuła, że powinna się wtrącić.

– Więc jak sądzisz, o co w tym wszystkim chodzi? – spytał Zack. Coraz bardziej szanował jej zdanie. Kait znała się na ludziach.

– Pojęcia nie mam. O więcej pieniędzy, lepszą przyczepę, lepsze miejsce na afiszu. Kto ją tam zrozumie? – Kait szybko zaczęła się orientować w filmowym światku.

– Myślisz, że naprawdę jest chora? – Zaczynał się martwić. Charlotte grała w wielu scenach i mogła poważnie opóźnić produkcję.

Kaite zastanawiała się przez chwilę.

– Nie jestem pewna. Wygląda dobrze, ale naprawdę mogła złapać jakąś bakterię czy wirusa. Nie sądzę, żeby to było zatrucie pokarmowe, bo wszyscy byśmy się źle czuli. Może to po prostu upał. Wezwaliśmy do niej lekarza, przyjdzie później. Ale gorączki nie ma, sprawdzałam.

Roześmiał się.

– Brzmi to tak, jakbyś prowadziła zakład dla upadłych dziewcząt.

– Tak też się czuję, tyle że ona jest tu jedyną nieznośną dziewczyną.

– Dobrze, że masz dzieci. Zadzwoń do mnie, kiedy lekarz ją zbada. Mam tylko nadzieję, że nie każe jej iść na zwolnienie na dwa tygodnie. Na razie wszystko idzie zgodnie z harmonogramem. Nie chciałbym, żeby to zepsuła.

– Ja też – powiedziała poważnie Kait.

Wróciła do Charlotte, która leżała w przyczepie z mokrym okładem na czole. Powiedziała, że znowu wymiotowała.

– Jak myślisz, co to może być? – spytała Kait, siadając przy niej i łagodnie głaszcząc ją po ręce. Charlotte nagle podniosła na nią wielkie oczy i zaczęła płakać. Była przerażona i Kait zrobiło się jej żal, mimo że ostatnio uprzykrzała wszystkim życie. – Może to tylko upał.

Charlotte potrząsnęła głową i znowu pobiegła wymiotować. Nie wyglądało to dobrze. Wróciła pięć minut później, ciągle płacząc, i usiadła naprzeciw Kait.

– Nie wiem, jak to się stało… – powiedziała z rozpaczą. – Chyba jestem w ciąży – wyszeptała i ze szlochem rzuciła się w ramiona Kait, która objęła ją, patrząc w przestrzeń przed sobą, nie mogąc uwierzyć w to, co właśnie usłyszała. Ale brzmiało to bardziej niż prawdopodobnie.

– Jesteś pewna? – zapytała, starając się ją uspokoić.

Charlotte skinęła głową i wydmuchała nos w chusteczkę, którą podała jej Kait.

– Absolutnie.

– A ojciec? – spytała Kait zduszonym głosem. Piękna gwiazdka spojrzała na nią.

– To perkusista rockowy, z którym czasem się spotykam.

– Jesteś pewna?

– Prawie. Chyba tylko z nim spałam w ciągu ubiegłych trzech miesięcy, nie pamiętam za dobrze. Spotykam się z wieloma, ale na całość idę tylko z kilkoma facetami, których dobrze znam, a dwóch z nich pracowało ostatnio w Los Angeles. – Kait nie uspokoiło to za bardzo, dobrze, że przynajmniej Charlotte uważała, że wie, kto jest ojcem. Prawie.

– Wiesz już, co chcesz z tym zrobić?

– Nie. Chyba chcę je urodzić. To byłoby nie w porządku pozbyć się go, prawda? – Kait omal nie jęknęła. A co z rolą? Był to ostatni z problemów Charlotte, za to najważniejszy dla Kait. No i Zack dostanie szału.

– Musisz sama podjąć decyzję – powiedziała cicho. W tej samej chwili wszedł lekarz i Kait zostawiła ich samych. Wróciła do przyczepy, w której mieściło się biuro, oparła głowę na rękach. Nie usłyszała, kiedy weszła Agnes.

– Nie wygląda to dobrze – powiedziała głośno Agnes, a Kait poderwała się i uśmiechnęła.

– Nie.

– Mogę w czymś pomóc?

– Nie, ale dziękuję. Poradzę sobie.

Przyszła asystentka i Kait szybko pożegnała się z Agnes. Lekarz zdążył już wyjść. Potwierdził diagnozę, którą Charlotte postawiła już sobie sama, na podstawie testu, po który rano wysłała asystentkę do apteki. Spojrzała na Kait wielkimi, niewinnymi oczami.

– Zamierzam je urodzić, Kait. Nie chcę kolejnej aborcji.

– A co z twoim udziałem w serialu? – Cała reszta była problemem Charlotte. Kait miała na głowie film.

– Chcę zostać. Mogę? – Jej oczy wypełniły się łzami. – To taka świetna rola dla mnie.

Kait pokiwała głową, bo to prawda. Ale co zrobią z postacią Chrystal?

– Który to miesiąc?

– Chyba trzeci. Jeszcze przez jakiś czas nic nie będzie widać. Ostatnio nie było nic widać aż do piątego miesiąca.

– Masz już dzieci? – Kait była wstrząśnięta.

– Zaszłam w ciążę w szkole średniej, gdy miałam piętnaście lat. Oddałam dziecko do adopcji. Później miałam dwie aborcje i myślę, że nie powinnam robić tego więcej. Mam dwadzieścia trzy lata, to chyba dość, żeby urodzić dziecko, nie uważasz?

– To zależy od tego, czy jesteś gotowa przyjąć na siebie taką odpowiedzialność – odparła poważnie Kait.

– Myślę, że mama mi pomoże.

Wszystko to mocno zaniepokoiło Kait, z domniemanym ojcem perkusitą na czele, który nie był nawet jej chłopakiem, tylko facetem, z którym się czasami spotykała. Nie była nawet pewna, czy to z nim zaszła w ciążę, tylko „prawie" pewna.

– Muszę porozmawiać z Zackiem – powiedziała. Wyglądała na zdenerwowaną. Wyszła z przyczepy, poszła prosto do biura i zadzwoniła do Zacka.

Zastała go w biurze, właśnie wychodził na lunch.

– Mamy problem – powiedziała prosto z mostu.

– Naprawdę się zatruła?

– Jest w ciąży. Trzeci miesiąc. Chce urodzić, ale chce dalej grać. – Policzyła sobie wszysko szybko. – To oznacza, że w styczniu będzie rodzić. Mamy wtedy przerwę, mogłaby wrócić do pracy po porodzie, jeśli będzie chciała, albo nawet kręcić ją z dzieckiem. Mówi, że jeszcze przez dwa miesiące niczego nie będzie widać, co daje nam czas do końca września. Do tego czasu zakończymy zdjęcia. Możemy przesunąć jej sceny i nakręcić wszystkie teraz, żeby wtedy, kiedy ciąża stanie się widoczna, już jej nie potrzebować. Potem możemy sprowadzić ją znowu, jeśli nadal jej chcesz. Albo może powinniśmy zwolnić ją teraz i znaleźć kogoś na zastępstwo. – Jej umysł czepiał się każdej możliwości ocalenia filmu.

– Na litość boską, kpisz sobie ze mnie? Kto jest ojcem? Ona to wie?

– Nie wiem, może któryś z tych gości, z którymi sypia, poza całą resztą. Nie ma pewności. Moglibyśmy włączyć dziecko do scenariusza, jeśli chcesz ją zatrzymać. Gra taką trochę niegrzeczną dziewczynkę, więc to może dobry pomysł. Mówimy o latach czterdziestych. Mogłaby zdecydować się urodzić, co w tamtych czasach byłoby bardzo odważnym posunięciem, ale pasuje do tematu filmu. Musielibyśmy zatrudnić dla niej faceta. – Umysł Kait pracował na najwyższych obrotach.

– Nie. Ona nie wie, kto jest ojcem, ale i tak chce urodzić dziecko. To jest odważne; ludzie mogą pokochać samotną matkę i jej dziecko. Skoro już tak się stało, trzeba to wykorzystać. Wolę to, niż ją zwalniać. To znane nazwisko, chociaż doprowadza nas do szału. I na litość boską powiedz Becce, żeby od razu się do tego zabrała. Nakręćmy wszystkie jej sceny sprzed ciąży w przyszłym miesiącu, a resztę, kiedy ciążę będzie już widać.

Myśleli o tym samym. Kait skinęła głową.

– Ostrzegam tylko, że mogę ją zabić, kiedy ją zobaczę następnym razem. Muszę teraz powiadomić ubezpieczyciela, że mamy na planie ciężarną.

– Co mam powiedzieć Charlotte?

– Że jest największą szczęściarą w telewizji i że postanowiliśmy ją zatrzymać. To wszystko właściwie działa na naszą korzyść, choć na pewno bym jej nie zatrudnił, gdybym wiedział, że jest w ciąży. Ale ciąża pasuje do wątku takiej rozkapryszonej dziewczyny. Można jej dopisać chłopaka, który ucieka, jeśli tak będzie lepiej dla ciebie i Bekki.

– Rozpracujemy to.

– To dobrze. Jestem już spóźniony na lunch. Zadzwonię później. A ona ma robić swoje, nie może się wylegiwać i narzekać na ciążę. Jest młoda i zdrowa, każ jej wracać do pracy.

– Doskonale. Zaraz jej to powiem. – Wróciła do Charlotte, która wyglądała już nieco lepiej. Na jej twarz wróciły kolory.

– Co powiedział? – spytała wyraźnie wystraszona. Była pewna, że ją zwolnią.

– Dopiszemy to do scenariusza, jeśli chcesz zostać.

– Tak, chcę, naprawdę, i obiecuję, że nie będziecie mieli ze mną problemów. Ostatnim razem w ogóle nie miałam mdłości. To na pewno ten upał. Zadzwoniłam już do swojego agenta i powiedziałam mu o wszystkim.

– Poradzimy sobie z tym – zapewniła ją Kait. – Spróbujemy przyspieszyć sceny sprzed ciąży, a kiedy będzie ją już widać, wpiszemy ją do scenariusza. Popracuję nad tym z Beccą. Jak się teraz czujesz? Możesz wrócić na plan?

Charlotte skinęła głową, ulegle i z wdzięcznością.

– Dziękuję, że mnie nie zwalniacie – powiedziała cicho.

– Żadnych fochów dzisiaj, dobrze?

– Obiecuję. Będę robiła wszystko, co chcecie.

– Więc idź zrobić włosy i makijaż, żebyś za pół godziny była gotowa. – Później będą musieli dostosowywać dla niej garderobę. Kait miała wrażenie, że jej umysł zaraz eksploduje, kiedy szła powiedzieć Becce, co je czeka. Będą musiały spędzić wiele długich, upalnych nocy, wprowadzając zmiany do scenariusza, dodając do niego dziecko Chrystal. Po drodze wpadła na Maeve.

– Jak tam nasza księżniczka? – spytała, spoglądając z niesmakiem w stronę przyczepy Charlotte. Jej zdaniem gwiazdka przysparzała więcej kłopotów, niż była warta.

– Mam dla ciebie złe wieści – powiedziała Kait z powagą.

– Cholera, co tym razem? Chce, żeby jej zrobić pedicure, zanim wróci na plan?

– Pani Wilder, z żalem informuję, że pani czternastoletnia córka, Chrystal, jest w ciąży. Urodzi na początku drugiego sezonu. Zatrzyma dziecko. I może nie być pewna, czy wie, kto jest jego ojcem.

Zrozumienie tego, co właśnie usłyszała, zajęło Maeve chwilę, wreszcie jednak znaczenie słów do niej dotarło.

– Żartujesz sobie? Zaszła w ciążę? Cholera! A co mówi Zack?

– Zgodził się ją zatrzymać i dopisać ciążę do scenariusza. Może urodzić na planie. Albo przynajmniej odegrać całą scenę porodu, a ty i Agnes będziecie odbierały dziecko.

Na samą myśl o tym Maeve wybuchnęła śmiechem.

– No, to by było interesujące. Zaraz muszę powiedzieć o tym Agnes. Chyba nie widziała się dotąd w roli położnej.

– Musimy przesunąć kilka scen na początek zdjęć, póki nie widać ciąży, więc będzie trochę zamieszania, ale myślę, że sobie poradzimy, bez opóźnienia. Becca i ja będziemy miały nieco roboty – powiedziała Kait i pomachała do Bekki, która właśnie pojawiła się w oddali. – Przykro mi z powodu wiadomości o pani puszczalskiej córce, pani Wilder.

Maeve znowu roześmiała się i poszła poszukać Agnes, żeby powtórzyć jej wieści o Charlotte.

Następnego dnia o ciąży wiedzieli już wszyscy na planie. Charlotte wydawała się lekko zakłopotana; kilka osób pogratulowało jej, a projektantka kostiumów powiedziała, że sama spodziewa się dziecka we wrześniu.

Wkrótce wszyscy wrócili do pracy. Becca od razu zabrała się do wprowadzania niezbędnych zmian w scenach z udziałem Charlotte; zaczęła też pisać nową wersję odcinka, w którym jej bohaterka informowała matkę o swojej ciąży. Kait była wdzięczna losowi, że sama nigdy nie musiała stawiać czoła takiemu problemowi, a przede wszystkim, że Charlotte nie była jej córką. Żadna z córek Kait nigdy nie była w ciąży, Charlotte w dwudziestym trzecim roku życia zaszła w ciążę czwarty raz i w dodatku nie była pewna z kim.

Ale zmartwieniem Kait było tylko dostosowanie scenariusza. Wyjaśniła wszystkim, że tak naprawdę dodało to nowej głębi jej opowiadaniu, a fakt, że Chrystal Wilder postanowiła urodzić dziecko, a jej matka zgodziła się, by je zatrzymała, ukazuje je jako niezwykle odważne kobiety lat czterdziestych. W tamtych czasach urodzenie nieślubnego dziecka i wychowanie go było zuchwalstwem, niezwykle rzadkim. Hannabel miałaby wiele do powiedzenia na ten temat. Agnes nie mogła się doczekać i miała już kilka własnych pomysłów. Anne i jej matka kilka razy poważnie się o to pokłócą. Loch nie musi wiedzieć nic, dopóki nie wróci z Anglii, a kiedy już się dowie, będzie zdumiony, że żona zdecydowała się pozwolić córce zatrzymać dziecko. Żaden przyzwoity mężczyzna w tamtych czasach nigdy nie zechciałby jej poślubić. Kait wiedziała już, że w drugim sezonie będą potrzebowali w obsadzie dziecka, ale z tym nie powinno być problemu. Kait myślała już o wszystkim.

Od tej chwili Charlotte zachowywała się na planie wzorowo. Nie skarżyła się więcej na perukę, sukienki ani na makijaż. Prawie się nie odzywała. Wymiotowała tylko raz i zaraz potem wróciła na plan.

– Jeśli naprawdę tak się uspokoiła, to być może ta ciąża to najlepsze, co nas mogło spotkać – szepnęła Maeve do Kait. Charlotte była tak wdzięczna, że może nadal grać, że nie sprawiała żadnych problemów co najmniej przez tydzień, co dotychczas nigdy się jeszcze nie zdarzyło. A sceny, w których Becca wprowadziła wątek ciąży, należały do najlepszych, jakie Kait czytała. Cała sprawa wszystkim na planie zaczynała wydawać się błogosławieństwem i można było mieć nadzieję, że najbardziej podoba się samej Charlotte.

Wkrótce jednak ciążę Charlotte przyćmiły wieści, przekazane telefonicznie przez Zacka, który spotkał się z szefem stacji. Na podstawie kolejnych fragmentów, które uważnie obejrzano, i doskonałej obsady, zapadła decyzja o nakręceniu dodatkowych dziewięciu odcinków. Będą musieli pracować ciężej i szybciej, i dopisać dziewięć nowych scenariuszy, ale była to fantastyczna wiadomość. Wszyscy zaczęli wiwatować, kiedy się o tym dowiedzieli.

Kait była tak zaabsorbowana sprawą Charlotte, zmianami w scenariuszu i dodatkowymi odcinkami, nad którymi pracowała z Beccą, że była ostatnią osobą, która zauważyła, że Dan codziennie odwiedza Abayę w jej przyczepie. W końcu Agnes, lekko rozbawiona, zwróciła jej na to uwagę. Kait trochę to zaniepokoiło; następnego dnia poszła do Abayi w czasie przerwy. Wiedziała, że Abaya nie znosiła go wcześniej i że Dan bezskutecznie próbował się z nią umówić.

– Coś się między wami stało? Czy on cię molestuje? – spytała, siląc się na swobodę.

– Niezupełnie... – powiedziała Abaya. – To znaczy, właściwie coś się chyba stało. – Zarumieniła się. – Właściwie na pewno. Kilka razy w tym tygodniu byliśmy na kolacji.

– Ale przecież uważałaś, że jest uzależniony od seksu i zboczony? Tak szybko zmieniłaś zdanie?

– Mówi, że nigdy nie znał nikogo takiego jak ja i że oszalał na moim punkcie, Kait. Ciągle przynosi mi kwiaty, no i miał naprawdę ciężkie dzieciństwo. – Piękna twarz Abayi była ufna i niewinna. Kaite serce się krajało, kiedy tego słuchała.

– Dan jest bardzo zajętym facetem – powiedziała, mając na myśli pół tuzina kobiet z planu, z którymi zdążył się już przespać. Kait nie chciała, żeby Abaya była następna i została skrzywdzona. Chciała jej to powiedzieć tak delikatnie, jak tylko można.

– Tym razem jest inaczej. Widzę to. On mnie szanuje.

Kait omal nie jęknęła głośno. Miała ochotę nią potrząsnąć, ale nie miała prawa wtrącać się w jej życie. Poprosiła ją jeszcze raz, żeby była ostrożna, a po wyjściu od niej spotkała Dana, który właśnie zmierzał w tym kierunku. Spojrzała na niego groźnie.

– Jeśli coś jej zrobisz, zabiję cię własnoręcznie – powiedziała cicho, żeby tylko on mógł ją usłyszeć. – To urocza dziewczyna i dobry człowiek, jeśli ma to dla ciebie jakiekolwiek znaczenie.

– Chyba się w niej zakochałem – odparł. Wydawał się szczery, ale Kait nie wierzyła w ani jedno jego słowo. Dla niej praca na planie miała też wymiar edukacyjny.

– Mówię poważnie, Dan. Nie chcę, żebyś się nią bawił. Możesz mieć każdą. Więc przynajmniej ją zostaw w spokoju, do diabła.

– Może będziesz pilnowała swojego nosa, Kait? – odparł szorstko, wyminął ją i poszedł do przyczepy Abayi. Kait, gotując się ze złości, poszła do Maeve, która piła właśnie mrożoną herbatę z Agnes, czekając na czesanie i makijaż przed następną sceną.

– Nie cierpię tego faceta – powiedziała, siadając. Wszystkie trzy szybko się ze sobą zaprzyjaźniły.

– Którego? – Maeve wydawała się zaskoczona nietypową dla Kait gwałtownością.

– Dana. Złamie Abayi serce. Ani trochę mu na niej nie zależy. Chce ją zdobyć tylko dlatego, że nie była nim zainteresowana.

– Piekło nie zna takiej furii, jaka kieruje samolubnym aktorem, który został odrzucony – powiedziała Agnes, a Maeve pokiwała głową. Setki razy widywały takie sytuacje.

– Abaya uważa, że się w niej zakochał i że ją „szanuje" – dodała Kait, szczerze zatroskana. Była pewna, że Dan za parę dni zacznie zdradzać Abayę – jeśli już nie zaczął tego robić.

A jednak mimo różnic charakteru, ciąży Charlotte i rozwijającego się romansu Dana z Abayą, profesjonalizm całej ekipy sprawiał, że praca przebiegała gładko i ku zadowoleniu Zacka wyprzedzali nieco harmonogram, co dawało im czas potrzebny na dokręcenie dziewięciu dodatkowych odcinków.

Gra Maeve i Agnes była pełna niezwykłej mocy. Scenariusze Bekki sprawdzały się doskonale. Ciągle czekali z wprowadzeniem Nicka Brooke'a w ostatnim odcinku sezonu, starając się wpasować w całość dziewięć dodatkowych. Kait i Becca pracowały nad tym.

W połowie sierpnia skończyli kręcić sceny sprzed ciąży Charlotte, a ona we wszystkich wyglądała świetnie. Abaya wręcz promieniała; ona i Dan byli nierozłączni na planie i poza nim. Za dwa tygodnie zespół miał wrócić na Long Island, żeby znowu kręcić na lądowisku, i wszyscy bardzo się z tego cieszyli. Na północy stanu ciągle panował morderczy upał.

Kait była zaskoczona, gdy pewnego ranka Agnes nie pojawiła się na czas. Poszła do jej przyczepy, ale Agnes tam nie było. Dziewczyny od włosów i makijażu powiedziały, że jeszcze u nich nie była. Agnes nigdy dotąd się nie spóźniała i Kait przestraszyła się, że coś jej się stało, pojechała więc do jej motelu. Było to ponure miejsce. Zapukała do drzwi pokoju, ale nie było odpowiedzi. Pożyczyła klucz i weszła do środka. Znalazła Agnes pijaną do nieprzytomności, leżała na podłodze obok butelki burbona. Na widok Kait próbowała się podnieść, ale nie była w stanie. Kait podciągnęła ją na łóżko. Agnes cały czas mamrotała niezrozumiale coś o jakimś Johnnym, jakby Kait go znała. Pomyślała, że chodzi o młodego pilota z obsady, ale to gadanie nie miało żadnego sensu.

Kait napisała esemes do Maeve, która przyjechała po dwudziestu minutach. Razem wsadziły Agnes pod prysznic, w ubraniu. Kiedy z powrotem kładły ją na łóżku i próbowały przebrać w suche rzeczy, była tylko nieco trzeźwiejsza. Usiadła na łóżku i patrzyła na nie obie.

– Wracajcie na plan – powiedziała surowo. – Ja biorę dzisiaj wolny dzień. – Potem osunęła się na podłogę i zaczęła szukać swojej butelki, którą Kait wcześniej zabrała. Była prawie pusta, Kait uznała więc, że Agnes wypiła niemal całą jej zawartość ubiegłej nocy.

– Potrzebujesz świeżego powietrza – powiedziała Maeve i obie wywlokły ją na zewnątrz. Było jednak tak gorąco, że niewiele to pomogło.

– Wiecie, jaki dzisiaj jest dzień, prawda? Był na łodzi z Robertem. Ale to nie była wina Roberta. Kiedy wracali, zaczął się sztorm. – Obie kobiety wymieniły spojrzenia, ale nie odezwały się i pomogły Agnes wrócić do łóżka. – Zostawcie mnie – rzuciła rozkazująco, wyszły więc na zewnątrz, żeby się naradzić.

– O co chodzi? – spytała szeptem Kait. – Kto to jest Johnny? – Stało się jasne, że nie mówiła o pilocie z filmu, tylko o kimś innym.

– Ona i Roberto mieli syna – odparła Maeve konspiracyjnym tonem. – Trzymali to w tajemnicy. W tamtych czasach nieślubne dziecko byłoby wielkim skandalem i mogło zniszczyć jej karierę. Nie znam szczegółów, ale Roberto wziął go na jacht. Złapał ich szkwał, łódź przewróciła się i chłopak utonął. Miał osiem lat. Dzisiaj pewnie jest rocznica jego śmierci. Może wtedy zaczęła pić. Wiem, że przez kilka lat nie pracowała. Według tego, co mówi Ian, Roberto nigdy nie przestał obwiniać się o śmierć syna. Stał się innym człowiekiem. Nigdy nie przyznał się, że miał syna, który zginął. Słyszałam o wszystkim od Iana. To jedna z wielkich tragedii jej życia. Drugą była utrata Roberta.

Kait krwawiło serce, kiedy słuchała tej historii. Żałowała, że nie wiedziała o wszystkim wcześniej. Maeve wróciła do pokoju, w którym Agnes zdążyła usnąć, a Kait poszła do recepcji zapytać o miejscową grupę AA. Powiedzieli, że jakaś grupa spotyka się w kościele przy tej samej ulicy co wieczór. Było to mniej więcej dwa kilometry od motelu. Kait podziękowała i poszła poszukać Maeve.

– Musisz wracać na plan – powiedziała. – Masz rano scenę z Abayą. Ja zostanę z Agnes. Przez jeden dzień poradzą sobie beze mnie.

Maeve skinęła głową.

– Przyjadę tu znowu, gdy już skończymy kręcić. Na razie powinnyśmy chyba pozwolić się jej wyspać – powiedziała smutno, a Kait zgodziła się z nią.

– Wieczorem zabiorę ją na spotkanie AA. Jest tu grupa, która spotyka się w miejscowym kościele.

– Może nie chcieć tam iść – mruknęła Maeve, zerkając na Kait.

– Nie dam jej wyboru. Teraz powinna się wyspać, a kiedy wstanie, spróbuję w nią wmusić trochę jedzenia. Powiedz Nancy, że jej sceny zrobimy jutro. Dzisiaj przez cały dzień może pracować z tobą i Abayą. A Dan niech przez cały dzień uczy się tekstu na jutro.

– Nie przejmuj się tym – powiedziała Maeve. Wymieniły porozumiewawcze spojrzenia i minutę później aktorka pojechała na plan.

Agnes obudziła się dopiero o piątej po południu, a kiedy otworzyła oczy, zobaczyła Kait, która cicho siedziała w fotelu w kącie pokoju i obserwowała ją.

– Przepraszam, że spadłam z wozu – wychrypiała.

Wydawała się stara i zmęczona, jak w dniu, kiedy się poznały. Kait nie zapytała, co się stało. Wystarczająco dużo dowiedziała się od Maeve.

– Zdarza się. Wdrapiesz się z powrotem. – Usiadła na brzegu łóżka. – Zjesz coś?

– Może później. Dziękuję, Kait, że nie mówisz, jakim jestem nieudacznikiem.

– Nie jesteś nieudacznikiem. Jestem pewna, że miałaś jakiś powód – powiedziała cicho Kait. Nie oceniała jej.

Agnes leżała długą chwilę na łóżku, wpatrując się w sufit, pogrążona we wspomnieniach.

– Roberto i ja mieliśmy syna. Utonął podczas wypadku łodzi, którą płynął z Robertem, miał osiem lat. Dziś jest rocznica.

Kait nie przyznała się, że już o tym wie, tylko łagodnie poklepała ją po ręce.

– Tak mi przykro. Nie wyobrażam sobie niczego gorszego niż utrata dziecka. To musiało być straszne dla was obojga.

– Myślałam, że Roberto się zabije. I bez tego miał skłonność do dramatyzmu. Wcześniej próbował się rozwieść, żebyśmy mogli się pobrać. Jego żona się na to nie zgadzała, a wtedy we Włoszech nie było

213

rozwodów. Próbował więc unieważnić małżeństwo. Ale zrezygnował z tego. Zrezygnował z wielu rzeczy. Później już nigdy nie był taki sam. To było dobre dla jego pracy, ale już nie tak dobre dla nas. Dużo razem piliśmy, to był jedyny sposób, żeby jakoś przez to przejść. W końcu on przestał i zapisał się do AA. Ja nigdy nie przestałam. Miałam okresy, kiedy nie piłam, ale potem znowu zaczynałam. Ten dzień zawsze jest dla mnie trudny. Najgorszy w roku.

– Powinnaś mi powiedzieć.

– Po co? Nic nie może tego zmienić – odparła Agnes z nutą głębokiej rozpaczy w głosie. – A teraz nie mam już obu.

– Mogłam spędzić z tobą ten wieczór.

Agnes potrząsnęła głową, a chwilę później wstała z łóżka i zaczęła chodzić po pokoju.

– Zjedzmy coś – zaproponowała Kait. Po drugiej stronie ulicy była kawiarnia i sklep spożywczy. Kait umierała z głodu. Nie chciała zostawiać Agnes samej, dlatego cały dzień nic nie jadła.

– Lepiej się czegoś napijmy – odparła Agnes, nie do końca żartem.

– O siódmej pójdziemy na spotkanie AA – powiedziała stanowczo Kait.

– Jest tu taka grupa? – Agnes wydawała się zaskoczona.

Kait skinęła głową.

– Pojadę z tobą, ale wcześniej muszę coś zjeść.

Agnes poszła się uczesać i umyć twarz, ale kiedy wyszła z łazienki w czarnych spodniach i białej bluzce, wyglądała bardzo źle.

Przeszły przez ulicę do restauracji. Kait wzięła sałatkę, Agnes zamówiła jajecznicę, grzanki i czarną kawę. Była w lepszym stanie, ale wydawała się przeraźliwie smutna i niewiele mówiła. Za piętnaście siódma Kait zabrała ją do samochodu.

Grupa AA spotykała się w suterenie budynku kościoła. Agnes poprosiła Kait, żeby z nią poszła i było to bardzo poruszające. Opowiedziała o śmierci syna i o tym, że właśnie zmarnowała pięć miesięcy trzeźwości, ale pod koniec spotkania wyglądała lepiej. Zostały jeszcze chwilę, żeby porozmawiać z innymi. Wszyscy wyrażali swoje współczucie, bo po tym, jak opowiedziała swoją historię, nikt nie mógł nic powiedzieć. A ona przez cały czas płakała.

Kait zawiozła ją do motelu i weszła za nią do pokoju. Maeve dołączyła do nich kilka minut później. Trzy kobiety rozmawiały przez chwilę; Agnes włączyła telewizor. Powiedziała, że teraz już wszystko będzie w porządku, ale Kait wiedziała, że od kolejnej butelki dzieli ją tylko ulica i postanowiła, że do tego nie dopuści.

– Czy ci się to podoba, czy nie – oznajmiła – zostanę z tobą na noc.

– Jutro będę jak nowa. Znowu na planie.

– I tak zostanę – powtórzyła Kait, a Agnes się uśmiechnęła.

– Nie ufasz mi.

– Masz rację, nie ufam – odparła Kait i wszystkie trzy się roześmiały.

– Dobrze, skoro tego chcesz – odparła Agnes, ale wydawała się wdzięczna.

Pół godziny później Maeve pojechała do hotelu, w którym mieszkały z Kait. W żadnym nie było dość miejsc, by mogły zamieszkać razem, wynajęły więc pokoje w okolicy, w małych, brzydkich motelach.

Kait odprowadziła Maeve do samochodu; obie odwróciły głowy na dźwięk głosów dobiegających z jakiegoś pokoju. Drzwi otworzyły się i z pokoju wyszły dwie osoby. Spojrzały na nie odruchowo, i żadna nie miała wątpliwości. To był Dan z jedną z fryzjerek, z którą sypiał przed Abayą. Był wyraźnie zaskoczony, kiedy je rozpoznał i wbił w Kait wzrok pełen przerażenia i złości. Już zaczął zdradzać Abayę. Kait odwróciła się, kiedy uciekał do samochodu jak szczur, i wymieniła spojrzenia z Maeve.

– Tego się obawiałam. Wiedziałam, że będzie ją zdradzał – powiedziała ze smutkiem Maeve.

– Ja też. Nie znoszę tego faceta. Ona na to nie zasługuje – rzuciła Kait ze złością.

– Masz zamiar jej powiedzieć? – spytała Maeve, ale Kait nie odpowiedziała.

– A ty? – zapytała w końcu, niepewna, co powinna zrobić.

Maeve potrząsnęła głową.

– Niedługo sama się dowie. Ktoś jej doniesie albo sama go przyłapie. Nie miał dzisiaj żadnej pracy. Pewnie był tu całe popołudnie.

– Nienawidzę go za to, co jej robi – powiedziała Kait, wzburzona.

Maeve skinęła głową, wsiadła do samochodu i odjechała, a Kait wróciła do pokoju Agnes, czując, jak ogarniają ją mdłości. Dan nie zasługiwał na jej milczenie, nie powinna go chronić, ale wiedziała, że powiedzenie o tym Abayi będzie jeszcze gorsze. Dan to drań ostatniego gatunku i Kait żałowała, że przyjęli go do obsady. Cokolwiek jednak teraz zrobią, Abaya i tak zostanie zraniona i to boleśnie.

13

Dzięki WIECZORNYM SPOTKANIOM AA Agnes dość szybko doszła do siebie. Była silną kobietą. Nie mówiła więcej o swoim synu, ale jeszcze raz podziękowała Kait za ratunek.

Nie mogli się już doczekać powrotu do miasta. Upał był nie do wytrzymania, okolica nudna, a członkowie obsady coraz bardziej działali sobie na nerwy, w czym nie było zresztą nic dziwnego. Nancy trzymała ich krótko, a oni czuli, że potrzebują chwili wytchnienia. Chcieli wrócić do Nowego Jorku, do swoich drugich połówek i zdjęć na Long Island. Tam przynajmniej wiał wiatr od morza, a niektórzy mieszkali dość blisko, by móc z domu codziennie dojeżdżać na plan.

Tydzień przed powrotem do Maeve zadzwonił lekarz Iana. Lek nie działał, stan Iana się pogarszał. Sytuacja nie była jeszcze kryzysowa, wiedzieli jednak, że potrwa to długo. Córki czuwały przy nim na zmianę z pielęgniarkami, dzięki czemu Maeve mogła pracować dalej. W każdej chwili jednak gotowa była wyjechać, gdyby została wezwana, przez co atmosfera stała się jeszcze bardziej napięta, choć Maeve absolutnie tego nie okazywała. Była prawdziwą profesjonalistką. Dostosowała się do nowej wersji scenariusza – jej córka, Chrystal, oznajmiła, że zaszła w ciążę z szesnastoletnim chłopakiem, który od niej uciekł, i musi przyznać, że nie jest nawet do końca pewna, czy to istotnie on jest ojcem. Scena, w której Chrystal postanawia zatrzymać dziecko, a Anne obiecuje, że jej pomoże, była naprawdę rozdzierająca. Anne nie tego pragnęła dla córki, była jednak zdecydowana stawić wszystkiemu czoło razem z nią. Była też świetna scena z udziałem babki, matki i córki, w której Agnes dała prawdziwy popis, błagając filmową córkę, by nie pozwoliła Chrystal zniszczyć sobie i im życia i oddała dziecko, na co Anne się nie zgadza.

Napisana przez Beccę scena pozwoliła każdej z aktorek wykorzystać pełnię talentu; wszystkie zagrały w niej doskonale. Nancy poprowadziła je jak orkiestrę precyzyjnie nastrojonych instrumentów. Podczas kręcenia tej sceny Kait się popłakała.

Od spotkania w motelu Dan starannie jej unikał, pewny, że opowie o tym Abayi. Ona jednak nie potrafiła tego zrobić. Postanowiła, że pozwoli dziewczynie samej to odkryć. Była to tylko kwestia czasu. Maeve też była zdania, że tak będzie lepiej. Dan wkrótce kończył swoje zdjęcia; grany przez niego bohater umierał pod koniec pierwszego sezonu.

Kait znowu omawiała i szlifowała z Beccą scenariusz jednego z nowych odcinków, kiedy asystent produkcji przyszedł z informacją, że syn próbuje się nią skontaktować. Wcześniej tego popołudnia Kait zostawiła telefon w przyczepie Maeve. Była zaskoczona – rozmawiała z synem dwa dni temu, pogadała też z Maribeth i dziećmi. Miała zamiar zadzwonić do Stephanie, ale była zajęta. Od tygodnia nie miała żadnej wiadomości od Candace, wiedziała jednak, że niedługo wraca do Londynu. Zadzwoniła do Toma z telefonu stacjonarnego w swojej przyczepie.

– Cześć, co słychać? – powiedziała, kiedy odebrał telefon w swoim biurze. – Przepraszam, zostawiłam telefon w czyjejś przyczepie. – Przez chwilę milczał, a kiedy w końcu się odezwał, usłyszała że płacze. – Tommy? Co się stało? – Na moment serce stanęło jej w piersi, bo pomyślała, że to któreś z dzieci. – Chodzi o dziewczynki?

– Nie – odparł, ze względu na matkę próbując wziąć się w garść. – Chodzi o Candy. – Tak nazywali ją w dzieciństwie. – Mamo, nie wiem, jak mam ci to powiedzieć… Zginęła wczoraj wieczorem w zamachu bombowym… Bomba wybuchła w restauracji, w której akurat była. Zginęło trzydzieści osób, była jedną z nich. Właśnie zadzwonił do mnie jej szef z BBC. Dzwonili do ciebie na komórkę, ale nie odbierałaś, zadzwonili więc do mnie, bo byłem kolejną osobą na liście jej najbliższych krewnych. To straszne. Dzisiaj miała wracać.

Kait miała wrażenie, że została zastrzelona. Maeve weszła do przyczepy z jej komórką w ręce, spojrzała na nią i nie wiedziała, wyjść czy zostać.

– Ja nie… jesteś pewny? Może jest tylko ranna? – powiedziała, chwytając się każdej nadziei z twarzą wykrzywioną przez ból. Maeve podeszła i objęła ją. Nie mogła jej zostawić.

– Nie, mamo, nie żyje. Przyślą jej ciało do Anglii. Ja polecę samolotem Hanka i zabiorę ją do domu. – Przez chwilę Kait, porażona bólem, nie mogła wydobyć słowa. Potem wybuchnęła niepowstrzymanym płaczem. – Załatwienie formalności potrwa kilka dni. – Tom także nie przestawał płakać.

– Natychmiast polecę do Londynu – powiedziała Kait, jakby to mogło cokolwiek zmienić. Ale tym razem nie zmieni. Stało się najgorsze. Candace nie dostanie kolejnej szansy.

– Nie, mamo. To bez sensu. Nic tu nie zrobisz. Spotkamy się w Nowym Jorku. Maribeth leci razem ze mną. – Kait skinęła głową, nie była w stanie mówić. – Za kilka dni będziemy w Nowym Jorku.

– Kocham cię. Tak mi przykro… powtarzałam jej, żeby przestała. Nie słuchała mnie…

– Tak chciała żyć, mamo. Chciała zmieniać świat, i może nawet jej się to udało. Miała prawo do swoich wyborów. – Tom odzyskiwał panowanie nad sobą.

– Nie miała, skoro ją to zabiło – odparła Kait szeptem. – Powiedziałeś już Steph?

– Przed chwilą. Przyjedzie do domu, gdy tylko będzie mogła. Kiedy przylecę z Londynu, pomogę ci wszystko zorganizować.

– Mogę to zrobić, zanim wrócisz do domu – powiedziała. Wyglądała na oszołomioną i zdezorientowaną. Rozejrzała się dookoła i zobaczyła Maeve. – Dziękuję, że mnie zawiadomiłeś – dodała cicho.

– Kocham cię, mamo. Tak mi strasznie przykro. Ze względu na nas wszystkich. Cieszę się, że byliśmy na tych wakacjach.

– Ja też. – Kait odłożyła słuchawkę i ze szlochem wpadła w ramiona Maeve. – Podłożyli bombę w restauracji, w której siedziała. Dzisiaj mieli lecieć z powrotem do Londynu. – Maeve nie zapytała, w jakim to było kraju ani kto ją zabił. Teraz to bez znaczenia. Asystentka Kait wetknęła głowę przez drzwi, zobaczyła, co się dzieje i szybko się cofnęła. W końcu Maeve wyszła z przyczepy i poszła powiedzieć o wszystkim Agnes. W ciągu kilku minut wiadomość rozeszła się po planie. Przerwano zdjęcia.

Maeve wróciła do Kait razem z Agnes, później dołączyła do nich Nancy, a wkrótce Abaya. Cztery kobiety na zmianę obejmowały Kait, pocieszały ją, mówiły, jak bardzo jest im przykro, a ona płakała tylko i kiwała głową. Mogła myśleć teraz tylko o tym, jaka piękna była Candace i jakim słodkim była dzieckiem. Jej pierwsza córka. To, że już jej nie było, wydawało się czymś niewyobrażalnym, nie do pomyślenia.

Reszta ekipy opuściła plan na długo przed tym, jak Kait i jej cztery towarzyszki wyszły z przyczepy i pojechały do hotelu. Kait zastanawiała się, czy nie wrócić od razu do Nowego Jorku, ale nie czekało tam na nią nic poza pustym mieszkaniem. Wolała zaczekać tutaj i z nimi, aż Tom da znać, że wraca z Londynu. Z hotelu Kait zadzwoniła do Stephanie; przyjaciółki zostawiły ją na chwilę samą, żeby mogła porozmawiać z córką i razem z nią płakać. Stephanie powiedziała, że za dwa dni wraca do domu. Tym razem to Agnes oświadczyła, że zostanie z Kait na noc.

– Chcesz wyrównać rachunki, bo zmusiłam cię, żebyś wytrzeźwiała – zażartowała przez łzy Kait, a Agnes roześmiała się.

– Nie, wolę twój hotel. Masz większy telewizor.

Siedziały razem jeszcze długo po północy i Kait miała wrażenie, że ma przy sobie własną rodzinę. Zadzwonił Zack, żeby złożyć jej kondolencje, ale Kait zapamiętała z tej rozmowy tylko tyle, że mówił, jak mu przykro i że płakał. Wszystko, co zaszło tego dnia, spowijała mgła. W końcu o świcie usnęła przy czuwającej przy niej Agnes.

Tego dnia odwołano zdjęcia za pozwoleniem Zacka, który powiedział Nancy, że nie dba, ile to będzie kosztowało. Było ich stać na jeden dzień wolny od pracy. Kait nie opuszczała pokoju hotelowego, a przyjaciółki przychodziły, wychodziły i siedziały razem z nią. Tom zadzwonił i powiedział, że jest już w Londynie, a za dwa dni leci do Nowego Jorku.

Dwa dni później cała ekipa pożegnała ją w milczeniu. Kait widziała, że kilka osób płakało. Chciała wziąć tydzień wolnego, do pogrzebu – Zack powiedział, żeby wzięła tyle, ile będzie potrzebowała.

Było im trudno wrócić do kręcenia bez Kait. Mocno odczuwali jej nieobecność i ból, jaki przeżywała, za to ich gra była tak poruszająca i wspaniała, jakby skanalizowali w niej całe współczucie, jakie dla niej mieli. Zwłaszcza Maeve i Agnes nakręciły najlepsze sceny od czasu rozpoczęcia zdjęć.

Kait wróciła do domu, zadzwoniła do firmy pogrzebowej i zajęła się organizacją smutnej uroczystości. Nabożeństwo żałobne miało się odbyć w małym kościele niedaleko jej mieszkania. Kait obmyślała właśnie nekrolog, kiedy weszła Stephanie, rzuciła się matce w ramiona i zalała łzami.

Tommy wylądował o północy z trumną z ciałem Candace, czy też tym, co niego zostało. Kait wysłała karawan na lotnisko, skąd trumna została przewieziona do domu pogrzebowego. Postanowili, że pogrzeb będzie kameralny. Kait wiedziała, że nie zniosłaby widoku przyjaciół córki z dzieciństwa. Tommy i Maribeth dotarli do jej mieszkania około pierwszej w nocy. Wszyscy siedzieli wokół kuchennego stołu prawie do czwartej nad ranem, kiedy wreszcie położyli się spać. Kait i Stephanie nie mogły zasnąć, w końcu położyły się razem na łóżku Kait, ale nie spały jeszcze długo po wschodzie słońca.

Rano Kait wysłała nekrolog do „New York Timesa", BBC miało zamiar zająć się gazetami brytyjskimi. O śmierci Candace poinformowano też przez radio, ze wzruszającymi wyrazami uznania dla jej pracy, które wysłano Kait mejlem.

Ceremonia w kościele, którą zorganizowała Kait, była w porównaniu z całą resztą tylko krótkim koszmarem. Śmierć Candace wstrząsnęła wszystkimi. Rodzina spędziła razem cały weekend, a w poniedziałek, choć bardzo ciężko się im było rozstawać, Stephanie wróciła do San Francisco, Tom i Maribeth polecieli do Dallas, a Kait została sama w swoim salonie. Czuła się tak, jakby to jej życie dobiegło końca. Teraz już nic nie miało dla niej znaczenia.

Do tego czasu ekipa filmowa zdążyła wrócić do miasta, w środę miały się rozpocząć zdjęcia na Long Island, Kait była jednak zbyt rozbita, by z nimi rozmawiać czy wracać do pracy. Carmen i Paula Stein z „Woman's Life" zadzwoniły do niej, kiedy zobaczyły nekrologi. Jessica i Sam Hartleyowie przysłali jej kwiaty, podobnie jak Maeve, Agnes i Nancy. Zack przysłał do domu pogrzebowego ogromną wiązankę białych orchidei, w imieniu własnym i całej ekipy.

Kait miała wrażenie, że wraz z córką umarła też część jej samej. Tommy zlecił spakowanie rzeczy z londyńskiego mieszkania Candace i przysłanie ich do Kait, ona jednak nie była w stanie nawet pomyśleć o ich przeglądaniu. Wydawało jej się, że ma pogruchotaną duszę. Nie tylko życie Candace zostało rozerwane na kawałki, także życie jej matki.

Agnes zadzwoniła po południu, chcąc się upewnić, że Kait daje sobie radę, a nieco później odezwała się też Maeve. Wróciły do Nowego Jorku z ulgą. Obie zaproponowały, że przyjadą do niej, ale Kait odparła, że chce teraz być sama. Nie miała siły spotykać się z kimkolwiek. Nagle wszystko poza Candace przestało być dla niej ważne.

Dwa dni później siedziała w swojej kuchni, rozmyślając o przyjaciółkach z ekipy filmowej i poczuła nagle, że chciałaby z nimi być. Teraz także one należały do jej rodziny. W dżinsach, podkoszulku i sandałkach, nie przejmując się takimi rzeczami jak makijaż i fryzura, pojechała na Long Island. Tego dnia kręcili na lądowisku. Była to ostatnia scena Phillipa Greena w roli Locha. Wszyscy byli zaskoczeni, kiedy wysiadła z samochodu, i podbiegli do niej. Od śmierci Candace minął zaledwie tydzień, a Kait miała wrażenie, że nie widziała ich od miesięcy.

Agnes podeszła do niej z uśmiechem, reszta wróciła do pracy.

– Grzeczna dziewczynka. Wiedziałam, że przyjedziesz. Potrzebujemy cię. A ten dupek znowu zdradza Abayę – oznajmiła, usiłując wciągnąć ją powrotem do teraźniejszości. Kait zaśmiała się. Czuła się rozdarta w środku, jakby ta część, w której była kiedyś Candace, została z niej wyrwana siłą, a cała reszta była tylko pustą skorupą wokół wielkiej rany, ale dobrze było znowu być z nimi. Miała przy sobie torbę podróżną, żeby zostać w hotelu, gdyby nie chciała wracać do domu wieczorem. Obejrzała ostatnią scenę Phillipa Greena i podziękowała mu.

– Nick Brooke będzie tu jutro – przypomniała Maeve, kiedy szły pasem startowym w przerwie między zdjęciami.

– O, cholera, zapomniałam. – Spotkanie z nim wydawało się teraz takie odległe.

– Zostanie tu tylko kilka dni nakręcić ten ostatni odcinek sezonu. – Dostosowali się do niego, bo był bardzo zajęty. Pozostałe odcinki mieli nagrać po jego wyjeździe.

– A jak się miewa Charlotte? – spytała Kait z troską.

– Ciągle stroi fochy, ale przyszłe macierzyństwo ma na nią dobry wpływ. – Maeve uśmiechnęła się. Nie lubiła Charlotte, ale wiedziała, że to dobra aktorka i zło konieczne na planie, podobnie jak Dan.

– Agnes powiedziała, że Dan znowu zdradził Abayę. Z kim tym razem? – Takie rzeczy odrywały ją od smutnych myśli.

– Z jedną z asystentek Lally. Tą, która ma piersi wielkości mojej głowy.

– Abaya niczego nie podejrzewa? – Rozmowa o problemach ekipy była ulgą po rozmyślaniu o Candace dniami i nocami.

– Na razie nie. Jest przekonana, że się zmienił i jest w nim szaleńczo zakochana. Będzie boleśnie zaskoczona, kiedy przejrzy na oczy.

Maeve pojechała wieczorem do domu sprawdzić, jak czuje się Ian. To właśnie najbardziej odpowiadało jej w pracy na Long Island. Chciała odciążyć trochę córki, żeby mogły wyjść z domu i spotkać się z przyjaciółmi. Agnes i Nancy zjadły z Kait kolację w hotelu. Nie wspominały o Candace, ale obie widziały, jak jest zrozpaczona. Nadal nie była sobą.

Następnego ranka, przed zdjęciami, poszła na długi, samotny spacer po plaży, a kiedy wróciła, ujrzała tłum ludzi wokół samochodu, z którego właśnie wysiadał mężczyzna w kowbojskim kapeluszu. Kiedy na planie pojawiała się jakaś gwiazda, zawsze zaczynały się gromadzić grupki fanów. Ludzie rozstąpili się, żeby zrobić przejście, a ona poznała Nicka Brooke'a. Wyglądał tak samo jak w Wyoming, uśmiechnął się, kiedy ją dostrzegł w tłumie i podszedł do niej z poważnym wyrazem twarzy. Zaczekał, aż ludzie odsuną się od nich, i powiedział:

– Tak mi przykro, Kait, z powodu twojej córki. Czytałem o tym w „New York Timesie". Cieszę się, że miałem okazję ją poznać.

Kait skinęła głową ze łzami w oczach. Nie była w stanie odpowiedzieć, a on delikatnie dotknął jej ramienia.

– Dziękuję. – Tylko tyle zdołała powiedzieć.

Poszła z nim do przyczepy, gdzie zostawił rzeczy.

– Chciałbym napisać do Toma i Stephanie, jeśli podasz mi ich adresy mejlowe.

Skinęła głową i weszli do przyczepy razem. Rozejrzał się po wnętrzu, wyglądał na zadowolonego, ale przede wszystkim chciał zobaczyć stare samoloty, poszli więc do hangaru, w którym stały. Na ich widok aż krzyknął z radości.

– Kocham samoloty prawie tak jak konie.

Oglądał uważnie wszystkie po kolei, spędzili tam sporo czasu, zanim wrócili do przyczepy. Do tego czasu Kait zdążyła nad sobą zapanować. Czuła się tak, jakby spotkała starego przyjaciela i wiele znaczył dla niej fakt, że Nick zdążył poznać Candace podczas ich wycieczki do Wyoming. Kait uśmiechnęła się, bo przypomniała sobie, jak Candace próbowała go z nią wyswatać. Nigdy mu o tym nie powiedziała. Ale wrażenie jakiejś ciepłej, naturalnej więzi, która połączyła ich w Jackson Hole, przywędrowało za nim na Long Island.

Przedstawiła go reszcie ekipy i Nick gawędził kilka minut z Maeve, a potem powiedział Agnes, jak bardzo czuje się zaszczycony, mogąc ją poznać. Natychmiast polubił Abayę i był miły dla wszystkich, z którymi się spotykał. Podczas lunchu Kait opowiedziała wszystkim, jak występował na rodeo, a on się roześmiał.

– Jeden paskudny dziki koń urządził mnie dwa tygodnie temu. Chyba miałem pęknięte żebro – powiedział, dotykając się delikatnie palcem. – Lepiej, żeby Maeve obchodziła się ze mną łagodnie w scenie miłosnej, bo będę płakał.

Wszyscy się roześmiali. Maeve była w dobrym nastroju, bo tego ranka Ian był w lepszym stanie, niż mogła się spodziewać.

Lally szybko poprawiła kostium dla Nicka i o pierwszej, gdy oświetlili plan, byli gotowi do zdjęć. Kręcili jego scenę z Maeve, w której spotykali się po raz pierwszy. Przychodził do niej jako przyjaciel jej nieżyjącego męża, żeby zapytać, czy nie przyjęłaby go do pracy w charakterze pilota samolotów transportowych. Chwila naładowana elektrycznością, do końca odcinka zdawało się coraz bardziej iskrzyć między nimi. Na planie łączyła ich prawdziwa magia, która kończyła się wraz z każdym ujęciem i zaczynała z początkiem kolejnego. Stworzyli mistrzowski duet, byli najlepszymi aktorami, jakich Kait zdarzyło się widzieć, może z wyjątkiem Agnes, która odbierała wszystkim mowę, ilekroć miała jakąś scenę do zagrania, ale tego dnia akurat miała wolne. Dzień należał do Nicka i Maeve. Pracowali do szóstej, z jedną tylko krótką przerwą. Becca i Kait siedziały z boku, śledząc tekst scenariusza. Żadne z nich nie opuściło ani jednej linijki.

– Są niesamowici – szepnęła Becca, a Kait skinęła głową. Zastanawiała się chwilami, czy w życiu nigdy, choć przez chwilę, nie łączył ich romans, tak bardzo byli przekonujący. Związek między nimi iskrzył jak fajerwerki. Czy walczyli ze sobą, czy się kochali, potrafili tchnąć w swoje postaci prawdziwe życie. W scenie z Nickiem lata samotności Anne Wilder eksplodowały namiętnością.

– To był wspaniały, wspaniały dzień – pochwaliła ich oboje Nancy, kiedy Maeve wracała do przyczepy, żeby zmyć makijaż. Nagle przybiegł producent wykonawczy z ważną wiadomością. Wszyscy stanęli jak wryci.

– Właśnie dzwonił Zack z Los Angeles. Telewizja dała nam zielone światło na drugi sezon! – Był w euforii. – Nie czekali nawet na wyniki badań oglądalności. Uwielbiają nas! Tym razem od razu chcą mieć dwadzieścia dwa odcinki! – Oznaczało to, że ludziom z telewizji spodobało się to, co tu robili i że są pewni, iż serial będzie hitem. Becca i Kait już pisały scenariusze do drugiego sezonu i miały kilka gotowych odcinków. – Gratuluję wszystkim!

Wybuchł gwar, ludzie rozmawiali i padali sobie w ramiona, także Kait była zachwycona. Przynajmniej serial dobrze sobie radził, nawet jeśli ona sama czuła się tak, jakby przejechał ją czołg. No i Nick zostanie z nimi w drugim sezonie.

Tego wieczoru jadł kolację z aktorami grającymi główne role. Poszli do pobliskiej restauracji rybnej, gdzie wypili sporo wina – wszyscy poza Agnes i Kait. Agnes znowu zachowywała trzeźwość, a Kait wiedziała, że w tym stanie nie zniosłaby dobrze alkoholu. Nick usiadł obok niej i przez cały wieczór miał ją na oku, a potem odprowadził ją do hotelu. Reszta towarzystwa szła częściowo przed, a częściowo za nimi, w pewnej chwili zostali całkiem sami.

– Dużo myślałem o tobie od czasu waszego pobytu w Jackson Hole – powiedział cicho. – Tak miło spędziłem czas z tobą i twoją rodziną na kolacji.

– Nam też było bardzo miło – odparła, wspominając tamten wieczór i Nicka, który z wdziękiem grał rolę gospodarza na ranczu.

– Niedługo będziecie mieli przerwę. Może mogłabyś znowu przyjechać? Jesienią w Wyoming jest pięknie – powiedział, ale Kait nie mogła teraz myśleć o podróżach, chciała być blisko domu. Obiecała już, że odwiedzi Stephanie w San Francisco i Toma w Dallas. – Chciałbym znowu się z tobą spotkać, Kait. Nie tylko w pracy. – Wyraźnie dawał jej do zrozumienia, że jest nią zainteresowany. – Kiedy zaczną się zdjęcia, będziemy zbyt zajęci. No i może przydałaby ci się teraz chwila wytchnienia.

– Wiesz, czuję się bardzo zagubiona – przyznała szczerze. – Jakby wszystko, z czego się składam, zostało w zeszłym tygodniu potłuczone na kawałki. – Skinął głową, patrząc na nią łagodnie i ze współczuciem.

– To wymaga czasu.

Kait była ciekawa, ile czasu, skoro Agnes czterdzieści lat po śmierci dziecka miała ciągle złamane serce. Kait czuła się tak, jakby już zawsze miało jej brakować jakiejś istotnej części jej samej. Tej części, którą była jej córka.

– Od czasu do czasu mam tu coś do załatwienia. Spróbujmy się spotkać i spędzić razem trochę czasu. A moje zaproszenie na ranczo jest zawsze aktualne – powiedział, kiedy dogoniła ich idąca za nimi grupka. Minął ich Dan, który szedł, obejmując ramieniem Abayę. – Co jest z tym gościem? – mruknął cicho Nick do Kait. – Wydaje się fałszywy jak trzydolarowy banknot.

– Masz rację – odszepnęła. – Zdradza ją, i teraz już tylko ona o tym nie wie. Jest w nim zakochana do szaleństwa.

– To nie potrwa długo, kiedy już zorientuje się w sytuacji – stwierdził, a Kait pomyślała o jego żonie, która złamała mu serce. Niemal każdemu przytrafia się w życiu coś takiego, oby tylko raz i nigdy więcej. Nick zatrzymał się w tym samym hotelu, co ona. Odprowadził ją do pokoju i pożegnał z ciepłym uśmiechem. Kait wiedziała, że czekają ją długie, bezsenne godziny. Nie przespała dobrze żadnej nocy od śmierci Candace.

– Spacer po plaży jutro rano? – zapytał. – Odświeżam sobie umysł przed pracą.

Skinęła głową i weszła do pokoju. To była kolejna niespokojna, pełna bólu noc, udało jej się jednak przespać kilka godzin przed świtem. Rano Nick zapukał do drzwi, przypominając o spacerze. Dziesięć minut później czekała na niego na zewnątrz i razem ruszyli na plażę.

– Kiepska noc? – zapytał, a ona kiwnęła głową. Nie był zaskoczony. – Czujesz się winna, jakbyś mogła coś zrobić, żeby do tego nie dopuścić?

– Nie, właściwie jestem tylko smutna. Candace żyła takim życiem, jakiego chciała, i wiedziała, co ryzykuje. Dla mnie jej życie było po prostu zbyt krótkie. Ale pewnie nie zrezygnowałaby z niego, nawet gdyby wiedziała, jak się skończy. Dużo o tym myślałam i wiem, że Tom ma rację. To był jej wybór, po prostu mnie się on nie podobał. Ale nasze dzieci są tym, kim są, od chwili, kiedy przychodzą na świat. Candace zawsze, odkąd pamiętam, chciała zmieniać świat.

– A czy ty nie to właśnie chcesz zrobić swoim serialem? Czytałem scenariusz. Są tam fantastyczne rzeczy.

– Chcę po prostu pokazać, jak odważne są niektóre kobiety, jak walczą o to, co uważają za słuszne, w świecie, który ich nie rozumie ani nie chce.

– Może właśnie to próbowała robić Candace? – spytał łagodnie Nick.

– Nigdy tak o tym nie myślałam – odparła Kait, zamyślona. – Moja babka była taką kobietą.

– Ty też taka jesteś – powiedział. – Kobiety muszą pracować dużo ciężej niż mężczyźni, żeby osiągnąć swoje cele. To nie jest sprawiedliwe, ale taki jest świat. Trzeba wielkiej siły, żeby otworzyć drzwi, przez które chcesz przejść, a potem odwagi, żeby to zrobić. Świat nadal pod wieloma względami należy do mężczyzn, choć ludzie nie chcą się do tego przyznawać. Czytałem twoje odpowiedzi na listy. Dajesz dobre rady – uśmiechnął się. – Może Candace chciała robić to samo, co jej babka, tylko w inny sposób. Może ty też to robisz. Stworzyłaś wspaniałą rodzinę, Kait.

Ale teraz części tej rodziny brakowało. Candace już nigdy z nimi nie będzie. Myśl o tym wywoływała nieznośny ból. Już nigdy nie wróci do domu. Poszła na swoją wojnę i poległa na niej.

– Twoja historiach o kobietach z rodziny Wilderów jest o tym, jak wygrać, kiedy nikt nie pozwala ci grać – ciągnął Nick.

Podobały się jej jego przemyślenia na temat scenariusza.

– Moja babka walczyła, by ocalić swoją rodzinę. Ofiarowała nam niezwykły dar. Nie mówię o pieniądzach, choć to było miłe, ale o tym, że nie chciała się poddać i uznać za pokonaną i że ocaliła nas wszystkich, nie tylko swoje dzieci, ale całe trzy pokolenia. Do własnych dzieci nie miała szczęścia.

– Czasem tak bywa – odparł Nick, gdy zawrócili. Za chwilę musiał dać się ucharakteryzować. – Masz wspaniałe dzieci. Wszystkie. Candace też taka była.

Kait skinęła głową i ruszyli w stronę hotelu.

– Dziękuję ci za te słowa – powiedziała cicho.

– Dziękuję, że wybrałaś mnie do tego serialu – odparł, a ona się uśmiechnęła.

– Dziękuję, że się zgodziłeś.

– Niewiele brakowało, a bym odmówił. Coś jednak kazało mi przyjąć tę propozycję. Może intuicja. – Poszli na górę zabrać to, co mogło być potrzebne w ciągu dnia, a potem pojechali na plan samochodem wynajętym przez Nicka. Kait zostawiła go z fryzjerką i charakteryzatorką, a sama poszła do swojego biura w przyczepie. Czekała tam na nią zapłakana Abaya. Lepiej późno niż wcale.

– On mnie chyba zdradza. Wczoraj wieczorem znalazłam czerwone damskie majtki na podłodze jego samochodu. Próbował udawać, że nie ma pojęcia, skąd się tam wzięły. Chyba ma mnie za idiotkę.

– Może leżały tam już jakiś czas, tylko ich nie zauważyłaś. – Kait nie chciała potwierdzać ani zaprzeczać podejrzeniom Abayi. Dziewczyna sama musiała zdecydować, czy chce spojrzeć prawdzie w oczy. Dowody były niezbite.

– Czerwone stringi? Myślisz, że nie zauważyłabym czegoś takiego pod nogami? Dan kłamie, zawsze mnie okłamywał.

– No cóż, to fakt – potwierdziła Kait.

– Ale co powinnam zrobić? – Abaya wyglądała na tak zagubioną, jak Kait się czuła.

– Spójrz prawdzie w oczy, Abayo. Zobacz, co on robi. Czyny mówią więcej niż słowa. Zobacz, jaki jest naprawdę. Wtedy będziesz wiedziała, co masz zrobić.

Decyzja musiała należeć do niej. Abaya kiwnęła głową i kilka minut później wyszła. Poszła prosto do przyczepy zajmowanej przez fryzjerki i charakteryzatorki, i podeszła do dziewczyny, której nie znosiła, kiedy tylko ta skończyła malować Nicka. Zaczekała, aż Nick wyjdzie, a potem wyjęła z kieszeni czerwone majtki i podała je charakteryzatorce.

– Twoje? – zapytała. Dziewczyna wyglądała na zdenerwowaną, ale wzruszyła ramionami. Nie miało sensu zaprzeczać. W końcu Dan nie był żonaty.

– Tak, bo co? Zostawiłam je w samochodzie twojego chłopaka.

Serce Abayi waliło jak młotem.

– Niedawno?

– Wczoraj, kiedy miałaś zdjęcia.

Abaya odniosła wrażenie, że zaraz zemdleje. Nie zemdlała jednak, tylko odwróciła się i wyszła. Dziewczyna była równie odrażająca, jak Dan, ale przynajmniej nie kłamała. Dziesięć minut później Dan przybiegł do przyczepy Abayi, makijażystka powtórzyła mu rozmowę. Był wyraźnie przerażony.

– Wyjdź stąd – rzuciła stanowczo Abaya. – Nie mam ci nic do powiedzenia.

Wreszcie wrócił jej rozum.

– Zaczekaj, porozmawiajmy. Mogę to wyjaśnić.

– Nie, nie możesz. Wczoraj uprawiałeś z nią seks. Od początku miałam rację co do ciebie.

– Ale ja cię kocham.

– Nie, nie kochasz, i zrobiłeś ze mnie idiotkę. A teraz wynoś się.

– Za godzinę gramy razem ważną scenę. Nie możesz tego zrobić.

– Mogę. A teraz wynoś się z przyczepy i mojego życia. – Abaya wyglądała tak, jakby miała ochotę czymś w niego rzucić, a on odwrócił się i wyszedł. Wydawało się, że ktoś nagle spuścił z niego powietrze, kiedy tak szedł przed siebie, coraz wyraźniej pojmując, jakim jest głupcem. Abaya była jedyną kobietą w jego życiu, jaką warto było mieć, a on schrzanił to po prostu z przyzwyczajenia. Jak zwykle. Kobiety bardzo mu to ułatwiały. Mógł mieć każdą, której zapragnął. W drodze do swojej przyczepy minął Beccę, która obrzuciła go pogardliwym spojrzeniem.

– Ale z ciebie dupek – rzuciła pod nosem.

Nie odpowiedział. Wszedł do przyczepy, zamknął za sobą drzwi i wybuchnął płaczem.

Kiedy Nick i Maeve kręcili kolejną scenę ostatniego odcinka, na planie znowu pojawiła się magia. Wszyscy, łącznie z Kait, patrzyli na nich jak zahipnotyzowani, widzieli, jak gniew zmienia się w namiętność, a namiętność w miłość. Wszystkie emocje wydawały się przekonujące i prawdziwe. Oboje byli wspaniałymi aktorami, a ich gra pełna mocy i poruszająca. Kait nagle przypomniała sobie to, co Nick mówił do niej na plaży o Candace i o niej samej. Było w nim coś autentycznego, zapewne dzięki temu także jego gra była prawdziwa. Zrobili trzy ujęcia i pod koniec niemal wszyscy mieli łzy w oczach.

Po południu mieli nakręcić tylko jeszcze jedną scenę i Kait żałowała, że Nick nie zostaje dłużej i nie ma już nic więcej do zagrania, póki nie zaczną się zdjęcia do drugiego sezonu.

Nick zatrzymał się przy jej fotelu, kiedy schodził z planu i spojrzał na nią.

– Jak ci się podobało?

– Było wspaniale – odparła z uśmiechem.

– To dobrze. Tak właśnie chciałem. Też jestem zadowolony.

Nie była pewna, czy mówił o nich, czy o scenie, którą właśnie odegrał wraz z Maeve. Mógł mieć na myśli i jedno, i drugie. Tak jak Kait.

14

Wszyscy żałowali, że Nick opuszcza plan, kiedy jego dwa dni zdjęciowe dobiegły końca. Spotkał się ze wszystkimi dźwiękowcami i technikami oświetlenia, z każdym zamienił kilka słów, każdemu uścisnął rękę albo poklepał po plecach. Zawsze był bardzo lubiany wszędzie tam, gdzie pracował. Agnes stwierdziła, że to prawdziwy dżentelmen, a on, że wielkim zaszczytem było dla niego spotkanie z nią, choć na razie nie pracowali razem. Wszystkie sceny kręcił z Maeve, a jedną z Abayą. Przez chwilę Kait wydawało się, że coś między nimi zaiskrzyło, ale po przygodzie z Danem i po tym, czego się od niej dowiedział, zdała sobie sprawę, że starał się tylko być serdeczny.

Dopiero po przerwie mieli nakręcić z Nickiem resztę scen z drugiego sezonu. Został jednak, żeby zjeść z Kait kolację i przed powrotem do Wyoming planował pojechać do Nowego Jorku na spotkanie z agentem literackim. Przeczytał niedawno książkę, która go zachwyciła, i chciał na jej podstawie wyprodukować film. Nawet gdyby został w serialu, w okresie przerwy między kolejnymi sezonami miałby czas – podobnie jak reszta – zająć się innymi projektami. Wszyscy liczyli na tę przerwę, ze względu na dodatkowe zarobki, ale także dlatego, że nikt nie chciał być utożsamiany tylko z jedną postacią, co często się zdarza aktorom przez dłuższy czas grającym w jednym serialu. Każde z nich miało jednak nadzieję, że nakręcą wiele sezonów.

Kolacja, na którą Nick poszedł z Kait, była spokojna i prosta. Niewiele rozmawiali. Kait ciągle była w rozpaczy po śmierci córki. Szybko wróciła do pracy, ale nadal nie była sobą i zastanawiała się, czy kiedykolwiek jeszcze będzie. Czuła się ciągle zmęczona, nie mogła spać w nocy i cały czas nękały ją wspomnienia. Żałowała, że nie próbowała bardziej stanowczo jej zatrzymać, że nie nalegała bardziej, by rzuciła pracę w Londynie. Ale Candace i tak nigdy by tego nie zrobiła. Chciała informować ludzi o niesprawiedliwościach świata, chciała go zmieniać. Nikt nie zdołałby jej powstrzymać. Nick widział udrękę w oczach Kait. Nie oczekiwał, że będzie rozmowna. Wystarczało mu, że jest blisko. A Kait miała wrażenie, że spływa na nią cząstka spokoju, którym zdawał się emanować. Czuła się tak, jakby ją ochraniał, choć nie bardzo wiedziała przed czym. Najgorsze już się wydarzyło. Nie mógł zrobić nic poza tym, że z nią był i pozwalał jej milczeć.

Jeśli rozmawiali, to o serialu i jego następnych odcinkach. Kait i Becca miały już zarys wszystkich, a do kilku napisały całe scenariusze. Zackowi i ludziom z telewizji bardzo się spodobały. Serial był naprawdę udany i wyglądało na to, że będzie szedł latami. Kait chciała, żeby drugi sezon był lepszy od pierwszego.

– Czy babcia Hannabel mnie lubi? – spytał żartobliwie. Miał wielką ochotę zagrać z Agnes, choćby

tylko dlatego, by móc mówić, że z nią pracował.
Uważał ją za niezwykłą kobietę, wielką damę filmu
z innej, wcześniejszej epoki.

– Na początku nie bardzo – odparła Kait z uśmiechem. – Masz z nią wielką scenę, po której wszystko się zmienia. Becca właśnie napisała tę scenę na
nowo. Będzie w trzecim odcinku. Potem Hannabel
stanie się twoją wielbicielką. W pierwszej chwili
uznała cię za aroganta, oczywiście w filmie – dodała
szybko. – Czasami rzeczywiście tak się zachowujesz,
ale starasz się pomóc jej córce i ochronić ją przed
ludźmi, którzy chcą zniszczyć jej firmę. Po twoim
przyjeździe wszystko się zmienia. Z twoją pomocą
Anne odnosi sukces i Hannabel z czasem zaczyna
to rozumieć.

Nick pokiwał głową. Podobała mu się jego rola,
aktorzy, z którymi pracował i stare samoloty. Miał
tu wszystko, co kochał.

– Ale trzeba gdzieś jeszcze wcisnąć konie – zażartował, a Kait się roześmiała.

– Będę nad tym pracowała – zgodziła się, wiedząc,
że nie mówi poważnie. – Ale stare samoloty też są
seksowne, tak jak mężczyźni, którzy nimi latali.

– Owszem – zgodził się, a potem spojrzał na nią. –
Kiedy cię znowu zobaczę? Zanim wrócimy do pracy? –
Łączyła ich jakaś niewytłumaczalna więź, jakby znali
się dłużej niż w rzeczywistości. On jakby rozumiał jej
sposób myślenia i reakcje, nawet jej o to nie pytając.
Instynktownie chciał ją chronić. Widział, ile teraz
miała problemów i jak ją one obciążały, widział jej
troskę o dzieci i to, co działo się w ich życiu. Chciał

ją poznać lepiej, spędzać z nią czas także poza pracą.
Poranny spacer po plaży poruszył jego serce.

Była kobietą, z którą chciałby mieć dzieci, gdyby
poznał ją w odpowiednim czasie. Kobiety, które spotykał wcześniej, nie wydawały się dobrym materiałem
na matki – przypominały jego własną matkę albo
matkę Kait, która uciekła. Teraz nie chciał dzieci – za
pięć dwunasta, nadrabiając to, co go ominęło – ale
brakowało mu w życiu dobrej kobiety – takiej, którą
mógłby szanować, z którą mógłby rozmawiać, która
dzieliłaby z nim dobry i zły czas. Kait właśnie taka
była, choć mogło się wydawać, że nie potrzebuje
mężczyzny. Tego jednego nie był pewny – czy pozwoli mu się do siebie zbliżyć, czy nie. Chyba sama
nie miała tej pewności, a teraz w dodatku była taka
rozbita. Musieli jednak od czegoś zacząć, a on nie
chciał czekać miesiącami, żeby znowu ją zobaczyć.
Wierzył, że kiedy nadarza się sposobność, trzeba
z niej korzystać, nie tracąc czasu, niezależnie od pracy.

W listopadzie i grudniu zostaną opublikowane wyniki rankingów oglądalności, wtedy będzie wiadomo,
czy istotnie stworzyli telewizyjny przebój. Czekali na
to niecierpliwie. Ale sygnały, jakie dostawali, były
dobre, a stacja wierzyła w nich, co wróżyło sukces.

– Co robisz podczas przerwy?

– Spróbuję wybrać się na zachód, zobaczyć z Tomem i Stephanie – odparła niejasno, ale Wyoming
wyraźnie nie było jej kierunkiem. – Nie wiem jeszcze, jak trudna będzie postprodukcja. To wszystko
jest dla mnie takie nowe. Myślę o tym, żeby zrezygnować z mojej rubryki w gazecie. Chciałam z tym

zaczekać do ogłoszenia wyników oglądalności, ale naprawdę trudno mi ją teraz prowadzić. Na planie zawsze jest taki czy inny kryzys i nie chodzi tylko o harmonogram ujęć.

A tak jej się z początku wydawało.

– Zawsze tak jest, kiedy w grę wchodzą ludzie – odparł z uśmiechem.

– Charlotte naprawdę wywróciła wszystko do góry nogami, kiedy oznajmiła, że jest w ciąży. Chce mieć dziecko przy sobie na planie, kiedy będzie karmiła. To pewnie też nas trochę przyhamuje. – Spojrzała na Nicka przepraszająco, on jednak nie wydawał się zmartwiony. Pracował już z karmiącymi matkami i radził sobie w takiej sytuacji. – A jeśli zdrowie Iana się pogorszy, Maeve będzie na pewno trudniej pracować. Jesteśmy na to przygotowani.

– Nie jestem jednak pewny, czy ona jest przygotowana – odparł Nick współczująco. – Będzie jej naprawdę ciężko.

Kait skinęła głową. Tak, Maeve będzie równie ciężko, jak jej po stracie Candace. To były dramaty, z którymi ludzie musieli się mierzyć w prawdziwym życiu.

Lubiła rozmawiać z Nickiem o serialu. Zwykle rozmawiała o tym z Zackiem, ale ostatnio nie miała na to czasu, a i Zack był bardzo zajęty. Od czasu rozpoczęcia zdjęć przebywał głównie w Los Angeles, gdzie pracował nad innymi projektami, zajmował się promocją i reklamą *Kobiet Wilderów*, i ustaleniami dotyczącymi drugiego sezonu.

We wrześniu miała ruszyć wielka kampania reklamowa. Właściwie już się rozpoczęła i na razie wyglądała obiecująco. Udział Nicka nadal trzymano w tajemnicy, ale pod koniec pierwszego sezonu miały się pojawić billboardy i reklamy z nim i z Maeve. Kiedy był na planie, zrobiono im kilka zdjęć, wyglądali razem wspaniale. Obsadzenie go w roli nowego mężczyzny w jej życiu było świetnym pomysłem.

Rozmawiając z Nickiem, Kait mogła zobaczyć, jakie mogłoby być jej życie z odpowiednim mężczyzną. Jak życie Maeve i Iana. Nigdy dotąd tego nie czuła i uważała, że jest już na to za późno. Teraz także się nad tym zastanawiała, czy rzeczywiście tak jest. A może tylko uległa złudzeniu, bo Nick jest przystojnym facetem i gwiazdą filmową? Nie znała go dość dobrze, by zdecydować. A on właśnie tego od niej chciał – czasu, który pozwoli im się przekonać, czy mają szansę na wspólną przyszłość. Czuła, że właśnie o tym myślał.

– Candace uważała, że powinniśmy się umówić – odparła nieśmiało. – Steph też – uśmiechnęła się. – Tommy chciałby cię tylko dla siebie. Całe życie był otoczony przez kobiety. Matka, dwie siostry, żona i dwie córki. Uwielbia swojego teścia.

– Hank to dobry chłop. – Nick powtarzał to od chwili, kiedy się spotkali, choć nie znał go zbyt dobrze. Widzieli się kilka razy, kiedy kupował konie, Hank miał kilka naprawdę wspaniałych. – Może powinniśmy uszanować prośbę Candace – powiedział ostrożnie, stąpał w końcu po cienkim lodzie. Nie chciał jej urazić. – Zobaczymy, co się stanie – dodał, a Kait kiwnęła głową. Nick nie chciał jej ponaglać ani zmuszać do niczego. Sprawiał wrażenie, jakby mieli przed sobą mnóstwo czasu.

Kiedy odjeżdżał po kolacji, odprowadziła go do samochodu.

– Będzie mi brakowało naszych porannych spacerów po plaży – powiedział, a ona przytaknęła. Polubiła te spacery i wschody słońca, które oglądali, stojąc boso na piasku, szczerzy i bezbronni, zanim dzień zaczął się na dobre i pojawili się inni ludzie. – Lubię jeździć konno po wzgórzach wczesnym rankiem. Ten widok budzi podobne uczucia jak ocean. Zaczynasz rozumieć swoją małość i to, że bez względu na twoje zamiary, Bóg ma jakiś większy plan i że nie ty tu rządzisz.

Ale Kait nie miała pojęcia, jaki plan miał Bóg, kiedy pozwolił Candace zginąć, ani dlaczego w ogóle musiało się to stać. Dla niej ciągle nie było w tym logiki. Ale może nie musiało być logicznie, a ona powinna to po prostu zaakceptować, co było najtrudniejsze. Przyjąć, że jej córka już nigdy nie wróci, a ona jej nigdy nie zobaczy. Podniosła na Nicka oczy, w których wszystko to było.

– Wrócę, jeśli będziesz mnie potrzebowała – powiedział łagodnie. – Wystarczy, że zadzwonisz albo napiszesz mejl. Albo esemes. Nie chcę ci się narzucać, ale jeśli mnie wezwiesz, pojawię się natychmiast.

Nikt nigdy nie powiedział tak do niej i nagle poczuła się jak przy babce, kiedy była małą dziewczynką. Jak przy kimś, komu mogła ufać, kto się nią opiekował i ją ochraniał.

– Nic mi nie będzie. – Starała się być dzielna.

– Wiem – odparł bez cienia wątpliwości – ale nie zaszkodzi mieć przyjaciela, który jest w tej samej drużynie. – Odkąd zaczęła pracować przy serialu, kimś takim był dla niej Zack, ale to coś innego. Przy Nicku czuła, że gdzieś pod powierzchnią ich stosunku czai się coś, czego nie mogła lekceważyć. Candace też to wyczuła i choć wtedy Kait się obruszyła, sama też tak uważała. Uznała jednak, że ponosi ją wyobraźnia. Nick patrzył na nią. Dotknął jej dłoni, a potem wsiadł do samochodu i pomachał, odjeżdżając. Nie umówili się na spotkanie w przerwie urlopowej, ale Kait miała przeczucie, że się spotkają. Poszła do hotelu, rozmyślając o nim, później jednak w jej myśli znowu wdarła się Candace i Kait przez całą noc przewracała się bezsennie z boku na bok. A rankiem, o świcie, sama poszła na spacer po plaży.

Następnego dnia na planie wszyscy rozmawiali o Nicku. Wszyscy go polubili, trudno go było nie lubić. Nancy twierdziła, że to wspaniały aktor i bardzo miły człowiek, podobnie jak Agnes i Maeve. Zresztą wszyscy ludzie na planie mieli talent i praca z nimi była przywilejem.

Abaya i Dan zagrali finałową scenę następnego ranka. Był to dla nich koszmar. Już na planie wdali się w gwałtowną kłótnię. Nancy wysłała ich na lunch i kazała załatwić swoje sprawy poza pracą, bo narażają telewizję na koszty. Został im tylko jeden dzień zdjęciowy. Po wszystkim Dan poszedł za Abayą do jej przyczepy, ale nie wpuściła go do środka.

– Powiedziałam ci, to koniec. Ze mną nie będziesz się bawił w „zgadnij, z kim cię dzisiaj zdradziłem". Nie znosiłam cię od pierwszej chwili, i miałam rację. Jesteś zakłamanym oszustem. Zabieraj swoje czerwone majtki i spadaj. I nie dzwoń do mnie, kiedy skończysz zdjęcia.

Widział, że mówiła poważnie i rozumiał, jak wielki błąd popełnił. Nie chciała mu dać drugiej szansy, nie mógł jej mieć tego za złe. Odcięła się od niego zupełnie, a to sprawiło, że zapragnął jej jeszcze bardziej. Przez całe życie zdradzał i oszukiwał kobiety. Teraz jednak pojął, że Abaya była inna. Fakt, że nie może jej mieć, sprawił, że się w niej zakochał. Ale było za późno.

Nie wierzyła mu i nie chciała go słuchać.

– Mam lepsze rzeczy do roboty w życiu. – Była mądra i szanowała siebie, wcześniej okazała się naiwna. Teraz o tym wiedziała.

– Nie wiem, co mi się stało. Naprawdę się w tobie zakochałem. A to, co zrobiłem, było bardzo, bardzo nie w porządku. – Próbował ją przekonać, ale na próżno.

– I zrobisz to jeszcze raz, jeśli tylko ci na to pozwolę. – Teraz była tego pewna i miała rację.

– Nie zrobię, przysięgam. Daj mi jedną szansę. Jeśli znowu nawalę, sam odejdę.

Abaya potrząsnęła głową i zatrzasnęła mu drzwi przed nosem.

Tego popołudnia w scenie finałowej ich gra była tylko nieco lepsza. Oboje byli zmęczeni, sfrustrowani i wyczerpani emocjonalnie. Abaya nie mogła się doczekać, kiedy jego udział w serialu dobiegnie końca, żeby nie musiała z nim więcej pracować. Bohater, którego grał, miał wkrótce zginąć, wiedziała więc, że nie będzie musiała go więcej oglądać. Po znalezieniu czerwonych stringów w jego samochodzie nie pozwalała mu się do siebie zbliżyć. Dan miał zniknąć z serialu, a ponieważ nie kręcili ujęć w porządku chronologicznym, Nancy miała już wszystkie sceny z jego udziałem. Stracił Abayę tuż przed odejściem z planu i nie miał już czasu, by próbować ją odzyskać. Wiedział, że jej więcej nie zobaczy.

Chciał wyjechać na narty do Europy w czasie zimowej przerwy, miał też wystąpić jako model podczas Tygodnia Mody w Paryżu, a później zaczynał zdjęcia do nowego filmu. Abaya wracała do domu w Vermont spędzić trochę czasu z rodzicami i rodzeństwem i pojeździć na nartach. Na jakiś czas miała dość Hollywood i związanych z nim ludzi, z Danem na czele. Nie będzie umiała już nigdy szanować kogoś takiego jak on, wyraźnie mu to powiedziała. Nancy nie była zachwycona ich grą w scenie finałowej, ale wiedziała, że obecnie nie było ich stać na więcej. Jego udział w serialu się skończył, co Abaya przyjęła z ulgą.

Maeve pojechała do domu i zadzwoniła następnego ranka z informacją, że Ian dostał gorączki, musieli więc przełożyć sceny, w których grała, na później. Zamiast nich zaczęli kręcić ujęcia z Bradem i Charlotte, która była w piątym miesiącu i jej ciąża stała się już wyraźnie widoczna. Starali się filmować ją tak, żeby nie pokazywać jej brzucha, Lally wprowadziła kilka sprytnych przeróbek w kostiumach, przede wszystkim jednak kręcili teraz sceny z nowszych scenariuszy, w których Chrystal i jej rodzina muszą zmierzyć się z jej hańbą. Tabloidy rozpisywały się niedawno o Charlotte i jej perkusiście. Ona uważała go za ojca dziecka, kiedy jednak poprosiła go o wsparcie, zażądał testów DNA. Utrzymywał już dwoje innych dzieci, które miał z dwiema różnymi kobietami. Wniosły one przeciw niemu sprawy o alimenty, nie paliło mu się więc do płacenia na trzecie, zwłaszcza że ani on, ani Charlotte nie mieli pewności co do tego, że to istotnie on jest ojcem. Mimo to Charlotte była w dobrym nastroju, a po kilku pierwszych trudnych tygodniach zaczęła znakomicie znosić ciążę. Nie oszczędzała się w pracy i, zdaniem Kait, wyglądała przepięknie. Rozmawiali teraz o zorganizowaniu castingu na rolę dziecka, potrzebnego od drugiego sezonu. Myśleli o identycznych bliźniętach, jak zawsze, żeby oszczędzić na czasie. Bliźnięta umożliwiały wydłużenie czasu zdjęciowego i dawały alternatywę w sytuacji, gdyby jedno z nich zachorowało.

Ostatnią scenę sezonu nakręcili we wrześniu. Dzień był piękny, prawdziwe babie lato. Była to kolejna wzruszająca scena z udziałem wszystkich trzech kobiet. Na planie nie pojawiła się Lally – poprzedniego popołudnia zadzwoniła jej partnerka z informacją, że odeszły jej wody. Nadeszła w końcu wielka chwila i Lally natychmiast pojechała do Nowego Jorku. Jeździła tam każdego wieczoru, na wypadek gdyby jej partnerka zaczęła rodzić. Postanowiły, że nie chcą poznać płci dziecka, pragnęły niespodzianki. Lally o szóstej rano przysłała esemes do asystentki producenta, ale napisała tylko, że dziecko przyszło na świat i waży prawie pięć kilogramów.

– Uch! – mruknęła Maeve, kiedy się o tym dowiedziała. – Dzięki Bogu moje dziewczynki były małe. Przez siedem miesięcy byłam na zwolnieniu, a Thalia urodziła się dwa miesiące za wcześnie. Ważyła dwa i pół kilograma.

– Stephanie też była dużym noworodkiem – odparła Kait i posmutniała, bo od razu pomyślała również o Candace. Wszystko teraz kierowało jej myśli na zmarłą córkę. Walczyła z wszechogarniającą rozpaczą wczesnej żałoby, była jednak wdzięczna za pracę, która wymagała jej uwagi. Bez niej byłoby jeszcze gorzej. Zastanawiała się chwilami, jak zniesie przerwę w zdjęciach. Bała się jej, bo wiedziała, że kiedy nic nie będzie wypełniało jej dni, zostanie wydana na pastwę bolesnych wspomnień.

Kait nie miała żadnych planów na miesiące urlopu. Dzieci były zbyt zajęte, by mogła je odwiedzić, chciała to zrobić w bardziej dogodnym dla nich czasie. Stephanie dostała właśnie kolejny awans, a Tommy prowadził negocjacje w sprawie zakupu kolejnej sieci restauracji dla swojego teścia. Nawet wnuczki miały mnóstwo zajęć pozaszkolnych. Nikt nie miał czasu, Kait i Agnes postanowiły więc wybrać się kilka razy do teatru, nadrobić zaległości. Maeve chciała spędzać więcej czasu z Ianem. Nie było z nim dobrze, w ciągu ubiegłych tygodni jego stan bardzo się pogorszył. Dla Maeve fakt, że skończyli na razie zdjęcia, był wielką ulgą.

W porze lunchu pojawiła się Lally, promieniejąc szczęściem.

– To chłopiec! – zawołała i rozdała cygara całej ekipie. Kait była wzruszona, przypomniała sobie, tak wyraźnie, jakby to było wczoraj, chwile, kiedy jej własne dzieci przychodziły na świat. Były to najszczęśliwsze dni w jej życiu.

Charlotte była przerażona na samą myśl o urodzeniu dziecka o wadze pięciu kilogramów siłami natury i bez znieczulenia. Powiedziała, że chce mieć cesarskie cięcie, żeby nie przechodzić przez poród, co z kolei Kait wydało się znacznie gorsze. Charlotte planowała też zrobić sobie lifting piersi, kiedy tylko skończy karmić. Nie chciała, by macierzyństwo zepsuło jej figurę i doskonały biust.

– Czasami naprawdę powinna się zastanowić – mruknęła Kait do Maeve, kiedy szły do przyczepy.

– Aktorzy są nieprawdopodobnie narcystyczni – zgodziła się Maeve. – Nigdy nie przestało mnie to zdumiewać. Charlotte wyraźnie bardziej interesują cycki niż dziecko. Nie umiem jej sobie wyobrazić w roli matki.

– Ani ja – mruknęła Kait.

– A co nowego u Romea i Julii? – spytała Maeve, myśląc o Danie i Abayi.

– To koniec. On skończył zdjęcia do serialu, ona za kilka dni jedzie do domu, do Vermont. Kiedy tylko nakręci kilka zaległych ujęć. Mówi, że nie da mu drugiej szansy.

– Zasłużył sobie na to – stwierdziła rzeczowo Maeve. – Jeszcze jeden narcyz. Jedyny mieszkaniec planety Dan. Nigdy go nie lubiłam. Miałam szczęście, że Ian nigdy nie był taki – dodała z westchnieniem. Teraz ciągle się o niego martwiła, ilekroć zadzwonił telefon, serce stawało jej w piersi. – Masz jakieś wieści od Nicka Brooke'a? – zapytała dyskretnie; nie chciała być wścibska, ale zauważyła, tak jak wszyscy, że był zainteresowany Kait. – To taki wspaniały aktor i przyzwoity człowiek. Ian go uwielbia. Chce się z nim spotkać, kiedy wróci. Kiedy Nick był tutaj, akurat Ian gorzej się czuł, bo inaczej spotkałby się z nim.

– Wrócił do Wyoming. – Kait wymieniła z nim kilka esemesów i mejli. Cieszyła się z tych kontaktów.

– Byłby dla ciebie cudowny – powiedziała łagodnie Maeve. Wiedziała, jak skrytą osobą jest Kait, wiedziała, że śmierć córki wywróciła cały jej świat do góry nogami. Ale za kilka miesięcy Kait poczuje się lepiej i może nauczy się z tym żyć.

– Moje dziewczyny powiedziały to samo, kiedy spotkaliśmy się w Jackson Hole. – Kait uśmiechnęła się na to wspomnienie. – Sama nie wiem – westchnęła. – Jest bardzo pociągający, ale nie jestem pewna, czy potrzebuję teraz tego bagażu, jaki łączy się z każdym związkiem. W pewnym sensie wygodnie mi samej.

– Wygoda to nie zawsze dobra rzecz – przypomniała Maeve. – Czasem potrzebujemy kopniaka w tyłek, choć sama nie mogę sobie wyobrazić, że znowu chodzę na randki. Wiem, że nie będę tego robiła, kiedy Iana już nie będzie. Nigdy nie znajdę człowieka takiego jak on, i nawet tego nie pragnę.

– Ja bardziej pasuję do tego starego żartu. „Czasem brakuje mi męża, ale nie tego, którego miałam" – odparła Kait i obie parsknęły śmiechem.

Maeve spakowała swoje rzeczy do dwóch wielkich toreb i pożegnała się ze wszystkimi. Chwilę później pojechała do domu, zabierając ze sobą Agnes. Kait, pogrążona w smutku rozstania, sama wróciła do siebie. Wiedziała, że będzie samotna, nie widząc codziennie przyjaciół z planu aż do czasu, kiedy znowu zaczną się zdjęcia – jeśli będą mieli dobre wyniki oglądalności. Zack był tego jednak pewny i Kait miała nadzieję, że ma rację.

15

KAIT SKOŃCZYŁA TEKST DO SWOJEJ RUBRYKI i zaczęła przeglądać stertę papierów na biurku. Zupełnie jak dawniej – jakby ubiegłe miesiące były snem, zwłaszcza te trzy spędzone na planie serialu. Zadzwoniła komórka. Kait wzięła telefon do ręki i zobaczyła, że to Stephanie. Nie widziała się z nią od pogrzebu Candace w sierpniu. Chciała ją odwiedzić w San Francisco, ale Stephanie i Frank zawsze byli zajęci, podobnie jak Tom i Maribeth w Dallas. Nigdy nie było odpowiedniej chwili na odwiedziny. Kait zastanawiała się nad jakąś wycieczką w czasie zimowej przerwy w zdjęciach, ale myśl o samotnej podróży nie wydawała się jej pociągająca.

To, co stało się z Candace, powoli przebijało się do jej świadomości, ale ciągle spodziewała się, że najstarsza córka zadzwoni z Londynu, a czasami brała telefon, żeby do niej zadzwonić i wtedy przypominała sobie wszystko.

– Cześć, kochanie – powiedziała do Stephanie.

– Jak się masz, mamo?

– W porządku – odparła cicho Kait.

– Lepiej sypiasz?

– Czasami. Ale jeśli nie śpię, mam czas, żeby coś zrobić i ogarnąć się w teraźniejszości – odparła drwiąco. Noce ciągle były krótkie i pełne bólu. Ludzie powtarzali jej, że to normalne, choć czasami ból, który odczuwała, był nie do zniesienia. – A ty? Jak tam nowa posada? – Była z niej dumna, jak zawsze.

– Dobrze, muszę się przystosować do sytuacji, ale podoba mi się to, że lepiej zarabiam. Chcemy z Frankiem kupić razem dom.

Kait zmarszczyła brwi. Ten pomysł specjalnie jej się nie podobał. Nie wierzyła w dzielenie się pieniędzmi czy wspólne inwestycje z partnerami, którzy nie są małżonkami. Na razie żadne z jej dzieci nie posunęło się tak daleko. Candace, która zginęła w wieku dwudziestu dziewięciu lat, nigdy nie miała nikogo, o kim myślałaby poważnie, a Hank dał Tomowi i Maribeth wielki dom w swojej posiadłości w ślubnym prezencie – dom został zapisany na nich oboje. Oni też nie musieli podejmować decyzji. Kait nie musiała się martwić o syna. Stephanie miała niewielki fundusz powierniczy, ustanowiony przez jej babkę. Po tym co wydała na swoje wykształcenie – które było bardzo kosztowne, ale też skończyła doskonałe szkoły – ciągle wystarczyłoby na niewielki dom, gdyby tylko powiernicy wyrazili na to zgodę. Nie zależało to od Kait, o czym Stephanie wiedziała, ale chciała jej porady. Zawsze konsultowała z nią poważniejsze decyzje, a Kait bardzo to pochlebiało.

– Znasz moje zdanie na ten temat. Inwestowanie w dom z kimś, kto nie jest twoim mężem, to skomplikowana sprawa. Dlaczego nie kupisz czegoś sama? Mogłabyś kupić mieszkanie.

– Chcemy mieć dom za miastem, taki jak ten, który teraz wynajmujemy. No i razem byłoby nas stać na lepszy. Tata Franka powiedział, że nam pomoże.

Kait milczała przez chwilę. Pomysł nadal jej się nie podobał. Frank był miłym facetem i pasowali do siebie, ale jak dotąd gdyby postanowili się rozstać, stosunkowo łatwo mogli rozwiązać wspólne sprawy. Zakup domu utrudniłby sytuację, gdyby któreś z nich chciało zerwać ten układ. Stephanie nie spodziewała się, by to miało nastąpić, ale – o czym Kait sama miała okazję się przekonać – nigdy nic nie wiadomo. Choć rozstała się z Adrianem kulturalnie i choć to on ją zostawił, po ich krótkim małżeństwie przez rok musiała płacić na niego alimenty. Nigdy nie wiesz, z kim jesteś, dopóki się nie rozstaniecie albo nie dojdzie do rozwodu.

– Tata Franka powiedział mniej więcej to samo. Zaczęliśmy więc o tym rozmawiać i postanowiliśmy się pobrać. Dzwonię właśnie, żeby ci o tym powiedzieć, mamo. Żadne z nas nie wierzy za bardzo w małżeństwo, ale to chyba rozsądna decyzja inwestycyjna.

Kait była wstrząśnięta.

– Brzmi to trochę zimno, nie sądzisz? I niezbyt romantycznie. – Kait była rozczarowana.

– Nam obojgu małżeństwo wydaje się dość przestarzałą instytucją. Sześćdziesiąt procent małżeństw kończy się obecnie rozwodem. Statystycznie nie wygląda to atrakcyjnie.

Kait nie mogła z tym dyskutować, ale z przykrością słuchała, jak córka mówi o tym w tak zblazowany i niechętny sposób.

– To jednak sensowne posunięcie, jeśli chcemy kupić nieruchomość – dodała praktycznie Stephanie. Przed chwilą Kait powiedziała to samo, ale nie po to, by nakłonić ją do ślubu.

– A chcesz za niego wyjść? – zapytała.

– Jasne. Dlaczego nie? – rzuciła Stephanie niefrasobliwie. – Dobrze się dogadujemy. – Byli razem od czterech lat. – Podpiszemy oczywiście intercyzę i umowę dotyczącą domu. I nie chcemy dużego wesela – zapewniła Stephanie.

– Dlaczego? – spytała Kait. Było jej przykro, że to wszystko jest takie wykalkulowane i motywowane tylko zakupem domu.

– Czułabym się głupio w wielkiej białej sukni, skoro od czterech lat żyjemy razem. Poza tym oboje nie znosimy takich przebieranek. Pomyślałam, że po prostu skoczymy do urzędu miasta w przerwie na lunch.

– A czy też mogę tam być? – zapytała Kait z wahaniem. Wszystko to brzmiało jakoś przygnębiająco. Nie miała teraz ochoty na żadną imprezę, ale chciała, by jej jedyna pozostała przy życiu córka miała piękny ślub. Ale Stephanie nie mieszkała w Nowym Jorku i nie spotykała się z dawnymi znajomymi. W San Francisco ona i Frank mieli małe grono znajomych, z których większość także pracowała w Google.

– Oczywiście. Moglibyśmy chyba pobrać się w Nowym Jorku, jeśli tego chcesz. Może w okolicy Święta Dziękczynienia. – Stephanie i Tom mieli przyjechać w tym roku na Dziękczynienie i Boże Narodzenie do Nowego Jorku, ze względu na matkę. Wiedzieli, że okres świąteczny będzie dla niej trudny. Był to pomysł Toma. – Pogadam z Frankiem. Znaleźliśmy już dom, który się nam podoba, kiedy byliśmy w niedzielę na rowerach. Cena w porządku i jest w niezłym stanie. Dla niej wszystko kręciło się wokół domu. Cała reszta była nieważna i to naprawdę martwiło Kait. Musiała zadać to pytanie, nie mogła się powstrzymać.

– Steph, czy ty go kochasz? Czy to jest człowiek, z którym chcesz spędzić resztę życia? Z którym chcesz mieć dzieci? – To wszystko było znacznie ważniejsze od domu.

– Oczywiście, że go kocham, mamo. Nie żyłabym z nim, gdyby było inaczej. Po prostu nie myślę o tym w taki sposób jak ty, że to raz na zawsze i póki nas śmierć nie rozłączy. A dzieci i tak nie chcę, tak jak on. Praca jest dla nas ważniejsza. – Mówiła szczerze i znalazła mężczyznę, który myślał podobnie. – Dzieci to wielkie zobowiązanie, a ja nigdy nie chcę go brać na siebie. To zbyt obciążające emocjonalnie. Spójrz tylko na siebie, jakim ciosem jest dla ciebie śmierć Candace.

Kait była wstrząśnięta, że Stephanie patrzy na to w ten sposób – że to zobowiązanie, którego nie warto podejmować, bo któregoś dnia możesz wszystko stracić.

– Ale ja nie żałuję, że ją urodziłam. Ani przez chwilę. To samo dotyczy każdego z was.

– To miłe, ale nie dla mnie. Ani dla Franka.

Kait wiedziała, że Candace myślała podobnie. Była tak zaangażowana w kręcenie swoich filmów dokumentalnych, że nie wyobrażała sobie, by mogła w tym samym stopniu oddać się dzieciom. Kait mogła się tylko cieszyć, że Tommy myślał inaczej.

– Więc co o tym sądzisz?

– Myślę, że należysz do pokolenia, które patrzy na wszystko z innej perspektywy. Ale cię kocham i chcę, żebyś była szczęśliwa.

– Jestem szczęśliwa i bardzo nam się podoba ten dom – powiedziała Stephanie z prostotą.

– A czy wyszłabyś za Franka, gdybyś nie chciała kupić domu?

Stephanie zastanawiała się przez chwilę, zanim odpowiedziała.

– Tak, myślę, że tak. Pewnie dopiero za parę lat, może koło trzydziestki. – Niedługo miała skończyć dwadzieścia siedem lat, Frank był w tym samym wieku. Kait wydawali się jeszcze bardzo młodzi, choć ona i Scott pobrali się i mieli dzieci, kiedy byli znacznie młodsi, ale to było dawno temu i świat zmienił się od tego czasu. Małżeństwo nie miało teraz takiego znaczenia jak kiedyś. – Ale dom wolę kupić teraz, kiedy raty są niskie i znaleźliśmy taki, który nam odpowiada. – Była przede wszystkim praktyczna, a nie romantyczna. Kait mogła się z tym tylko pogodzić.

– Czy powinnam wspomnieć o ratach w zawiadomieniu o ślubie? – zażartowała Kait, a Stephanie zawahała się, a potem roześmiała. ·

– No więc co sądzisz o Święcie Dziękczynienia, mamo? – Kait zdała sobie sprawę, że dzięki temu nie będzie jej może tak smutno, choć przecież Candace od lat nie przyjeżdżała do domu na Dziękczynienie.

– Oczywiście. Czy rodzice Franka też przyjadą? – Kait nie miała dotąd okazji ich poznać.

– Nie, wtedy akurat nie mają czasu. Chcą nam zorganizować przyjęcie później, w San Francisco. Znają plan. Powiedzą wszystkim w styczniu. – Stephanie wydawała się z tego zadowolona i twierdziła, że Frank też.

– Będziemy szukały sukienki? Chcesz, żebym przyjechała i pomogła ci przy tym? – Kait miała nadzieję, że Stephanie się zgodzi. Byłby to dobry pretekst, żeby się z nią spotkać.

– Nie mogę, mamo. Jestem zbyt zajęta. Zobaczymy się w Święto Dziękczynienia. Jakoś wymyślę, w co się ubrać. Nie chcę białej sukni. Na pewno znajdę coś w Internecie.

Zakupy i moda nie były mocnymi punktami Stephanie, wygląd nie miał dla niej znaczenia.

Kait siedziała przez chwilę nieruchomo, zastanawiając się nad tą rozmową. Nie tego pragnęła dla Stephanie, wiedziała jednak, że jej pomysły na życie córki są bez znaczenia. Dzieci mają prawo żyć po swojemu. Tak jak Candace, do samego końca. Może to właśnie było najważniejsze – że każde z nich należy do siebie i ma własne pomysły i styl życia, nie zawsze zgodne z tym, co podoba się matce. Kait wolałaby widzieć w córce więcej romantyzmu, ale Stephanie była inna i miała do tego prawo.

Wszyscy mieli spędzić razem Święto Dziękczynienia, dzień później Stephanie i Frank pobiorą się w ratuszu, w strojach, które uznają za stosowne, tylko w obecności rodziny Steph. Tom i Maribeth mieli wielkie wesele, na ośmiuset gości, które wyprawił ojciec panny młodej. Przyjęcie odbyło się w ogromnym pawilonie z kryształowymi żyrandolami, trzema orkiestrami i wokalistą sprowadzonym z Las Vegas. Każdemu to, co mu się podoba. Teraz Stephanie zrobi to zupełnie inaczej, bez względu na to, co myśli o tym Kait i co sobie wymarzyła. Kait potrafiła się z tego cieszyć. Przemyślała to i zdała sobie sprawę, że gdyby inna matka zwróciła się do niej z takim problemem, poradziłaby jej, by zgodziła się na to, czego pragnie jej córka. I teraz posłuchała swojej własnej rady.

Stephanie była nowoczesną młodą kobietą i miała własne poglądy. O tym właśnie był serial, do którego Kait napisała fabułę – o nowoczesnych kobietach, które potrafiły odrzucić na bok tradycję i robiły to, w co wierzyły, na swój własny sposób. Tak z konieczności zrobiła jej babka. Różnica polegała na tym, że teraz kobiety robiły takie rzeczy z wyboru. I Kait zdała sobie sprawę, że jeśli naprawdę wierzy w to, co napisała, powinna stanąć po stronie córki. Był to dla Kait „nowy wspaniały świat", ale nie o nią tu chodziło.

Kait często dzwoniła do Maeve, żeby zapytać o zdrowie Iana. Z chwilą, kiedy skończyły się zdjęcia, jego stan zaczął się gwałtownie pogarszać. Został zabrany do szpitala z powodu infekcji dróg oddechowych, dostał wielkie dawki antybiotyków, które miały nie dopuścić do zapalenia płuc, w końcu jednak został podłączony do respiratora. Chciał wrócić do domu, więc Maeve postarała się o respirator i pielęgniarki na dwie zmiany, i poprosiła o pomoc córkę. W czasie rozmowy Kait wyczuwała jej zdenerwowanie. Maeve mówiła, że Ian wymyka się jej z rąk. Zbliżało się to, co było nieuchronne. Dużo spał, Maeve czuwała przy nim dzień i noc, starając się spędzać przy nim każdą chwilę. Spała w tym samym pokoju, by nie opuszczać go nawet nocą. Kait rozumiała, że jest już bardzo źle. Maeve starała się przygotować na najgorsze. Przerwa w zdjęciach była dla niej wielką ulgą. Mogło się wydawać, że Ian też na to czekał ze swoim odejściem.

Kilka dni po ostatniej rozmowie Maeve zadzwoniła do Kait o szóstej rano. Kait wiedziała, co się stało.

– Odszedł spokojnie dwie godziny temu – powiedziała Maeve. Ona też wydawała się dziwnie spokojna, jakby znaczenie tego, co się wydarzyło, jeszcze do niej nie dotarło. Kait aż za dobrze wiedziała, przez co przechodzi przyjaciółka i jak się czuje. Choć rodzina Iana miała czas przygotować się na jego śmierć, ich strata nie była przez to ani trochę łatwiejsza niż żałoba Kait. Oni też musieli stawić czoło nagłej nieobecności ukochanej osoby, pogodzić się z niewyobrażalnym faktem, że już nigdy jej nie zobaczą, nie usłyszą jej głosu ani śmiechu. Maeve już nigdy nie poczuje jego ramion.

Rano wiadomość o śmierci Iana podały wszystkie serwisy informacyjne. Gazety drukowały długie artykuły na jego temat. Nekrolog, napisany przez jego agenta, informował, że Ian zmarł po długiej chorobie, a ceremonia pogrzebowa odbędzie się w zamkniętym gronie rodzinnym. Zgasł wybitny umysł, odszedł utalentowany reżyser, kochający mąż i ojciec. Pogrzeb miał się odbyć za trzy dni, tyle czasu rodzina potrzebowała na jego organizację. Nie ujawniono miejsca, by uniknąć najazdu wielbicieli. Maeve oddała ciało Iana do kremacji, co było jego życzeniem, odkąd poczuł, że to ciało go zdradziło.

Nick zadzwonił do Kait z Wyoming tej nocy, kiedy zmarł Ian, po rozmowie z Maeve. Zaprosiła go na pogrzeb jako jednego z najstarszych przyjaciół Iana. Wysłała też mejl do Kait z informacją, że i ona będzie mile widziana.

– Przylatuję jutro – powiedział Nick.

– Jak twoim zdaniem radzi sobie Maeve? – zapytała z troską.

– To nieprawdopodobnie silna kobieta, ale będzie jej ciężko. Byli małżeństwem przez wiele lat i szaleli za sobą. Tylko oni sprawiali, że miałem ochotę sam się ożenić. Ian miał starszego brata, który też skądś przyleci. Zaproponowałem Maeve, że zawiozę ją na pogrzeb, ale pojedzie z nim. Może chciałabyś, żebym pojechał z tobą?

Zastanawiała się przez chwilę i szybko zdała sobie sprawę, że tak. Wszystko to stało się tak szybko po śmierci Candace, że wydawało się jeszcze trudniejsze. Kait głęboko współczuła Maeve i jej córkom, choć były przygotowane na taki rozwój wypadków. Maeve przyznała jednak, że żadna z nich nie spodziewała się, że stanie się to tak szybko. Było to jednak błogosławieństwem dla Iana, że nie musiał latami oddychać za pomocą respiratora, uwięziony we własnym ciele, ze sprawnie funkcjonującym umysłem. Kait nie wyobrażała sobie gorszej śmierci, ale Maeve powiedziała, że pod koniec Ian był spokojny i że zmarł w jej ramionach. Kait miała wrażenie, że serce jej pęka, kiedy to usłyszała.

Nick powiedział, że zatrzyma się w hotelu Pierre na Manhattanie, niedaleko od jej mieszkania, a potem wyjeżdża do Europy. Chciał się spotkać z przyjaciółmi z Anglii i obejrzeć kilka koni, które zamierzał kupić. Miał ochotę zaproponować, by z nim pojechała, ale nie ośmielił się tego zrobić. Śmierć Iana przypomniała jednak wszystkim, że życie jest krótkie i nieprzewidywalne. Obiecał, że zadzwoni do niej, kiedy już dotrze do hotelu i zaprosił ją na kolację. Przylatywał ze smutnego powodu, ale cieszył się, że znowu ją zobaczy.

Kait rozmawiała też z Zackiem, który nie przylatywał na pogrzeb. Maeve go nie zaprosiła. Podziwiał ją szczerze, ale nie byli ze sobą zbyt blisko. A potem zadzwoniła Agnes i powiedziała, że przyjedzie sama.

Następnego dnia Nick zadzwonił do Kait późnym popołudniem, już z hotelowego apartamentu. Pod hotelem tkwili paparazzi, czym nie był zachwycony. Ktoś podał im informację, że zarezerwował pokój. Przeszedł między nimi z uprzejmym wyrazem twarzy i uciekł do pokoju.

– To musi być męczące. Kiedy chodzimy razem na lunch, do Maeve ciągle podchodzą jacyś ludzie i proszą o autograf.

– Z czasem uczysz się z tym żyć – powiedział Nick z prostotą i dodał, że przyjedzie po nią o siódmej trzydzieści i pojadą na kolację do 21, jego ulubionej nowojorskiej restauracji z tradycyjną amerykańską kuchnią.

Miała na sobie granatową sukienkę i taki sam płaszcz, kiedy pojawił się w jej mieszkaniu. Czuła się w tym stroju bardzo godnie, po miesiącach chodzenia w dżinsach i T-shirtach, to znaczy tak, jak dotychczas zawsze widywał ją Nick. Sukienka była była dość krótka i odsłaniała nogi. Kait włożyła do niej pantofle na wysokich obcasach. On miał na sobie granatowy garnitur i wyglądał jak bankier. Uśmiechnął się, kiedy wsiadała do samochodu.

– Całkiem fajnie się odstrzeliłaś – zażartował. Wyglądała pięknie z długimi rudymi włosami, opadającymi swobodnie na plecy. W restauracji wszyscy traktowali Nicka jak króla. Przypomniało jej to, że ma do czynienia z gwiazdą, o czym na rodeo czy na planie łatwo było zapomnieć. – Co cię tak rozbawiło? – spytał, kiedy już zamówił dla nich obojga po „byku". Był to bulion wołowy z wódką.

– Myślałam o tobie na rodeo.

Roześmiał się.

– Żebra w końcu przestały mnie boleć po tym ostatnim. – Powiedział jej, że Maeve poprosiła, by następnego dnia zaśpiewał *Amazing Grace*, ulubioną pieśń Iana. Kait słyszała ją też na pogrzebie Candace.

Zjedli kolację przy stoliku w rogu sali, rozmawiając o jego filmach i jej dzieciach, o magazynie i rubryce, którą prowadziła. Powiedziała mu, że zamierza z niej zrezygnować, kiedy tylko okaże się, że wyniki oglądalności istotnie są tak dobre, jak się wydawało.

– Będzie mi jej brakowało. Ale ciężko mi ją było prowadzić tego lata. Chciałabym, żeby znaleźli kogoś innego, kto się tym zajmie. Bardzo nie chcę zawieść ludzi, którzy liczą na porady.

– Wszystko ma swój czas – zacytował Nick i uśmiechnął się. – Jesteś gotowa zacząć nowy rozdział w swoim życiu, Kait. Masz do tego prawo. Nie możesz ciągnąć za sobą przeszłości.

– Nie chcę tego tak nagle rzucić, zwłaszcza że poprosili mnie, bym zaczekała do końca roku. Chciałam dotrzymać zobowiązania, ale nie zdawałam sobie sprawy, jakie to będzie trudne. Serial pochłaniał cały mój czas. Wszystko, co dzieje się na planie, jest takie pracochłonne.

Skinął głową, znał to z własnego doświadczenia.

– Chciałbym już rozpocząć zdjęcia do kolejnego sezonu – powiedział z uśmiechem. Kait czuła podobnie. Dodał, że czas oczekiwania ciągnie mu się nieznośnie. – Już się czuję częścią tego wszystkiego. – Chyba naprawdę cieszyła go ta perspektywa. Dla widzów miał być niespodzianką, na razie informacja o jego udziale w serialu nie wyciekła do mediów, co cieszyło Zacka. Kiedy ta informacja zostanie podana do publicznej wiadomości, zorganizują konferencję prasową dla Nicka i Maeve. Wcześniej na konferencji wystąpią Charlotte, Dan i Abaya. Żeby wzmocnić zainteresowanie serialem, ukaże się wiele artykułów w prasie. Kait znowu pomyślała o *Downton Abbey*. Od miesięcy nie miała czasu go oglądać, była zbyt zajęta. Przyznała się Nickowi do swojej namiętności do tego serialu, a on się roześmiał.

– Też go lubię. – Wspomniał o trzech innych serialach, bardziej męskich: policyjnym, narkotykowym i science fiction. Wszystkie były bardzo popularne i należały do konkurencji *Kobiet Wilderów*.

Po kolacji Nick odwiózł Kait do domu, ale nie zaprosiła go na górę. Oboje byli zmęczeni, on dopiero przyleciał do miasta, mieli przed sobą całe dwa dni. Rano Nick miał zamiar spotkać się z Maeve. Obiecał, że zabierze ją na lunch, żeby mogła odpocząć po przygotowaniach do pogrzebu.

– Może wpadniesz do mnie jutro na kolację? – zapytała Kait. – Kiepska ze mnie kucharka, ale coś wymyślę. Prawdę mówiąc, nie gotowałam od czasu, kiedy dzieci wyprowadziły się z domu, pomijając Święta Dziękczynienia i Boże Narodzenie.

– Byłoby świetnie. – Przed powrotem do hotelu uściskał ją i pocałował w policzek.

Następnego wieczoru pojawił się o siódmej. Kait postawiła na kuchennym stole pieczonego kurczaka, warzywa i sałatkę. Nick zdjął marynarkę, podwinął rękawy koszuli i usiadł do stołu. Kait miała na sobie spodnie i sweter. Nick mówił, jak się miewa Maeve. Następnego dnia miał się odbyć pogrzeb.

– Wydaje się, że jest na autopilocie. Ale to wspaniała kobieta. Dziewczyny są zrozpaczone, biorąc jednak pod uwagę, co by go czekało, śmierć była dla niego wybawieniem.

– Wiem. Maeve uprzedzała, że może nie nadawać się do pracy przez jakiś czas. Ale nikt nie przypuszczał, że nastąpi to tak szybko.

Przy kolacji Nick opowiedział jej o koniach, które zamierza kupić w Anglii i polowaniu, na które wybierał się ze swoimi angielskimi znajomymi. Była to tradycja, która bardzo go cieszyła. Kiedy nie pracował, prowadził wygodne życie, a na ranczo wracał po to, co lubił najbardziej. Bo w głębi serca pozostał chłopakiem z Teksasu, choć mieszkał w Nashville, w Los Angeles i w Wyoming, a od czasu do czasu także w Nowym Jorku. Powiedział jej, że raz spróbował swoich sił na Broadwayu i odkrył, że to nie dla niego. Wolał film od teatru. Gra na scenie wydała mu się zbyt ograniczona i statyczna.

– Nie powtórzę Szekspirowi, że to powiedziałeś – zażartowała Kait.

Nie siedzieli długo ze względu na pogrzeb, który ich czekał następnego dnia.

Nick podjechał po nią rankiem w czarnym garniturze, czarnym krawacie i białej koszuli. Kait też miała na sobie czarny kostium, czarne pończochy i szpilki. Niewiele rozmawiali po drodze. Nabożeństwo pogrzebowe odbyło się w małym kościele w pobliżu domu Maeve i Iana. Na wszelki wypadek Maeve wynajęła kilku policjantów, ale pogrzeb odbył się tak, jak życzył sobie tego Ian, tylko w obecności rodziny i najbliższych przyjaciół. Tamra i Thalia, obie przemawiały na pogrzebie. Zgodnie z obietnicą Nick zaśpiewał *Amazing Grace* i choć po twarzy płynęły mu łzy, piękny, mocny głos ani razu nie zadrżał. Potem urna została wyniesiona z kościoła i umieszczona w karawanie. Wszyscy pojechali za karawanem na cmentarz. Maeve z córkami wybrały kwaterę pod drzewem, gdzie było dość miejsca dla jego żony i dzieci, otoczoną niskim ogrodzeniem. Z góry spoglądał na niego kamienny anioł. Każdy położył na grobie białą różę, a Maeve odczytała ulubiony wiersz męża.

Wracając do miasta z Nickiem, Kait długo milczała. Nie była w stanie rozmawiać. Pogrzeb był zbyt poruszający i bolesny. Kait cierpiała wraz z Maeve i jej córkami, przeżywała też niedawną śmierć Candace. Miała wrażenie, że niezabliźniona jeszcze rana w jej sercu znowu się otworzyła. Nick to rozumiał. Siedzieli po prostu razem, trzymając się za ręce, a ona czuła płynącą od niego siłę.

Spędzili dwie godziny u Maeve, przez chwilę rozmawiali z Agnes, a potem wymknęli się po cichu. Maeve wyglądała na wyczerpaną, uznali więc, że okrucieństwem wobec niej byłoby zwlekać z odejściem. Powinna teraz zostać tylko z córkami. Nick zawiózł Kait do domu. Westchnęła z ulgą, kiedy usiedli na kanapie. Dzień był pełen emocji i oboje byli zmęczeni. Nick wiedział, że będzie spał w samolocie. Tego wieczoru wylatywał do Londynu.

Nie wspominali więcej o pogrzebie, dla Kait było to zbyt bolesne, a Nick to wyczuwał. Rozmawiali przez chwilę, potem Nick musiał już iść. Kait odprowadziła go do drzwi.

– Baw się dobrze w Anglii. – Uśmiechnęła się, a on spojrzał na nią i delikatnie dotknął jej twarzy.

– Uważaj na siebie, Kait. I powodzenia z serialem. – Do premiery został tylko tydzień, napięcie wydawało się nie zniesienia. Potem pochylił się i pocałował ją w usta, a ona objęła go ramionami. Nie spodziewała się tego, ale cieszyła się, że to zrobił. – Ciąg dalszy nastąpi... – powiedział z uśmiechem. – W drugim sezonie.

– Chyba pomyliłeś mnie z Maeve – odparła.

– Nie, nie pomyliłem. Wiem dokładnie, kim pani jest, pani Whittier.

I podobała mu się właśnie taka. Wezwał windę i chwilę później już go nie było. A Kait wróciła do mieszkania z uśmiechem na twarzy.

16

Tydzień po pogrzebie Iana Kait, Maeve i Agnes spotkały się u Kait, żeby wspólnie obejrzeć pierwszy odcinek serialu. Maeve wyglądała źle i nie miała ochoty widywać się z nikim poza dwiema przyjaciółkami. Ale żadna z nich nie chciała zobaczyć pierwszego odcinka serialu w samotności, razem wydawało się to znacznie przyjemniejsze. Pierwszy odcinek *Kobiet Wilderów* miał zostać wyemitowany o dziewiątej wieczorem. Maeve i Agnes przyszły o ósmej, a Kait przygotowała dla nich przekąski, w tym ciastka swojej babki, „Dla Dzieci", które zawsze miała w domu, podobnie jak większość ludzi, bo wszyscy je uwielbiali. Obie przyjaciółki uśmiechnęły się na ich widok. Były zbyt podekscytowane, żeby myśleć o jedzeniu. Zack i Nick zadzwonili do Kait tuż przed nadejściem gości. Tom i Stephanie też zamierzali obejrzeć pierwszy odcinek.

Dokładnie o dziewiątej wszystkie trzy siedziały w salonie i w skupieniu oglądały film. Żadna z nich nie odezwała się ani razu, dopóki nie dobiegł końca. To była poważna sprawa, czuły się jednocześnie przerażone i zachwycone. Oglądalność pierwszego odcinka decyduje o całej reszcie. Od dwóch tygodni trwała wielka akcja promocyjna. Przedpremierowe recenzje były pozytywne i dotyczyły głównie gwiazdorskiej obsady. A po emisji pierwszego odcinka ludzie zaczną sobie opowiadać, czy im się podobał, czy nie. Zamiast spokojnego rozbiegu, zaczęli serial odcinkiem z dramatyczną akcją i udziałem wszystkich bohaterów, żeby publiczność mogła ich poznać. Wielkie nazwiska podano w czołówce, z wyjątkiem Nicka, a była to olśniewająca lista wielkich gwiazd. Nick stanowił ciągle niespodziankę, zachowaną na później.

Kait była pewna, że reszta zespołu też ogląda pierwszy odcinek i jest równie ciekawa pomiaru oglądalności i recenzji. Dzieci przysłały jej esemesy, życząc powodzenia. Teraz siedziała jak zahipnotyzowana, jakby naprawdę widziała te sceny po raz pierwszy i nie miała pojęcia, co się dalej wydarzy. Żadna z trzech kobiet nie odezwała się aż do przerwy na reklamy, ponieważ serial emitowała duża stacja telewizji kablowej.

– Jezu, jakbym miała sto cztery lata – powiedziała w końcu Agnes, upiła łyk coli i sięgnęła po ciastko. – Naprawdę tak staro wyglądam?

– Starzej – odparła Maeve, a Agnes prychnęła. – Ale masz dobrą perukę i grasz doskonale.

– W drugiej scenie doprowadziłaś mnie do łez – zrewanżowała się Agnes. – Niechętnie to przyznaję, ale Charlotte wygląda na ekranie nieprawdopodobnie. Nic dziwnego, że każdy facet na tej planecie chce z nią iść do łóżka.

– No, teraz już nie – mruknęła cierpko Maeve i wszystkie trzy się roześmiały. – Poza tym ona ma dwadzieścia trzy lata. Kiedy byłyśmy w jej wieku, wszyscy chcieli iść do łóżka z nami.

– Mów za siebie – stwierdziła Agnes. – Jeszcze dziś wszyscy faceci z domów spokojnej starości marzą tylko o mnie. – Znowu wybuchnęły śmiechem.

Reklamy się skończyły i film zaczął się na nowo. Zgodziły się, że tempo akcji i dialogi są znakomite, a scenariusz Bekki był naprawdę fantastyczny, nawet lepszy, niż obiecywał Zack. Szlifowała każde zdanie, aż osiągnęło doskonałość.

Oglądając pierwszy odcinek w telewizji, w tym samym czasie co cały kraj, zrozumiały, że serial ma w sobie jakiś rodzaj magii. Obsada została dobrana bezbłędnie, akcja toczyła się wartko. Każdy aktor był doskonale wiarygodny, każde zdanie dźwięczało prawdą. Kait uśmiechnęła się, spoglądając na przyjaciółki i pomyślała, że chciałaby mieć z nimi zdjęcie. Wszystkie były w dżinsach, nieuczesane i nieumalowane; Agnes i Kait włożyły okulary, Maeve nosiła soczewki kontaktowe. Tego wieczoru nie wyglądały elegancko, były po prostu starszymi kobietami, które zasiadły przed telewizorem obejrzeć ulubiony serial i spijały każde słowo padające z ekranu.

Pierwszy odcinek *Kobiet Wilderów* minął szybko i zakończył się mocnym akcentem, który budził ciekawość dalszego ciągu. Niemal natychmiast po zakończeniu odezwała się komórka Kait, a zaraz potem Maeve. Do obu dzwoniły dzieci, zachwycone tym, co zobaczyły. Agnes otworzyła w tym czasie kolejną colę i sięgnęła po ciastka.

Tommy powiedział, że jest bardzo dumny z matki, i że Maribeth jest zachwycona serialem i nie może się doczekać następnego odcinka, a jemu podobają się męscy bohaterowie filmu i aktorzy, którzy ich grają. Uważał, że Charlotte jest prześliczna, choć wygląda trochę jak dziwka, a Abaya, jak na zupełnie nieznaną aktorkę, jest dobra i na pewno zostanie gwiazdą. Jego zdaniem, serial był skazany na sukces. Stephanie zadzwoniła zaraz po nim, by powiedzieć, że obejrzała pierwszy odcinek razem z Frankiem, któremu bardzo się podobało. Dziewczyny Maeve też były zachwycone. Carmen napisała esemes, a Zack zadzwonił jeszcze raz i powiedział, że serial na pewno zwycięży we wszystkich rankingach. Czekał już na recenzje i wyniki oglądalności, które miały się ukazać następnego dnia.

Po rozmowach telefonicznych trzy kobiety z ożywieniem omówiły obejrzany odcinek i drobne niedociągnięcia, które zamierzały naprawić w kolejnym sezonie. One też czuły, że serial jest dobry i ma szanse mimo dużej konkurencji. Kilka minut później do Kait napisał Nick. Wrócił już z krótkiej podróży do Anglii i znowu był na ranczu. „Zestarzejemy się w tym serialu" – pisał, a Kait uśmiechnęła się, czytając to.

Potem rozmawiały jeszcze przez godzinę, w końcu Maeve i Agnes pojechały do domu. Były równie zdenerwowane jak wtedy, kiedy przyszły, bo na wyniki oglądalności i recenzje trzeba było czekać aż do rana. Wszystkie trzy miały przed sobą długą noc.

Zack zadzwonił do Kait o dziewiątej następnego ranka – w Los Angeles była dopiero szósta.

– Posłuchaj tego – zaczął od razu, nie mówiąc nawet dzień dobry. – „Celując w pierwsze miejsce w rankingach na najlepszy nowy serial roku, *Kobiety Wilderów* rozpoczęły się wczoraj wieczorem premierowym odcinkiem. Obsada skrzy się od gwiazd filmu, tych o ustalonej pozycji, jak Maeve O'Hara, Agnes White czy pojawiający się w epizodycznej roli Phillip Green, młodszej generacji, jak Dan Delaney i Charlotte Manning – ale też świeżo odkrytych, jak niezwykle utalentowana Abaya Jones czy Brad Evers. Świetni aktorzy, doskonały scenariusz Bekki Roberts i interesująca historia autorstwa Kait Whittier o kobietach w lotnictwie okresu II wojny światowej i później – to wszystko pozwala przypuszczać, że powinniśmy się przygotować na przynajmniej siedem, a może osiem czy nawet dziesięć sezonów. Obejrzyj jeden odcinek i jest już po tobie. *Kobiety Wilderów* zostawią konkurencję daleko w tyle. Chwała im za to!"

– Jak ci się podoba ta recenzja? Wczoraj wieczorem mieliśmy siedemdziesiąt jeden procent przez pierwsze pół godziny, osiemdziesiąt dwa przez drugie. Rozwaliliśmy ich! – Kait słuchała tego ze łzami w oczach. Podziękowała Zackowi za telefon. Kiedy zadzwoniła do przyjaciółek, okazało się, że one też już z nim rozmawiały. Agnes śmiała się z radości, a Maeve znowu mówiła jak człowiek, naprawdę zadowolona. Żałowała tylko, że Ian tego nie dożył. On natychmiast uwierzył w powodzenie serialu i przekonał ją, by wzięła w nim udział.

Kait cały dzień odbierała telefony od przyjaciół, w tym od Sama Hartleya, który przedstawił ją Zackowi w sylwestra. Następnego dnia zadzwoniła do Pauli Stein z redakcji. Paula miała posępny głos.

– Wiedziałam, że się odezwiesz. Oglądałam wczoraj twój serial. Jest genialny. Pewnie jesteśmy już historią w twoim życiu, Kait.

Po dwudziestu latach.

– Ale piękną historią. Będzie mi tego bardzo brakowało, jednak odkąd zaczęły się zdjęcia, było mi naprawdę trudno pogodzić te prace. Nie chcę, żeby rubryka obniżyła poziom, ale nie jestem w stanie pracować na pełnych obrotach na dwóch frontach. To byłoby nie w porządku wobec was. – Kait miała przed sobą długą przerwę w zdjęciach, ale podjęła już decyzję i zamierzała zrezygnować z pracy w redakcji.

– Cóż, jestem ci wdzięczna, że próbowałaś – powiedziała wielkodusznie Paula. – Kiedy chcesz odejść?

– Mogę to robić do końca roku, tak jak obiecałam, ale naprawdę chciałabym skończyć wcześniej. Powiedzmy, że będę prowadziła rubrykę do Bożego Narodzenia. Mogłabym przygotować tekst pożegnalny na święta.

– W porządku – powiedziała z wdzięcznością Paula. Do tego czasu zostały jeszcze dwa miesiące. Od lutego Kait godziła jakoś obie prace, a w tym czasie mieściły się też trzy miesiące zdjęć.

– Co zamierzacie zrobić z rubryką? – Byłoby jej przykro, gdyby gazeta całkiem z niej zrezygnowała, wiedziała jednak, że może się tak zdarzyć.

– Liczyliśmy się z tym, że zechcesz odejść i postanowiliśmy, że jeśli to zrobisz, zrezygnujemy z niej całkowicie. Nikt nie poprowadziłby *Powiedz Kait* tak jak ty. Zastąpimy ją cyklem artykułów na temat urody, o których marzy Carmen.

– Będzie świetna! – powiedziała Kait, szczerze ucieszona ze względu na przyjaciółkę.

– Cóż, powodzenia w serialu. Jesteśmy z ciebie dumni – oznajmiła Paula, a Kait uśmiechnęła się. To wiele dla niej znaczyło. Podjęła ryzyko, pisząc zarys fabuły serialu. Ale Zack wierzył w nią i dlatego jej się udało. Zrobił dla niej naprawdę dużo.

Płynęła na fali pochwał i wspaniałych recenzji przez cały tydzień. Napisała mejl do Carmen, informując ją o swoim odejściu i życząc powodzenia nowemu cyklowi. Obiecały sobie, że spotkają się wkrótce na lunchu, ale na razie obie były zbyt zajęte. Zastanawiając się nad tym, Kait doszła do wniosku, że naprawdę rozpoczęła nowy rozdział życia, tak jak przepowiedział to Nick. Miała nową pracę, rozwijała nowy talent, zdobyła nowych przyjaciół. Jej życie nagle stało się tak ekscytujące. Przeżyła też wielką tragedię, straciła córkę, podobnie jak Maeve straciła męża. Ale życie przeplatało bolesne ciosy z radościami, których również nie brakowało. Gorycz i słodycz życia dopełniały się i równoważyły. A nowe życie, które teraz prowadziła, wydawało się naprawdę piękne. I Kait z bólem w sercu uświadomiła sobie, że Candace byłaby z niej dumna.

17

Po emisji pierwszego odcinka Nick dzwonił do Kait niemal codziennie. Drugi odcinek był jeszcze lepszy. Entuzjastyczne recenzje odcinka premierowego sprawiły, że oglądalność drugiego poszybowała pod niebo. Pojawiły się kolejne świetne recenzje. Co więcej, ludzie w całym kraju oglądali serial i byli nim zachwyceni. W mediach społecznościowych wszyscy go sobie polecali.

Kait planowała rodzinne Święto Dziękczynienia, kiedy zadzwonił Nick. Zaprosiła Agnes, która nie miała dokąd pójść, i Maeve z córkami, żeby rozjaśnić im trochę pierwsze święto bez Iana. Postanowiła też, że zapyta Nicka, czy nie chciałby przylecieć do Nowego Jorku i przyłączyć się do nich, a on uznał, że to dobry pomysł. Ostrzegła, że następnego dnia będzie zajęta ślubem Stephanie i Franka, który miał się odbyć tylko w obecności rodziny. Zaraz potem nowożeńcy lecieli z powrotem do Kalifornii, a Tom, Maribeth i dziewczynki – do Teksasu, więc weekend będzie miała wolny.

– Świetnie – odparł, wyraźnie zaintrygowany. – Zastanawiałem się, czy nie pojechać na narty do Aspen, ale wolę spędzić czas z tobą. Dzieci nie będą miały nic przeciwko temu?

– Skądże, będą zachwycone.

Dla nich Dziękczynienie bez Candace też będzie wyzwaniem. W tym roku każdy utracił kogoś ważnego, nowe twarze na pewno poprawią wszystkim nastrój. Kait była tego pewna.

– Na wszelki wypadek zapytaj ich o to. Nie chciałbym nastąpić nikomu na odcisk. – Nick zawsze starał się nie narzucać nikomu. Kait spytała więc dzieci przy najbliższej okazji – oboje uważali, że to dobry pomysł. Tom stwierdził też, że należałoby uczcić sukces serialu. To z pewnością przyjemniejsza perspektywa niż opłakiwanie Candace i Iana, czego obawiała się Kait. Tym że Nick dołączy do nich, cieszyła się tak samo jak on. Maeve też była zadowolona, Nick był przecież przyjacielem Iana przez wiele lat. Do stołu miało zatem zasiąść dwanaście osób, co było idealną liczbą. Kait zamówiła na ten dzień catering, a w The Mark, ulubionej nowojorskiej restauracji Stephanie, oferującej menu europejskie, mieli zjeść w piątek weselny obiad. Zapowiadał się weekend pełen wrażeń.

Do czasu Święta Dziękczynienia telewizja wyemitowała sześć odcinków serialu i wszystkie spotkały się z pozytywnym odbiorem. Kait przez cały miesiąc ciężko pracowała z Beccą nad scenariuszami do drugiego sezonu. Musieli utrzymać wysoki standard, narzucony przez pierwszy sezon, i wszyscy bardzo się starali. Wolnym czasem mogli się cieszyć tylko aktorzy, Kait i Becca pisały, a Zack miał pełne ręce roboty, załatwiając produkcyjne sprawy serialu.

Kait przeszła kilka ciężkich chwil, kiedy dwa dni przed Świętem Dziękczynienia z Anglii nadeszły meble i rzeczy, należące do Candace. Spakowanie ich zajęło sporo czasu, podobnie jak transport drogą morską i oclenie. Kait krwawiło serce, kiedy zobaczyła te przedmioty w magazynie, gdzie miała je przejrzeć. Ubrania, biurko, książki, kilka pluszowych misiów z dzieciństwa, które córka zabrała ze sobą. Pudełka ze zdjęciami z podróży, listy, jakie wymieniała z Kait przed upowszechnieniem się poczty elektronicznej. Ciężko było na to patrzeć. Zanim Kait zdążyła całkiem się rozkleić, zdecydowała, że zostawi wszystko w magazynie i wróci dokończyć segregowanie innego dnia. W tej chwili nie czuła się na siłach, żeby to robić, zepsułoby to jej całe święta. Sam widok tych rzeczy był dla niej wstrząsający.

Frank i Stephanie przylecieli we wtorek, żeby odebrać zezwolenie na ślub. Wieczorem zjedli z Kait kolację. Tom z rodziną pojawił się w środę wieczorem. Nick przybył własnym samolotem i tym razem zatrzymał się w hotelu Four Seasons. Goście byli zaproszeni na godzinę czwartą, a świąteczny obiad miał być podany o szóstej. Kait zawsze lubiła spędzać Święto Dziękczynienia w rodzinnym gronie. Wszystko wyglądało nieskazitelnie, kiedy przybyli goście. Stół migotał srebrem i kryształami, ułożonymi na haftowanym obrusie jej babki. Na środku stał bukiet jesiennych kwiatów w rdzawych odcieniach. A z kuchni dolatywały apetyczne zapachy.

Pierwsza przyszła Maeve z córkami. Tamra i Thalia uznały, że dziewczynki Toma są urocze i bawiły się z nimi, czekając na resztę gości. Wszyscy rozmawiali i jedli przekąski podawane przez kelnera na jednej ze srebrnych tac Kait.

Agnes przyszła w czarnej aksamitnej sukni od Chanel, z wysoką stójką i białymi mankietami. Ostatni pojawił się Nick z ogromnym bukietem róż w jesiennych barwach. Kelner pomógł Kait odszukać wazon dość duży, by pomieścić kwiaty, a następnie ustawili róże na bocznym stoliku. Wszyscy gawędzili z ożywieniem, panowie wymknęli się do sypialni i aż do kolacji oglądali mecz piłki nożnej. Panowała prawdziwie świąteczna atmosfera. Kiedy wreszcie usiedli do stołu, Kait zmówiła modlitwę dziękczynną, a następnie wspomniała Candace i Iana. Obie z Maeve miały łzy w oczach. Posiłek minął jednak w pogodnym nastroju, a indyk i dodatki do niego były wyśmienite.

Nick mówił o swojej podróży do Anglii, Tom i Maribeth o fotograficznym safari, na które wybierali się wiosną do Afryki Południowej, tylko we dwoje, bez dzieci. Nick zaproponował, żeby w lecie wszyscy przyjechali do niego na ranczo.

– Nie jest tak eleganckie jak ranczo Grand Teton Randz – powiedział, uśmiechając się do Kait – ale zrobię wszystko, żebyście się dobrze bawili. – Tom był zachwycony zaproszeniem i skinął głową, patrząc na matkę, która dodała, że to chyba dobry pomysł.

Po kolacji Maribeth położyła Merrie i Lucie Anne do łóżek, a dorośli zostali przy stole do dziesiątej i dopiero wtedy, przejedzeni, zaczęli zbierać się ociężale do wyjścia. Przed odejściem Nick życzył Stephanie i Frankowi udanego dnia ślubu i szczęśliwego wspólnego życia. Oboje bardzo mu dziękowali. Przy kolacji wspominali, że zaraz po powrocie do San Francisco zamierzają sfinalizować zakup domu. Kait zauważyła, że niemal przez cały czas trzymali się za ręce. Frank dał Stephanie antyczny pierścionek zaręczynowy, który – jak powiedział – był najlepszy, na jaki go było stać, a Stephanie była nim zachwycona.

Przy pożegnaniu wszyscy ściskali się i całowali, a Kait zażartowała, że Frank ma nie otwierać oczu aż do rana, bo nie powinien oglądać panny młodej aż do ślubu i dodała, że planują aż do śniadania zawiązać mu oczy.

– Serio? – Frank spojrzał z przestrachem na narzeczoną, która się roześmiała.

– Nie zwracaj uwagi na mamę.

Frank wydawał się trochę onieśmielony po kolacji z całym panteonem gwiazd filmu i perspektywą lata na ranczu Nicka Brooke'a, który zaprosił też Maeve z córkami. Miał dość miejsca dla wszystkich.

– Jaki miły wieczór. – Tommy nalał sobie brandy i podał szklaneczkę przyszłemu szwagrowi, kiedy już wyszli goście. Kait była zmęczona, ale zadowolona ze wspólnego wieczoru.

Brakowało jej Candace, ale w sumie wieczór nie różnił się niczym od tych wszystkich świąt, na które córka nie zdołała przyjechać do domu. Kait próbowała się oszukiwać i udawała, że Candace po prostu jest w Londynie, chwilami jednak straszna prawda przedzierała się do jej świadomości. Widziała, że podobnie było z Maeve. Nieraz dostrzegła w jej oczach łzy, choć Maeve starała się panować nad sobą, a Nick robił wszystko, by utrzymać lekki, pogodny nastrój, opowiadając zabawne historie. Chciał, żeby Kait miała dobre Święto Dziękczynienia, i czuł, że mu się to udało.

Zadzwonił do niej później tego wieczoru, kiedy już leżała w łóżku, podziękował za to, że pozwoliła mu spędzić wieczór z nimi wszystkimi i zaprosił ją na obiad w sobotę. Wynajął samochód, żeby pojechać z nią do Connecticut i zjeść tam lunch w jakiejś gospodzie. W niedzielę leciał znowu do Wyoming. Poruszyło ją to, że przybył z tak daleka tylko po to, by być z nią w Święto Dziękczynienia. Ale mówił, że świetnie się bawił.

W dniu ślubu świt wstał chłodny i czysty. Stephanie i Frank obudzili się wcześnie i poszli pobiegać wokół stawu w Central Parku, zanim reszta rodziny wstała z łóżek. Wrócili zaróżowieni i pełni energii, Kait podawała kawę dorosłym i mleko z płatkami dziewczynkom, które grały już na swoich iPadach, kiedy Tommy wkroczył do kuchni z gazetą pod pachą.

– O której ten ślub? – spytał lekko, zdyszana młoda para znikła w pokoju Stephanie ze szklankami soku pomarańczowego.

– Musimy wyjść o dziesiątej trzydzieści – odparła Kait. – Ceremonia zacznie się kwadrans po jedenastej.

Nie mówiąc nic Stephanie, Kait zamówiła bukiet storczyków *phalaenopsis*, który właśnie przyniesiono. Ciągle jeszcze nie widziała sukienki córki. Pod wieloma względami był to doprawdy niezwykły ślub.

O dziesiątej wszyscy zebrali się w salonie. Dziewczynki miały na sobie aksamitne, ciemnozielone sukienki, które nosiły też poprzedniego wieczoru, z kołnierzami z białej organdyny, białe rajstopy i czarne skórzane pantofelki od Mary Janes, takie same, w jakich dzieci Kait chodziły w dzieciństwie. Tommy włożył marynarkę, szare spodnie i granatowy płaszcz, a Maribeth beżowy chanelowski kostium. Kait wybrała granat, który uznała za kolor odpowiedni dla matki panny młodej. Pięć minut później do salonu weszła Stephanie w białym wełnianym kostiumie, który był najelegantszym i najbardziej tradycyjnym strojem, w jakim matka widziała ją po raz pierwszy od wielu lat. Frank włożył ciemny garnitur, który pomogła mu wybrać Stephanie, a także elegancko przystrzygł brodę. Kait przyniosła pudło od florysty i wręczyła Stephanie piękny bukiet, a Frankowi przypięła do klapy mały bukiecik konwalii. Na końcu wręczyła dwa różowe bukieciki wnuczkom. Wszyscy wyglądali bardzo szykownie, kiedy zjeżdżali windą do limuzyny, którą Kait wynajęła na tę okazję. Chwilę później ruszyli nią do ratusza. Stephanie sprawdziła, czy Frank ma przy sobie zezwolenie, odebrali je we wtorek. Frank odparł, że ma, a Stephanie odwróciła się do brata.

– Poprowadzisz mnie do ślubu? – zapytała pod wpływem impulsu, a on kiwnął głową, wzruszony, i poklepał ją po ramieniu.

– Poprowadziłbym cię dokądkolwiek, byle daleko, już dawno temu, gdyby mama mi pozwoliła. Najbardziej wtedy, kiedy miałaś jakieś czternaście lat – powiedział i wszyscy wybuchnęli śmiechem. A potem weszli do urzędu za Kait, która szła pierwsza, trzymając za ręce wnuczki.

Dokładnie kwadrans po jedenastej Frank i Stephanie stanęli przed urzędnikiem, do którego poprowadził siostrę Tommy, wypowiedzieli słowa przysięgi i zostali ogłoszeni mężem i żoną. Wymienili obrączki, Kait trzymała bukiet, Frank pocałował pannę młodą i już było po wszystkim. Zdjęcia z uroczystości zostały natychmiast wysłane do rodziców Franka, potem młoda para pozowała jeszcze przez chwilę na schodach przed ratuszem, a następnie wszyscy ruszyli na obiad do The Mark. Kait z dumą patrzyła na córkę. Był to szybki ślub, ale teraz Stephanie stała się mężatką i Kait łzy napłynęły do oczu. Wydmuchała nos, a Tommy pogłaskał ją czule po ramieniu.

Siedzieli w restauracji do trzeciej po południu, pijąc szampana, śmiejąc się i rozmawiając. Państwo młodzi wyglądali na bardzo szczęśliwych. Tommy znowu podjął temat wizyty na ranczu Nicka.

– Bardzo chciałbym tam pojechać latem, mamo. Sądzisz, że mówił poważnie?

– Na to wygląda. – Kait też uważała, że byłoby to miłe. Byli co do tego zgodni. O wpół do czwartej wrócili do domu. Stephanie, stojąc w progu, rzuciła przez ramię swój piękny bukiet, a Kait złapała go, raczej odruchowo niż z jakiegoś innego powodu.

– Będziesz następna, mamo – roześmiała się Stephanie, a potem poszli z Frankiem przebrać się do dawnego pokoiku Stephanie, za kuchnią, w którym teraz spali oboje.

– Raczej na to nie licz – odparła Kait i ostrożnie położyła bukiet na stole. Chciała zachować go dla Stephanie. Kiedy Stephanie i Frank się pobrali, znowu przypominali siebie. Frank był w starej wojskowej kurtce na podpince, miał celowo dziurawe dżinsy, ulubione sportowe buty i sweter, który pamiętał lepsze dni. Stephanie włożyła fioletową parkę, w której chodziła jeszcze w college'u, dżinsy i takie same buty jak Frank. Wydawała się szczęśliwa i swobodna, a Kait uśmiechnęła się na widok lśniących złotych obrączek na ich palcach. Jeszcze nie straciły blasku nowości.

Młode małżeństwo spędziło czas z rodziną aż do szóstej. Potem pojechali na lotnisko, żeby zdążyć na samolot do San Francisco o ósmej. Stephanie podziękowała matce za cudowny ślub i przyjęcie i dodała, że uroczystość odbyła się dokładnie tak, jak tego pragnęła. Była po prostu wzruszona tym, że matka uszanowała jej życzenia i dodała od siebie tylko kilka drobiazgów, takich jak bukiet i kwiatki do klapy pana młodego. Wszyscy machali świeżo upieczonym małżonkom, kiedy wsiadali do windy.

– Było wspaniale – powiedziała Kait, opadając na fotel, a Maribeth poszła przebrać dziewczynki przed lotem. Kait zrobiła im kanapki, które zjadły przed wyjściem, a o dziewiątej Tom z rodziną pojechał na lotnisko. Wielkie Wydarzenie dobiegło końca. Spędzili razem Święto Dziękczynienia i ślub Stephanie, a kiedy drzwi zamknęły się za ostatnią osobą, Kait włożyła piżamę, położyła się na łóżku i zrobiła to, co chciała zrobić od kilku tygodni. Włączyła nagrany wcześniej odcinek *Kobiet Wilderów*, tak jak to robiła z *Downton Abbey* przez kilka lat. Teraz mogła oglądać własny serial i cieszyła się każdą jego minutą. Podobał jej się jeszcze bardziej, niż gdy oglądała go po raz pierwszy. Do północy zdążyła obejrzeć trzy odcinki. A potem dostała esemes od Nicka, który bał się zadzwonić. Napisał tylko: „Jak było?".

Kait zadzwoniła, opowiedziała mu o ślubie i przyznała, że ledwie trzyma się na nogach, ale nie może się doczekać, kiedy rano się spotkają.

– Nadal masz ochotę jechać do Connecticut, czy wolisz zostać w domu?

Kait miała wielką ochotę pojechać, ale pogoda podjęła decyzję za nich. Następnego dnia lało jak z cebra, postanowili więc, że zostaną u Kait, jedząc popcorn i oglądając filmy. Kait zmusiła Nicka do obejrzenia dwóch, w których grał, ponieważ nigdy dotąd ich nie widziała. Jęknął, ale potulnie oglądał razem z nią. Kiedy zapadł zmierzch, powiedział:

– Zawsze tak dobrze się z tobą bawię, Kait. A przecież nie lubię oglądać swoich filmów. Za to lubię patrzeć na ciebie – dodał, pochylił się i pocałował ją, a ona pociągnęła go za sobą na kanapę. Leżeli tam, całując się, przez chwilę, później Kait wzięła go za rękę i zaprowadziła do sypialni, o czym Nick myślał przez cały dzień, ale niczego nie próbował, w obawie, że ona może nie jest jeszcze na to gotowa.

Rozebrali się nawzajem w mrocznym pokoju i wśliznęli do chłodnej pościeli. I wtedy ogarnęła ich namiętność. Potem zasnęli objęci i obudzili się kilka godzin później w ciemnym pokoju. Nick włączył lampkę przy łóżku i spojrzał na Kait.

– Czy masz choćby najsłabsze pojęcie o tym, jak bardzo cię kocham? – powiedział, a ona uśmiechnęła się.

– Nie tak, jak ja ciebie.

– Na pewno się mylisz – odparł i znowu się kochali, a później wstali i przygotowali kolację. – Moje stare filmy jeszcze nigdy na nikogo tak nie podziałały. – Nick roześmiał się. – Będziemy musieli częściej je oglądać.

– Kiedy tylko pan zechce, panie Brooke – odparła Kait i pocałowała go.

Potem wrócili do łóżka. Rozmawiali i szeptali w ciemności, aż znowu zasnęli. Odpływając w sen, wtulona w Nicka, Kait zdała sobie sprawę, że jest on znaczącą częścią jej nowej przygody. W ciągu jednego roku zmieniło się całe jej życie.

18

GRUDZIEŃ BYŁ DLA KAIT I BEKKI bardzo pracowitym miesiącem. Przygotowywały i poprawiały scenariusze do nowego sezonu. Miały czas, ale chciały, by ich dzieła były doskonałe. Pod koniec stycznia zaczynały się zdjęcia do dwudziestu dwóch nowych odcinków. Sieć potwierdziła decyzję o nakręceniu kolejnego sezonu, kiedy tylko wyemitowano pierwsze odcinki i oglądalność skoczyła w górę. Pojawiły się strony w mediach społecznościowych, poświęcone serialowi i grającym w nim gwiazdom.

Kait przestała pisać do swojej gazety. Była to wielka ulga i cieszyło ją, że do końca przerwy między sezonami nie będzie miała już tak napiętego rozkładu dnia. Poświęci więcej czasu pracy nad scenariuszami.

Kupiła prezenty świąteczne dla rodziny i tych członków ekipy, z którymi była blisko, a także symboliczne drobiazgi dla całej reszty – zabawne zegarki z czerwonego plastiku i czekoladowe Mikołaje. Teraz musiała jeszcze przygotować dom na Boże Narodzenie.

Zamówiła choinkę z dostawą do domu i wyciągnęła te same od lat dekoracje. Udekorowała kominek i powiesiła na drzwiach wieniec. Prezenty zapakowała na dzień przed przyjazdem rodziny. Mieli pojawić się rankiem w Wigilię i zostać na noc. Potem Tommy,

Maribeth i dzieci miały pojechać do Hanka na Karaiby, jak zawsze w Boże Narodzenie. Frank i Stephanie postanowili pojechać w spóźnioną podróż poślubną na Florydę, do kuzynów Franka. A Kait miała w tym roku swój własny plan na dwudziesty piąty dzień grudnia. Zaprosiła najważniejszych członków ekipy na przyjęcie. Maeve przywiezie Agnes. Zack był akurat w mieście, więc zaprosiła także jego. Abaya też powiedziała, że przyjdzie i zapytała, czy może przyprowadzić chłopaka. Zaproszenie przyjęła również Charlotte, mówiąc, że niedługo chyba pęknie. Lally i jej partnerka zapowiedziały się z dzieckiem, które dokładnie w Boże Narodzenie kończyło trzy miesiące. Musiały zabrać je ze sobą, bo Georgina, „Georgie", karmiła piersią. Nick też miał przyjść, żeby się z nią zobaczyć, a Kait zaprosiła go, żeby z nią został, kiedy dzieci wyjadą.

Teraz ekipa była jej drugą rodziną, nie czuła się więc opuszczona, gdy dzieci wyjechały i czekała na drugą falę gości. Za dwa tygodnie wybierała się z Nickiem do Wyoming, a potem na tydzień na narty do Aspen.

Pakując prezenty dla dzieci, myślała oczywiście o Candace i kolejnych świętach, których córka nie spędzi z rodziną. Próbowała się z tym pogodzić. Wyłączyła bożonarodzeniową muzykę, by nastrój nie stał się zbyt nostalgiczny, ale w wigilijny poranek goście, którzy właśnie przyjechali, stwierdzili zgodnie, że dom wygląda pięknie, a choinka jest idealna. Tego wieczoru przy kolacji znowu rozmawiali o serialu i fantastycznych recenzjach. Ludzie zdążyli już uzależnić się od niego. Maribeth powiedziała, że serial oglądają wszystkie jej przyjaciółki z Dallas i są nim zachwycone.

– Sezon drugi będzie jeszcze lepszy – oznajmiła Kait z dumą. – I zagra w nim Nick.

– Jak wam się układa? – Tommy spojrzał na matkę pytająco. Nick był pierwszym od długiego czasu mężczyzną, z jakim ją widywał, i miał wrażenie, że szaleli za sobą nawzajem.

– Miło spędzamy wspólnie czas – odparła krótko Kait.

– Dlaczego go nie zaprosiłaś? – spytał. Lubił Nicka, z którym wszyscy zawsze dobrze się bawili.

– Bo to rodzinny dzień – odparła, myśląc o Candace. – Jutro wieczorem organizuję przyjęcie dla ekipy. Wtedy będzie Nick.

– Opuściłaś go w święta? – zażartowała Stephanie. Małżeństwo wyraźnie jej służyło, wyglądała na szczęśliwą. Kupili już dom i po powrocie z Florydy zamierzali się do niego wprowadzić.

– Spędza Wigilię z przyjaciółmi. Powiedział, że nie ma nic przeciw temu. Potem jadę z nim na dwa tygodnie do Wyoming i na tydzień do Aspen, przed powrotem do pracy. A on nadal zaprasza was wszystkich na swoje ranczo w lecie przyszłego roku.

– Świetnie! – zawołał z entuzjazmem Tommy, Stephanie i Frank przytaknęli, Maribeth też nie miała wątpliwości.

– To coś poważnego, mamo? – spytał Tommy.

– Nie bardzo wiem, co to znaczy w moim wieku – odparła szczerze. – Lubimy spędzać razem czas. Będziemy razem pracować. Zobaczymy, co się wydarzy.

To wielki aktor, który lubi być starym kawalerem. Ja też mam już swoje zwyczaje. Poczekamy, zobaczymy. Wy macie swoje definicje związków, a my swoje. Nic nie jest już takie jak kiedyś. – Choć Tom i Maribeth pozostawali w tradycyjnym związku małżeńskim, nie można było tego powiedzieć o Stephanie i Franku. Teraz każdy mógł mieć taki związek, jakiego pragnął.

– Cieszę się, że jest ci dobrze, mamo – powiedział cicho Tom.

Chwilę później Kait poszła z dziewczynkami po ciastka i mleko dla Świętego Mikołaja, i po marchew, i sól dla renifera. Lubili swoje rytuały i tradycje. O północy Kait poszła do siebie. Zadzwonił Nick, żeby życzyć jej dobrej nocy i powiedzieć, że ją kocha.

– Wesołych świąt – odparła miękko, żałując, że nie ma go z nimi, ale czuła, że wówczas nie byłaby w porządku w stosunku do siebie samej, a także do niego, zwłaszcza tak krótko po śmierci Candace. Może w przyszłym roku. Święto Dziękczynienia zawsze spędzała w gronie przyjaciół. Ale Boże Narodzenie należało do rodziny.

– Wesołych świąt i do zobaczenia jutro – odparł, ciesząc się na to spotkanie. Ciągle nie wierzył w swoje szczęście, które pozwoliło mu znaleźć taką kobietę.

Rankiem Kait, jej dzieci i wnuczki otworzyli prezenty. Dzieci otworzyły też prezenty od Świętego Mikołaja. Po śniadaniu, tradycyjnie zjedzonym w piżamach i składającym się z resztek z kolacji z poprzedniego dnia, goście ubrali się i po długim, pełnym całusów i uścisków, pożegnaniu pojechali dalej. Kait, zamiast czuć, że została opuszczona, jak to bywało w poprzednich latach, rzuciła się do sprzątania. Wyrzuciła podarte papiery i resztki wstążek, zapaliła lampki na choince. Potem wskoczyła pod prysznic. Nick przyszedł z walizką, żeby spędzić z nią całe popołudnie. Kochali się, a potem, siedząc nago w łóżku, wymienili się prezentami. Kait kupiła mu zegarek marki Rolex, który mógł nosić na co dzień. On miał dla niej złotą bransoletkę i czarne kowbojki ze skóry aligatora, które idealnie na nią pasowały. Wzięli prysznic i ubrali się, a o siódmej trzydzieści zaczęli się schodzić goście. Kait wyglądała pięknie w czarnym aksamitnym spodnium i czarnych satynowych klapkach. Nick miał na sobie marynarkę, dżinsy i własne, mocno już znoszone kowbojki ze skóry aligatora. Pierwsza przyszła Charlotte, poprzedzana przez potężny brzuch. Kait pomyślała, że nigdy jeszcze nie widziała nikogo, kto byłby tak bardzo w ciąży. Charlotte usadowiła się z trudem na kanapie, przypominając Kait Agnes Gooch w *Cioteczce Mame*.

– Zrobiliśmy test DNA i to nie jego dziecko – powiedziała. – Nie wiem, kto jest jego tatusiem – dodała, ale nie wydawała się tym zmartwiona, co uświadomiło Kait, że ma do czynienia z macierzyństwem nowej fali.

Maeve i Agnes przyszły razem. Córki Maeve pojechały na narty do New Hampshire. Becca wyjechała do Meksyku. Wszedł Zack, uścisnął Kait mocno i podszedł do Nicka, który właśnie rozmawiał z Maeve.

– Wiesz, kiedy słyszałem plotki o was dwojgu, początkowo byłem bardzo zazdrosny– powiedział. – Przez jakieś pięć minut. Myślałem, że coś będzie między mną i Kait, kiedy się poznaliśmy, ale później ona napisała fabułę serialu, zaczęliśmy razem pracować, i łódź odpłynęła.

Kait była zaintrygowana, kiedy to usłyszała, ona też na początku czuła coś podobnego, ale jej zainteresowanie Zackiem minęło równie szybko, zresztą ciągle był w Los Angeles. Teraz traktowała go jak brata, wspaniałego współpracownika i przyjaciela.

– Cieszę się, że nie zdążyłeś na tę łódź – odparł Nick, spoglądając na Kait trochę zaborczo. – Byłbym niepocieszony, gdybyś zdążył. – Kait roześmiała się, a on spojrzał na nią z ulgą i objął ramieniem, oznaczając swój teren na wypadek, gdyby trzeba było przypomnieć Zackowi, gdzie przebiega granica.

Lally i Georgie przyjechały z górą rzeczy i dzieckiem, które mocno spało w samochodowym foteliku. Mały wyglądał zupełnie jak Lally, wiadomo więc było, czyje jajeczko zwyciężyło. A Abaya zaskoczyła wszystkich, przychodząc z Danem Delaneyem. Wyglądała na zakłopotaną i powiedziała, że Dan się „zreformował". Przyleciał do Vermont i błagał ją znowu o drugą szansę, a ona w końcu się zgodziła.

– Ale jedno potknięcie i koniec z nami – powiedziała, patrząc na niego surowo, a wszyscy się roześmiali. Agnes stwierdziła, że jest Boże Narodzenie i każdy zasługuje na drugą szansę, ale więcej nie. Nikt za bardzo nie wierzył, że Dan wytrwa w swoim postanowieniu, ale życzyli Abayi jak najlepiej. Dan nie grał już w serialu, bo jego postać, starszy syn Anne Wilder, Bill, zginął na wojnie. Teraz Dan ubiegał się o rolę w innym serialu.

Dziecko obudziło się i Georgie poszła do sypialni Kait, żeby je nakarmić, Lally mocowała się z przenośną kołyską.

Nick pomógł Kait rozlać grog do szklaneczek i podać wino. Wynajęła ten sam catering co poprzednio. W jadalni był bufet i ta sama bożonarodzeniowa zastawa, której użyła podczas rodzinnego obiadu. Wszyscy rozmawiali z ożywieniem. Kait włączyła świąteczną muzykę, a Nick pocałował ją z uśmiechem, kiedy spotkali się w kuchni.

– Miłe przyjęcie – powiedział z podziwem. – Piękna gospodyni.

– Świetna obsada, wspaniała główna rola męska. Tylko nie zakochaj się w Maeve podczas kolejnej sceny miłosnej, bo już jestem trochę zazdrosna – przyznała.

– To dobrze. Bo ja ani trochę nie ufam Zackowi. Lepiej trzymaj się od niego z daleka.

– Nie masz się czym martwić – zapewniła.

– Ty też – szepnął Nick i znowu ją pocałował. Marzył o chwili, kiedy goście wyjdą, a oni będą mogli znowu pójść do łóżka. Ale bawił się dobrze i zdążył już polubić ludzi, z którymi miał wkrótce pracować. Wydawali się w porządku.

Było już po północy, kiedy goście zaczęli się zbierać do wyjścia. Ktoś słusznie zauważył, że tego wieczoru jest tu więcej gwiazd niż na rozdaniu Oscarów.

– Mam nadzieję, że nasz serial zdobędzie Złoty Glob albo Nagrodę Emmy – powiedziała Kait, a Zack się z nią zgodził.

Dan i Abaya wyszli pierwsi, z oczywistych powodów. Nie potrafili utrzymać rąk przy sobie i byli jak przyklejeni do siebie przez cały wieczór. Maeve zabrała Agnes do domu. Zack poszedł na jeszcze jedno przyjęcie spotkać się ze swoją aktualną dziewczyną. A Lally i Georgie przygotowywały dziecko do wyjścia. Kait miała wrażenie, że jadło przez cały wieczór.

Z łazienki wyszła Charlotte, owinięta ręcznikiem, z przerażeniem na twarzy.

– Wody mi odeszły. Zalałam całą łazienkę. Przepraszam, Kait. Co mam teraz robić? – Wyglądała tak, jakby miała się rozpłakać.

Lally spojrzała na nią, zdumiona.

– Nie wiesz? Nie chodziłaś do szkoły rodzenia?

Charlotte potrząsnęła głową.

– Nie miałam czasu. Uczyłam się tekstu, odkąd Becca przysłała mi nowe scenariusze. Wszyscy na mnie krzyczeli, kiedy ostatnio zapominałam tekstu, więc tym razem chciałam się nauczyć na zapas.

– Urodzisz dziecko, temu też powinnaś poświęcić trochę uwagi. Masz skurcze? – spytała Lally.

Georgie udało się w końcu ubrać synka w kombinezon i zapiąć nosidełko. Po ostatnim karmieniu wyglądał, jakby był upojony.

– Chyba tak. Takie porządne skurcze, tak? Właściwie mam je od rana. Pomyślałam, że musiałam coś zjeść wczoraj wieczorem.

– Boże drogi, ty rodzisz. Zadzwoń do swojego lekarza. Masz przy sobie jego numer?

– Jest w moim telefonie – odparła Charlotte, ale nie mogła znaleźć telefonu. Nick i Kait prawie rozmontowali kanapę i w końcu znaleźli go pod fotelem. Charlotte wyglądała raczej na czternaście lat niż na dwadzieścia trzy i trudno było sobie wyobrazić, że już kiedyś przez to przechodziła. Wiedziała o porodzie mało, ale to się zdarzyło osiem lat temu i sama była wtedy jeszcze dzieckiem.

– Georgie i ja możemy cię zawieźć do szpitala, jeśli chcesz – powiedziała Lally, starając się mówić łagodnie. – Nie wejdę tam z dzieckiem, ale możemy cię podrzucić. Gdzie masz rodzić?

– W uniwersyteckiej klinice położniczej – odparła Charlotte, chwytając się za swój wielki brzuch, który wyglądał pod sukienką jak dzwon.

– Zawieziemy cię tam w drodze na Brooklyn – powiedziała Lally, a Charlotte z trudem wkładała płaszcz. W końcu musiała do tego usiąść.

Kait słuchała ich rozmowy i uznała, że nie może pozwolić, żeby zostawiły ją w szpitalu całkiem samą.

– Ja z tobą pojadę, Charlotte – szepnęła. – Daj mi telefon, zadzwonię do twojego lekarza. – Ale po drugiej stronie odezwała się tylko automatyczna sekretarka. Kait zostawiła wiadomość i numer Charlotte. – Wezmę płaszcz – dodała i poszła do kelnera powiedzieć, że wychodzi zabrać jednego z gości do szpitala.

– Czy coś nie tak z jedzeniem? Jakaś alergia? – spytał wyraźnie przerażony, ale Kait wskazała na Charlotte, przycupniętą na brzegu krzesła, skrzywioną z bólu i obejmującą brzuch.

– Myślę, że nie ma to nic wspólnego z jedzeniem.

– Zaczęła rodzić? – Wydawał się wstrząśnięty.

– Na to wygląda. Proszę po prostu zatrzasnąć drzwi. Niedługo wrócę. Jedzenie było wyśmienite.

Zapłaciła mu z góry, teraz więc tylko włożyła płaszcz, który podał jej Nick. On sam też się już ubrał.

– Idziesz z nami? – spytała Kait. – Nie musisz.

– To nasze pierwsze dziecko – odparł poważnie. – Nie pozwolę, żebyś sama jechała do szpitala.

Kait wybuchnęła śmiechem, a potem pomogli wejść Charlotte do windy. Nick ją podtrzymywał. Lally i Georgie odjechały, kiedy Kait zaoferowała swoją pomoc, i zostali sami. Portier wezwał dla nich taksówkę. W drodze Kait liczyła skurcze Charlotte – były regularne, co dwie minuty. Nick pytająco uniósł brwi; dla niego to wszystko było zupełnie nowe.

– Nie mamy wiele czasu – szepnęła Kait, a Charlotte zaczęła jęczeć i ściskać rękę Kait przy każdym skurczu.

– Jezu, to jest straszne – powiedziała przez zaciśnięte zęby. – Ostatnim razem nie było tak źle... teraz naprawdę boli jak wszyscy diabli. – Kait wolała jej nie mówić, że tym razem dziecko jest prawdopodobnie większe. Brzuch Charlotte był naprawdę potężny.

– Możemy jechać trochę szybciej? – zapytała kierowcę.

– Urodzi w moim samochodzie? – spytał, zerkając na nią.

– Mam nadzieję, że nie – odparła, nie spuszczając wzroku z Charlotte. Teraz skurcze pojawiały się co półtorej minuty, od szpitala nadal dzieliło ich dziesięć przecznic.

– Mam odebrać poród? – spytał Nick. – Kiedyś grałem lekarza. Byłem w tej roli dobry. I ciągle pomagam przy porodach klaczy.

Charlotte płakała i krzyczała z bólu. Taksówkarz przejechał dwa na razy na czerwonych światłach i trzy minuty później znaleźli się przed kliniką.

– Sprowadź pielęgniarkę i wózek… szybko! – zawołała Kait do Nicka, ale zaraz wychyliła się z okna. – Nie, lepiej lekarza.

Minutę później przybiegł sanitariusz z wózkiem. Kait pomogła Charlotte wyjść z samochodu i usiąść na wózku, a potem popędzili na izbę przyjęć.

– To już zaraz… zaraz! – krzyczała Charlotte. W sali przyjęć podciągnęli jej sukienkę i zdjęli bieliznę. Kait stała obok, Nick czekał na zewnątrz. Charlotte wydała jeden długi, niekończący się krzyk, godny najlepszego horroru, dziecko wyślizgnęło się spomiędzy jej nóg, a pielęgniarka chwyciła je i podniosła do góry. Dziecko zaczęło płakać, Charlotte też. – O mój Boże, myślałam, że umieram – oświadczyła.

– Ma pani piękną córkę – powiedziała pielęgniarka. Owinęła noworodka kocykiem i podała Charlotte, która spojrzała na maleńką z zachwytem.

– Jest śliczna – szepnęła. – Taka podobna do mnie. W tej chwili na salę wbiegło dwóch lekarzy i kolejna pielęgniarka, żeby zbadać matkę i dziecko, i przeciąć pępowinę. Kait pocałowała Charlotte w czoło.

– Świetnie sobie poradziłaś.

– Dziękuję, że ze mną przyjechałaś. – Charlotte wyglądała pięknie, mimo łez i tuszu rozmazanego na policzkach. Kait skinęła głową i wyszła cicho.

Na korytarzu czekał na nią Nick.

– Boże, to brzmiało okropnie. Charlotte darła się, jakby ją ktoś mordował.

– Dziecko waży chyba z pięć kilo. Tak czy inaczej, urodziła. Bóg jeden wie, kim jest ojciec, ale Charlotte jest już matką. Możemy niedługo wracać do domu – powiedziała Kait i uściskała go. Charlotte miała zadzwonić do swojej mamy, żeby przyleciała z południowej Kalifornii. Do tego czasu pozostanie w szpitalu.

Nick podziwiał to, czego tego wieczoru dokonała Kait. W ciągu kilku chwil z eleganckiej pani domu zmieniła się w pielęgniarkę i położną. Ze śmiechem powtórzyła mu to, co powiedziała Charlotte na widok córki – że jest śliczna, bo podobna do niej.

– Takie właśnie są aktorki. Mała też pewnie będzie grała w filmach albo zostanie seryjnym mordercą.

Kait, ciągle roześmiana, spojrzała na niego.

– To trochę tak, jak mieć pięćdziesięcioro dzieci. Kiedyś mówiłam, że tęsknię za swoimi. Teraz nie mam na to czasu. – Poza Candace. – Mam ich całą obsadę.

– Jesteś cierpliwą kobietą albo urodzoną matką. Albo jedno i drugie. Gdzie byłaś, kiedy chciałem mieć dzieci?

– Byłam zajęta własnymi. I nie proś mnie teraz o dziecko. Zrezygnowałam z tej pracy. Muszę się zajmować całą obsadą.

– Nie chcę mieć dziecka i nigdy nie chciałem. Podoba mi się to, co jest – powiedział Nick i objął ją.

Kait poszła pożegnać się z Charlotte i pozachwycać dzieckiem, które już zostało przystawione do piersi. Charlotte szybko przypomniała Kait, że jak tylko skończy karmić, zrobi sobie lifting biustu.

Kiedy wrócili do domu Kait, kelnera już nie było. Mieszkanie zostało dokładnie posprzątane i lśniło czystością. Wskoczyli do łóżka, wyczerpani emocjonującym wieczorem.

– To było piękne Boże Narodzenie, Kait. Mimo że spędziliśmy razem tak niewiele czasu. Kocham cię.

– Ja też ciebie kocham – wyszeptała, a Nick zgasił światło. To była piękna noc. Także dla Charlotte i jej córki. Uznała, że nazwie ją Joy.

19

Nɪᴄᴋ ɪ Kᴀɪᴛ spędzili sylwestra u Sama i Jessiki Hartleyów. Kait właśnie tam rok temu poznała Zacka.
Teraz Zack był w Sun Valley z jakąś niedawno po-
znaną dziewczyną. To sylwestrowe spotkanie przed
rokiem odmieniło życie Kait. Goście byli wyraźnie
zaskoczeni, kiedy wkroczyła na przyjęcie w towa-
rzystwie Nicka Brooke'a. Nie było tam nikogo, kto
by go nie rozpoznał. Dla wszystkich też szybko stało się oczywiste, że Kait i Nick są parą. Roztaczali
wokół siebie atmosferę spokojnej intymności, jaka
towarzyszy ludziom, którym naprawdę dobrze jest
razem. Jessica szepnęła do Sama, że wydali jej się
bardzo w sobie zakochani.

Kiedy Sam powiedział przy stole, że to Kait napisała opowiadanie, na którym został oparty scenariusz *Kobiet Wilderów*, wszyscy zgodnie stwierdzili,
że uwielbiają serial i obejrzeli wszystkie odcinki od
października.

– W drugim sezonie to Nick będzie naszą gwiazdą – powiedziała z dumą Kait. Nie była to już tajem-
nica.

Zostali jeszcze po kolacji, żeby pocałować się o północy. Potem pojechali do domu spędzić razem trochę

czasu. Następnego dnia mieli lecieć do Wyoming i Kait była tym bardzo podniecona. Podobało jej się wspólne życie. Po Aspen chcieli przenocować u Stephanie i Franka, a potem spędzić weekend w Dallas z Tomem, Maribeth i dziewczynkami. Reszta obsady mogła teraz zajmować się swoimi projektami, ale wkrótce wracali do pracy przy serialu. Kait miała nadzieję, że oglądalność jeszcze bardziej pójdzie w górę od następnego sezonu, szczególnie że teraz pracował na to Nick.

Każdą przerwę w zdjęciach będą spędzali w Wyoming. Taki był plan, choć życie często nie liczy się z planami.

Przed wyjazdem Kait zadzwoniła do Maeve i Agnes i obiecała, że będzie dzwonić z Wyoming. Pojechali na lotnisko w New Jersey, gdzie Nick zostawił samolot. Wystartowali pół godziny później, wygodnie usadowieni w fotelach. Nick miał na sobie swobodny, kowbojski strój i wyglądał obłędnie. Kait ciągle nie mogła uwierzyć, że jest teraz częścią jej życia, ale w jego oczach widziała wyraźnie to, co do niej czuł. Ona też włożyła kowbojki, te, które dostała od niego jako świąteczny prezent.

Żyła teraz w zupełnie innym świecie. Przeszłość odpływała w dal za jej plecami jak filmowe dekoracje, wszystko wokół się zmieniło. To był nowy rozdział i nowe życie. Wszystko, co się ostatnio wydarzyło, było tak zupełnie inne od tego, czego się spodziewała. I o wiele lepsze od tego, co mogła sobie wyobrazić. Zastanawiała się czasami, czy jej babka odczuwała coś podobnego.

Na myśl o babce wyjęła z torebki paczkę ciastek „Dla Dzieci". Zawsze brała je ze sobą w podróż. Podała jedno Nickowi, a on się uśmiechnął. Oboje wiedzieli, czego ją nauczyła Constance Whittier: że życie jest ekscytujące i że każdego dnia trzeba brać je za rogi – razem z wyzwaniami i szansami, jakie niesie. Nie można się przed nimi ukrywać i Kait wcale tego nie chciała. Chciała za to doświadczyć ich w całej pełni, z Nickiem i na własną rękę. To właśnie robią odważne kobiety. Żyją.

Podała mu drugie ciastko, a on ją pocałował. Ich wspólne życie będzie jak przygoda, oboje byli na nią gotowi. Samolot oderwał się od ziemi kilka minut później i szybko wzbijał się coraz wyżej, zataczając koło nad lotniskiem i kierując się na zachód. Kait uśmiechnęła się. Przypomniała sobie, że równo rok temu zaczęła pisać scenariusz, który miał zmienić jej życie.

Redakcja stylistyczna
Anna Tłuchowska

Zdjęcie na okładce
© Tom Hallman

Tytuł oryginału
The Cast

Copyright © 2018 by Danielle Steel
All rights reserved
Wszelkie prawa zastrzeżone.
Żadna część tej publikacji nie może być reprodukowana
ani przekazywana w jakiejkolwiek formie zapisu
bez zgody właściciela praw autorskich.

For the Polish edition
Copyright © 2018 by Wydawnictwo Amber Sp. z o.o.

ISBN 978-83-241-7359-4

Warszawa 2021. Wydanie III

Wydawnictwo AMBER Sp. z o.o.

www.wydawnictwoamber.pl